浙江省哲学社会科学规划课题研究成果

A STUDY OF V. S. NAIPAUL'S MARGINALIZED WRITING

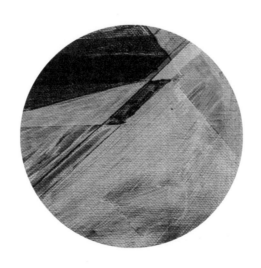

V. S. 奈保尔
边缘叙事研究

俞曦霞 ／ 著

ZHEJIANG UNIVERSITY PRESS
浙江大学出版社

图书在版编目(CIP)数据

V．S．奈保尔边缘叙事研究 / 俞曦霞著. — 杭州：
浙江大学出版社，2018.6
ISBN 978-7-308-18334-5

Ⅰ．①V… Ⅱ．①俞… Ⅲ．①英国文学－现代文学－
文学研究 Ⅳ．①I561.065

中国版本图书馆CIP数据核字(2018)第130509号

V．S.奈保尔边缘叙事研究

俞曦霞 著

责任编辑	葛 娟
封面设计	春天书装
责任校对	杨利军　张振华
出版发行	浙江大学出版社
	（杭州市天目山路148号　　邮政编码　310007）
	（网址：http://www.zjupress.com）
排　　版	杭州林智广告有限公司
印　　刷	绍兴市越生彩印有限公司
开　　本	710mm×1000mm　1/16
印　　张	12.75
字　　数	175千
版 印 次	2018年6月第1版　2018年6月第1次印刷
书　　号	ISBN 978-7-308-18334-5
定　　价	39.00元

序

　　本书作者俞曦霞于 2015 年至 2017 年在上海外国语大学博士后流动站从事研究工作，我是她的合作导师。记得进站之前，小俞已经完成一个省部级课题，不仅在专业一级核心发表过论文，还是上海师范大学的优秀博士，并获得过国家奖学金。事实上，她给我的最大印象是酷爱读书。她的博士论文聚焦奈保尔的后期创作，进站后主要研究奈保尔的边缘叙事。两年来，小俞在上外潜心从事在职博士后研究工作，不辞辛苦，经常往返于杭州和上海之间。最终她以优良成绩完成了中期考核和出站答辩。

　　十多年来，小俞一直在研究当代英国移民作家V. S. 奈保尔。迄今为止，这位诺贝尔文学奖得主已经发表了 30 多部作品，其题材丰富，艺术精湛，思想复杂。平心而论，奈保尔是一位较难研究的大作家。令我欣慰的是，自进入博士后流动站之后，小俞知难而进，在学术道路上义无反顾，孜孜以求，在学术上取得了可喜的进步。

　　本书既是小俞第一部专著《在"近距离"的美学平面上——V. S. 奈保尔后期创作研究》的延伸与拓展，也是她对奈保尔早期、中期和晚期不同阶段代表性作品的边缘叙事全面系统研究的学术成果。本书围绕奈保尔对边缘作家、边缘人物、边缘社会、边缘宗教和边缘创作的叙事展开研究，以他的边缘叙事为核心，不仅厘清了其创作思想的发展脉络，而且揭示了其创作思想与全球化时代之间的复杂关系，并有效地将对作家思想的探索融汇到文本分析之中，从而开启了一种多元的学术视域。本书观点鲜明，脉络清晰，论证周密，资料翔实。我认为，本书对我国的奈保尔研究具有一定的参考价值。我希望小俞能戒骄戒躁，笃学前行，努力取得更大的成绩，为我国的外国文学研究做出应有的贡献！

李维屏

2018 年 6 月

于上海外国语大学

目 录
CONTENTS

绪 论

一、前 言

在当今经济全球化时代，随着高科技的快速发展，机器的作用越来越得到彰显，人类自身的作用和价值越来越受到质疑，传统以人为研究对象的人文主义和人文学科出现了危机。人类是否还能像过去那样驾驭机器并使之为我所用？这引起了当代人文学科学者和理论家的高度重视，并催生了文学理论界的后人文主义（或称后人类研究）。后人文主义和传统的人文主义的区别在于：后人文主义强调人类并非是宇宙中唯一具有理性的生物，甚至不是地球上所有物种之首，人类只是目前地球上进化程度最高的，因此只是最具理性的动物而已。后人文主义主要关注人类和外界的关系，质疑和反省与外界的关系中人类的主导和中心位置，这主要表现在人类与其他生物的关系、人类与自然的关系。对人类与外界关系的不同立场和观点构成了当代西方后人文主义理论家们论著的核心和争论的焦点。英国后人文主义理论家尼尔·贝明顿（Neil Badmington）在题为"理论化的后人文主义"（"Theorizing Posthumanism"）一文中总结了后人文主义的种种特征，得出的结论是：人高居于其他非人物种之上，处于超级的位置。而美国的后人文主义理论家加利·沃尔夫（Cary Wolfe）和格雷格·波洛克（Greg Pollock）主张人类非中心主义，消解人与其他物种以及自然本身的二元对立，还原人类是大自然万物之一的原始角色。加利·沃尔夫还是一位动物研究专家，在专著《什么是后人文主义？》（*What Is Posthumanism?*, 2009）中，指出人类虽然地位显赫，但不一定永远是其他物种的主宰和主人，有时也会受制于其他物种的挑战和威胁。动物研究和生态批评就是文学理论界做出的回应。奥地利学者弗拉迪米尔·比蒂（Vladimir Biti）全面考察当代全球境遇下人类面临的困境，在专著《追寻全球民主：文学、理论和创伤政治》（*Tracing Global Democracy: Literature, Theory, and the Politics of Trauma*, 2016）中告诫世人要以揭露固有的不公和暴力为己任，给予那些被隐藏、被忽视的创伤经历以发声空间。

文学理论界后人文主义的这一转向体现了对现代性进展的深刻反省，这在当代文学作品中得到了大量体现，除了新出现的动物叙事、自然风景叙事之外，文学作品中对人类边缘群体的书写和底层关怀就是对这一文学理论思潮的直接回应。边缘底层写作为身处社会底层边缘的群体的生存空间呐喊，体现了对底层人物个体生命的关怀。2001年诺贝尔文学奖得主奈保尔和2015年诺贝尔文学奖得主、白俄罗斯女作家阿列克西耶维奇的边缘底层写作就是其中的代表。阿列克西耶维奇的非虚构作品真实记录了当代战争中的妇女、儿童等边缘小人物的艰难生活现状，她曾说："我的著作，是用数千种声音、命运、碎片构成的。"

作为当代英国移民作家，奈保尔的边缘底层书写体现了当代英国文学的新发展。当代英国文学中的边缘底层书写继承了英国文学史上的批判现实主义传统，作品素材直接来源于英国底层抗议的历史。边缘底层写作大体上分为两种：一种是从作品的角度来理解，所表现的对象为社会底层和边缘群体；一种是从作者的角度来看，是身处社会底层边缘的作者的写作。仅仅依据作者身份来判定何种写作是不够的，而且，同一个作者的作品，既可能是边缘底层写作，也可能是中产阶级作品，还可能是另类写作，因此，只能以所表现的客体对象为依据。同样是边缘底层写作，由于作家背景、写作目的、美学追求等的不同，创作出的作品也会完全不同。英国边缘底层叙事可以追溯到英国底层抗议的历史，狄更斯对英国童工的叙述、雪莱描述1819年英国的诗歌，都体现了作家是社会底层的代言人。英国当代诗人托尼·哈里森（Tony Harrison）的诗歌记录了一名工人子弟成为知识分子的心路历程，表达了当代诗人对于怎样为底层边缘者说话特有的困惑。

对于奈保尔来说，特立尼达和多巴哥是他的故乡，印度是他的祖籍，英国是他现在的家乡。三重移民身份使得奈保尔的边缘底层创作不仅继承英国边缘底层写作这些传统，而且在秉承西方人文主义传统的同时，又逾越了人文主义的界限，更多的呈现的是他后人文关怀的新特征。奈保尔的边缘写作具有鲜明的当代风格，他以一个世界公民的全球目光审视和书写他碰到的边缘群体，尤其是那些无家园的移民，他作品的题材范围大大超过了以前英国文学史上的边缘底层叙事。伊恩·布鲁玛（Ian Buruma）这样形容奈保尔："没有几位诺贝尔得主真打算去巴基斯坦或是刚果的边远地区去倾听无名人物的故事，而奈保尔做到了。这表现了一种伟大的谦虚。从最低微的印尼人、最平凡的巴基斯坦人、最穷苦的非洲人身上，他依然能够看到自己的痕迹。"[1]以独立、不受约束的第三方视界来进行全球范围的考察书写，是奈保尔边缘书写的一大特征。

---

[1]　https://book.douban.com/review/67891421。

奈保尔的边缘书写体现在他能少见地超越不同文明但对各种文明都进行深刻的理解，在多维度的视域中勘察事物，他是一个当代文明的批判者。奈保尔晚年多次声称自己是个"世界公民"，然而作为一个"世界公民"，奈保尔并非就是一个当代意义上的世界主义者。沃尔特·米格诺洛指出"全球化是操控世界的一套设计方案，而世界主义则是旨在普天狂欢的一套计划……有必要从殖民性的视角去重新构想世界主义"，并进一步提出"批判性世界主义"的构想，认为批判性世界主义是"一个愈来愈跨民族（并且是后民族）的世界性的必要计划"，并得出以下结论："代替分离主义的另一选择是边界思考，是从下层人民的角度去认识，去转变霸权现象。边界思考也就变成了批判性世界主义之计划的一个'工具'。"[1]奈保尔的作品恰好反映了他以一个世界作家的全球性视角进行边界思考和底层书写的过程。作为当代世界的旁观者、社会现象的分析家，奈保尔对历史发展轨迹进行最细微的纵深窥探，他最关切的是他来自的那个移民世界和当代社会处于边缘的群体的生存状况，"边缘写作"可以说是奈保尔以"世界公民"身份进行批判性世界主义创作的突出特征。他20世纪50年代出版的最早期短篇小说集《米格尔大街》真实刻画了米格尔大街上穷困潦倒的男人们对尊严和美好的渴求，近60年之后，2010年出版的新作《非洲的假面具》中奈保尔措辞最激烈、表达最多的是对非洲大陆底层的生物——非洲动植物们生存前景的担忧。伊恩·布鲁玛在2008年发表于《纽约书评》的一篇文章中写道："奈保尔的复杂性绝不是一句种族主义就能打发的。因

---

[1] 沃尔特·米格诺洛：《世界城邦的许多面孔：边界思考与批判性世界主义》（*The Many Faces of Cosmo-polis: Border Thinking and Critical Cosmopolitanism*），选自《世界主义》（*Cosmopolitanism*），卡罗尔·A.布瑞肯瑞支等编，达勒姆：杜克大学出版社2002年版，第157—188页。

为事实上他在写非洲和亚洲时笔下的亲密感和同情心，要比许多对人性只有抽象概念、教人着急的左派要多得多。"也正因此，奈保尔被称为是"那些发不出声音的被压迫阶级的代言人"。

二、与本选题相关的国内外研究概况

西方最早出版的奈保尔研究专著是美国作家保罗·索罗的《V. S. 奈保尔：作品导论》（1972）。迈克尔·索普比较奈保尔和康拉德在不同时期的跨界帝国写作，指出"作为政治小说家，奈保尔是康拉德的继承人"。安东尼·鲍克斯黑尔、约翰·西默、肯尼思·拉姆昌德和戈登·罗莱赫尔等学者也相继出版研究专著。20世纪80年代起奈保尔研究进入高潮。塞尔文·库乔的专著《V. S. 奈保尔：唯物主义解读》认为奈保尔是东西方哲学混合的产物。这一时期开始兴起的后殖民理论开始使奈保尔研究被锁定在此框架内。萨义德的《知识分子论》指出奈保尔"是一位现代知识分子流亡者"。比尔·阿什克罗夫特探讨奈保尔对英国经典文学的重写实质——"这是质询欧洲等级秩序赖以存在的哲学假设"标志着奈保尔研究进入了哲学领域。提姆·F. 韦斯的《在边缘：V. S. 奈保尔的流亡艺术》直接指出奈保尔的边缘身份："他既被容纳又受到排斥，他是边缘作家，一个双重的局外人。"这一时期重要的论著还有英国著名评论家布鲁斯·金的《V. S. 奈保尔》，他肯定奈保尔作品坚持道德诚实，认为奈保尔是个"无家园的世界主义者"。2001年奈保尔获得诺贝尔文学奖后，西方奈保尔研究呈现新高潮。莉莲·费德的专著《奈保尔的真理》认为奈保尔对真理的追求是对既定权威的挑战，并深入分析奈保尔思想的复杂成因。吉利恩·杜丽的《V. S. 奈保尔：男人和作家》指出奈保尔拒绝妥协以取悦讨好的思想特点。美国俄克拉荷马州塔尔西大学的麦克法林图书馆搜集所有奈保尔的文献资料和其妻子的日记、信件等，是目前奈保尔研究资料最多、最权威的学术机构。

与本选题相关的西方研究主要表现出以下特点：一、侧重从作家思想成因对作品进行解读和阐释，强调出身背景对形成作家思想所起的作用；二、作品分析突出差异，尤其是前殖民地问题上更多体现作家的批评动机出于亲西方的立场；三、对作品和作家的本体论研究体现出一定的主观化倾向。

我国的奈保尔研究开始于对移民作家和移民文学的研究，20世纪70年代国外后殖民理论的兴盛使我国的奈保尔研究被纳入这一理论背景中。1998年瞿世镜主编的《当代英国小说》总结奈保尔的文学处境与地位时，指出"奈保尔是一个世界公民。他的创作是不同文化冲突交融的结晶"，反映了奈保尔作品的世界主义精神实质。国内最早的相关博士论文、梅晓云的《文化无根——以奈保尔为个案的移民文化研究》强调奈保尔作为一个世界公民文化生存的漂泊状态。王辽南的论文《移民文学的文化多重性和世界主义倾向》指出奈保尔的文化多重性和世界主义倾向。2010年以来国内出版的奈保尔研究专著有5部，黄晖等的《流散叙事与身份追寻：奈保尔研究》运用后殖民理论分析奈保尔几部作品中独特而又复杂的文化身份；姚晓鸣的《从后殖民主义到世界主义：奈保尔的追寻之旅》认为奈保尔在创作思想上经历了从后殖民主义到世界主义的转变；杜维平的《转型中的社会：奈保尔作品研究》主要对奈保尔几部涉及转型中社会的代表性作品进行研究；徐振等的《V. S. 奈保尔印度书写的嬗变》努力突破后殖民理论框架，研究"印度三部曲"中奈保尔的印度观、叙事策略和文化认同；本人的《在"近距离"的美学平面上——V. S. 奈保尔后期创作研究》主要分析奈保尔创作后期的四部作品，指出奈保尔创作美学上"近距离"的风格。

与本选题相关的国内研究主要有以下特点：一、侧重对作家文化归属和身份定位的研究；二、强调作品的无根性、漂泊性、流散性等后殖民理论视域的主题研究；三、结合作家和作品的专题研究主观化和同质化倾向较强。

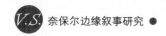

第一章　边缘作家论

　　奈保尔对作家身份的关注贯穿在他整个创作生涯中，涵盖他的生活和作品，他的访谈和他的传记都表达了对作家这一职业所承载使命的高度关切。在古往今来的作家群体中，奈保尔最关注的是他自己作为一个边缘作家在前宗主国的边缘处境以及那些与他有着相似生存体验、来自第三世界的前殖民地作家。

　　奈保尔对边缘作家的思考和书写最关注的是他们的创作能否摆脱前殖民地作家固有的局限，超越自我，这本质上也体现了奈保尔本人对作家职业的理解和思考，对印度作家、对加勒比作家以及对英美作家的持续关注，体现奈保尔在世界历史转型期对边缘作家能否担当历史使命的深切期盼，而奈保尔本人从边缘走向中心的独特经历证明边缘并不重要，重要的是一个作家的独创性和开拓性。

第一节　奈保尔

——一个全球化时代的世界公民

　　当代"移民作家"这一特殊身份的产生与 20 世纪世界格局变动导致的

全球移民浪潮密切相关。奈保尔作为一名英国移民作家的成功与 20 世纪上半叶的世界历史发展密切相关，也与英国第二次世界大战以来的文坛状况密切相关。英国小说自第二次世界大战以来一直缺少活力。除了威廉·戈尔丁以外，很难找出另一位小说家可以和美国作家菲利普·罗斯或索尔·贝娄相匹敌。比奈保尔稍晚出生的马丁·阿米斯、伊恩·麦克尤恩和安吉拉·卡特的创作风格与奈保尔完全不同。奈保尔自成一体，无法被仿效，也难以超越。奈保尔早期小说是他本人早年教育和社会生活的反映，是在运用他的西方眼睛进行创作，还没有形成自己的思想："我只是记录自己对世界的反映，我还没有得出自己的结论。"[1]

从《中间道路》（*Middle Passage*，1962）开始，奈保尔运用自己独立的视角进行考察和写作，从此开始自己彪悍无匹的独立知识分子的生涯。作为一名公共知识分子，奈保尔的全球视野和世界意识从朦胧生发到根深蒂固直至最后成熟，在文学创作活动中他一再声称自己不属于西印度作家，也不属于典型的英国作家，而是"世界作家"，在社会活动中他自称是"世界公民"，2014 年来中国上海参加书展的时候他一再强调自己这一独特的身份。当我们努力认识当代人类精神的一致性及奈保尔思想的统一性时，可以发现他的哲学观、政治观、宗教观和文学观，在逐渐形成的过程中越来越清晰地显现出一条主线，即公共知识分子的独立思想。美国左翼知识分子拉塞尔·贾克比（Russell Jacoby）在他的著作《最后的知识分子》中说："知识分子应该是不对任何人负责的坚定独立的灵魂。"萨义德认为"知识分子代表的不是塑像般的偶像，而是一项个人的行业，一种能量，一股顽强的力量，以语言和社会中明确、献身的声音针对诸多议题加以讨论，所有这些到头来都与启蒙和解放或自由有关"。[2]

---

[1]　Adrian Rowe-Evans, "V. S. Naipaul: A Transition Interview", *Transition,* 40, December 1971, p. 57.

[2]　爱德华·W. 萨义德：《知识分子论》，单德兴译，生活·读书·新知三联书店2013年版，第65页。

作为一部开启奈保尔独立不羁公共知识分子之旅的考察之作,《中间道路》对加勒比地区的尖刻呈现使得奈保尔成为一个与他来自的社会和 20 世纪 60 年代传统民族主义格格不入的作家。1971 年他告诉一位采访者,他早年曾发誓不为任何人工作,因为这可以使他远离人群、纠缠、对抗和竞争,使他没有敌人,没有对手,没有主人。在功成名就的 70 年代,奈保尔开始出现在公共媒体视野里,与参与者和访谈者交流。在 1971 年 10 月的一次访谈中,他提到自己的创作是在改变观看的方式,并力图通过创作来改变我们接受的一套价值观。几个月后与作家安德鲁·索克一起接受英国BBC《艺术与非洲》节目的长篇访谈中,奈保尔首次谈到自己现在关注的视角更为全球化,这使得他的观察更为真实,也使他决定不再写虚假与人工的小说。80 年代初奈保尔声名鹊起,他开始巡游于全球各地,90 年代以来奈保尔在世界各地旅行,更显示出一个世界公民的特点,他的自我意识、行事方式和种族见解让第一世界和第三世界都感到不同和居中。在印度为写《印度:百万叛变的今天》而作的几个月的旅行期间,奈保尔竭力去掉印度特征,从他的外貌和表现来看,他来自一个陌生而遥远的岛屿。到 21 世纪,奈保尔在公开场合努力清除自己的过去,使自己成为没有国度、具有高度洞察力的全球观察者。2014 年 8 月来华时的奈保尔声称自己是个世界公民。奈保尔无法弃绝的特立尼达情结,家族赐予他的印度血统,在宗主国英国学习、工作和生活的经历,让他在多重文化身份之间游走,所以许多学者称他为"特立尼达的印度人""印度的海外浪子""英国的特立尼达人""无根的作家"和"世界作家"。

———

20 世纪 50 年代奈保尔刚到英国,英国的外来移民才 2.5 万人,半个世纪后非白种人口达到了 460 万,当时种族问题还没有成为学术界广为议论的话题，但英国社会生活排斥有色人种的现象很普遍。50 年代初对 300 名伦敦女房东的一项调查发现，只有 26% 接受"肤色较深的非欧洲人"学生，仅有 10% 接受黑人，有的人对外国人收取一项浮动的"肤色税"。[1] 在牛津期间，奈保尔的高中好友从西班牙港来信问他有没有遇到肤色歧视。而事实上，奈保尔在牛津大学以优异成绩获得学士学位后准备继续攻读硕士学位时，就由于一位教授的肤色歧视而被迫放弃。在一次面试中，已退休的教授F. P. 威尔逊（F. P. Wilson）没让奈保尔通过，反复问奈保尔来自哪里。这是奈保尔在英国遭受的苦不堪言的侮辱之一，半个世纪后在给妻子帕特的信中他还提到威尔逊是出于种族情绪这么做的。肤色歧视和种族问题是奈保尔成为一名作家道路上最大的坎坷之一。而在创作成功、成为一名作家后，由于他的印度裔和特立尼达身份，他还是受到英国主流的排挤。工作多年的BBC"加勒比之声"虽然提供机会，但同时也是个种族隔离区。1958 年，他试图在BBC海外广播总部谋职，但制作人、儿童作家玛丽·崔德戈德（Mary Treadgold)以奈保尔不是欧洲人为由拒绝，说这是BBC的官方政策。他想申请成为BBC 的普通见习生也同样遭到拒绝，他的小说也不能在BBC 的主流节目上播送。

　　当年斯达尔夫人被拿破仑驱逐出境来到德国，她以欣赏的目光创造了理想中的德意志，赞同跨越国界的世界性文化。流散是一种当代人普遍的经验，可以与全球化相提并论。在各种不同形式的流散中，民族和流散之间的关系最为普遍，流散最早可以追溯到犹太人的经历，流散者的经历随着殖民历史、国际贸易等因素被赋予了丰富的含义。阿多诺把知识分子再现成永恒的流亡者，他认为对于一个不再有故乡的人来说，写作即居住之地。流亡有时可以提供不同的生活安排以及观看事物的奇异角度，从流亡和边缘性中得到一些正面的事物，对任何事情都不视为理所当然，学习凑合着应付让大多数人迷惑或恐惧的不安稳状况。萨义德认为流亡者存在于一种中间状态，既

---

[1]　A. T. 克里：《殖民地学生：伦敦殖民地学生的社会适应之研究》，伦敦，1956年，第57页。

非完全与新环境合一，也未完全与旧环境分离，而是处于若即若离的困境，一方面怀旧而感伤，另一方面又是巧妙的模仿者或秘密的流浪人。

　　萨义德认为早期的奈保尔是一位现代知识分子流亡者。[1] 本质上，奈保尔的自觉流亡和多重身份促使他欣赏超越国界的世界性文化。奈保尔关切的是知识和自由，知识和自由之所以具有意义，并不是因为抽象的方式，而是因为他个人真正的生活体验，对知识和自由的渴望本质上是对真理的追求。对真理的追求是奈保尔思想的一个核心要素。在牛津念书时他这样写信给妹妹，14 岁的蜜娜："你现在有没有喜欢上阅读，我亲爱的小姑娘。如果你没有，我对你深表遗憾。一个人必须把全部生命用于阅读和追求知识，否则就不要让生命开始……" [2]

　　奈保尔和英国妻子帕特在牛津相识并结婚，在以后 40 多年的伴侣生涯中两人分享很多共同之处，但在精神和思想方面共通之处相对较少，对印度的看法就是明显一例。帕特喜欢印度，在印度她看到尊严、美丽之类的东西，但奈保尔却看到灾难。奈保尔在写完第一部印度作品《幽黯国度》之后回到伦敦，他为母国的现状深深忧虑以致消沉，在写给好友默尼·马洛特拉的信中他说自己很想念印度，并考虑要仿效托尔斯泰在拉里克特买几英亩地办个小农场。帕特具有天生的自由主义立场，但对奈保尔没有影响，她的温和左派正统观点更为奈保尔所反对。

　　在首部作品出版后第一次回到特立尼达的旅途中，奈保尔在给刚结婚的妻子帕特的信中说起自己身体上的失落感、身在两个世界之间而在两处都得不到的尊重，这些让他痛苦。而回到英国后给母亲的信中他又诚实地表达了对英国更深的感受，他觉得夹在岛屿之间与文化之间，无所适从。这种流散漂泊的感受在他刚到牛津时候就有了。刚到牛津时候奈保尔在给家人的信中

[1]　爱德华·W. 萨义德：《知识分子论》，单德兴译，生活·读书·新知三联书店2013年版，第44—47页。

[2]　弗伦奇·帕特里克：《世事如斯：奈保尔传》，周成林译，中信出版社2012年版，第86页。

写道："我几乎天天有一种空虚的感觉。我看见自己在隧道里挣扎，那是一种两头都被堵死了的隧道。我的过去——特立尼达和我父母的命运——已撇在我身后，而我没有能力帮助任何人。我的未来——所谓的未来——是在整整四年之后。"[1] 在牛津给好友亨利·施瓦泽的信中他这样写道："未来跟从前一样暗淡。没人爱我，没人要我。在英国我不是英国人，在印度我不是印度人。我被拴在 1000 平方英里的土地上，那就是特立尼达，但我要逃避这一命运。"[2] 牛津即将毕业的时候，奈保尔举步维艰，母亲来信劝他回去，奈保尔再次拒绝，认为如果让他在特立尼达度过余生他会死，那里地方太小，人狭隘又市侩，价值观错误，没有他可以做的事情。但待在英国他同样也不开心，种族偏见很强烈。他非常希望去印度，但有很多困难，他不能受雇于印度，因为他是英国人，而英国也不能雇佣他，因为他是印度人。这段毕业后的日子是奈保尔一生中最最黑暗的时期，他被 26 份工作拒绝。

回顾这段年青岁月的举步维艰，奈保尔这样形容自己："想象一下这个赤脚的殖民地人陷入的绝望，在他想要写作的时候，读了托尔斯泰和巴尔扎克等人的经典，他看着自己的世界，发现它几乎不存在。不同于一位美国人，他生来没有从事新闻业、进入美国国务院和通用汽车公司的前程。不，他还是个殖民地人，有着所有的精神与经济的局限，所有的精神摧残。"[3] 这一阶段的奈保尔开始他人生最重要的思考，他认为自己的困境是复杂历史环境的产物，他是一个被优等的英国教育从自己的社会抽离出来的人，他是个西印度的东方印度人，是一个背井离乡的殖民地人，是一个三重流亡者。在给当时还是女友的妻子帕特的信中他这样写道："你是否想过我的处境是由诸多复杂的历史因素造成：奴隶买卖、奴隶制的废除；英帝国主义、印度各民族的臣服；加勒比的甘蔗种植园需要廉价劳力；印度契约劳工的移民……

[1]　V. S. 奈保尔：《奈保尔家书》，北塔、常文祺译，浙江文艺出版社2006年版，第41页。

[2]　弗伦奇·帕特里克：《世事如斯：奈保尔传》，周成林译，中信出版社2012年版，第123页。

[3]　弗伦奇·帕特里克：《世事如斯：奈保尔传》，周成林译，中信出版社2012年版，第299页。

对身体上的压抑（应该说很常见）感到不安很正常，但更隐秘的压迫是在精神上。我就是个例子。"[1] 这段时期的思考体现在奈保尔以后几十年的创作中，构成他所有作品的最重要主题，他把困境诉诸文字，展示给世人。"我有没有权利身在自由世界？我有没有义务把我的命运交给自由世界？我应不应该反对自由世界？"这些对奈保尔来说都是要问的大问题，是对随后半个世纪重要的全球移民现象导致文化冲突的早期思考，是最终促成奈保尔成为一名世界作家的原发驱动力，在这同一时期，没有其他著名作家以这种超越民族国家界限的、全球化的方式来分析社会。

二

20 世纪中后期以来出现了种类繁多的公民身份，如文化公民身份、环境公民身份、企业公民身份等等。在欧洲随着欧盟的建立出现了欧洲公民身份。将公民身份与特定的国籍割裂开来，用一种全新的视角或者从特定群体的角度来考察公民身份的内涵，而不再像以前那样仅仅从国家的角度来分析公民身份，似乎构成了当代全球化的一个引人注意的现象。奈保尔拥有多重公民身份，特立尼达出身使得他对加勒比海地区怀有持久的兴趣，并对黑人故乡——非洲始终保持关注；作为印度裔，对印度更是拥有恒久关切的情感；而从大学起在英国居住的这一背景，使得他拥有一种英国视角进行观察和写作。因此，必须避免继续沿用奈保尔国家公民身份的思维来审视他的世界公民身份，世界公民身份仅仅给国家公民身份提供了某些新的发展导向或原则，使其国家公民身份变得更丰富多彩。奈保尔的牛津导师彼得·贝莱在一封推荐信中首次提及奈保尔是一位"世界公民"，具有同情心，讨人喜欢，

---

[1]　弗伦奇·帕特里克：《世事如斯：奈保尔传》，周成林译，中信出版社2012年版，第146页。

极具幽默感和出色的文学天赋，是祖籍印度定居西印度群岛的英国臣民。[1]

1932 年奈保尔出生于特立尼达的一个印度裔婆罗门种姓家庭，然而高贵的种姓出身无法改变这个印度大家庭在岛国的边缘处境。种族纷争在特立尼达是个突出现象，印度人在整个特立尼达人口比例中占大约 1/3，传统印度文化对家庭和种姓的重视使得他们在海外建立起了自己稳定的社区，这种稳定的社群感虽好但也使得印度人在特立尼达与别的种族社群接触变少，易受排挤，被孤立。在奈保尔刚出生的 20 世纪 30 年代，印度人被人们普遍认为是贫穷、吝啬、异端、好斗、排外和没受过教育的。在以奈保尔外祖母和两个舅舅为家长的大家庭中，封建保守性和男权主导性让奈保尔的母亲（9 个姐妹中的第 7 个）从小就处于一种边缘境地，再加上印度农业社会中婆罗门家庭特色的钩心斗角带来的负面性，这些都构成了奈保尔想摆脱特立尼达生活的重要因素。

1962 年当奈保尔首次踏上印度的土地，他感到了自在，同胞们让他有一种亲切感。但负责接待他的印度朋友拉维·达耶注意到此时的奈保尔想法很复杂，在去古达明那塔和图格拉卡巴城堡远足的时候，奈保尔虽流连于雄伟古迹和壮观的红色火焰木盛开的山谷，但他对聚集在他周围、缠着兜裆布、脸上满是苍蝇的顽童更感兴趣，他来不是为了美丽而是为了污秽和尘垢。在写给英国编辑弗兰西斯·文德姆的信中，奈保尔直接表达了自己的吃惊，印度人对自身的痛苦太漠不关心了。萨义德认为知识分子流亡的有利之处还在于能不只看事物的现状，而能看出前因。视情境为因，作为偶发的机缘生成（contingent），而不是不可避免的；视情境为人们一连串历史选择的结果，为人类造成的社会事实，而不是自然的或神赋的，不能改变的，永恒的，不可逆转的。萨义德还认为流亡的知识分子必然是反讽的、怀疑的，甚至不大正

---

[1]　弗伦奇·帕特里克：《世事如斯：奈保尔传》，周成林译，中信出版社2012年版，第139页。

经的——但却非犬儒的（cynical）。[1]

一个多月的时间里奈保尔看到了印度很多状况，他退居在克什米尔一家湖滨旅馆思考和写作，用英国文化视角来重新审视印度文化，他指出印度人没注意到他们周围发生的事情：贫穷和乞讨获得宗教认可，人们到处大便，极少洗澡，只有宗教节日他们才洗澡换上干净衣服。而另一位接待奈保尔的维伦德拉·达耶时任北印度行政管理部门（IAS）官员。作为印度本国培养出的精英，他的看法与奈保尔完全不同。他认为他那一代人是怀着民族主义精神的，认为印度的落后不过是伟大的文明出现断裂而已，他们必须肩负起对国家未来的责任，并且他理解奈保尔置身历史主流的姿态。奈保尔对印度的认知实质上是两种文明之间的认知和考量，结果是诞生了"印度三部曲"。

1964 年秋首部曲《幽黯国度》出版后，印度拒绝经销该书，直到 1968 年出版商艾伦·莱恩爵士向时任印度副总理莫拉吉·德赛投诉后才得以解禁。作品几十年来激怒和迷倒印度国内外无数读者，奈保尔尝试裁决一个国家，作为西帕萨德的儿子，评判印度教在道德上和文化上对人类行为的影响，该书直接影响了两代印度作家对印度的评判，如阿米塔·格什（Amitav Ghosh)、法鲁克·董迪（Farrukh Dhaliwal)和阿米特·乔杜里（Amit Chaudhuri)等。在将近一年的旅行和探查结束即将离开孟买时，奈保尔接受了《印度图片周刊》的采访，整个采访过程在谈起英国时他半开玩笑地说："那地方很闷，除了工作还是工作。"对于印度，他继续书中的批评："可怕的卫生设施，落后的村庄，还有到处都有的不诚实……我从没想到印度人对人的痛苦会是这么无情。我从没想到你会发现自己置身于一个奴隶社会……"[2]作为一个流落他乡的印度人，奈保尔让人感到他对印度爱恨交加的感情。他对国家的能力不乐观，不认可尼赫鲁总理当政的最后几年，宣称印度没有未来，原

[1]　爱德华·W. 赛义德：《知识分子论》，单德兴译，生活·读书·新知三联书店2013年版，第55页。

[2]　弗伦奇·帕特里克：《世事如斯：奈保尔传》，周成林译，中信出版社2012年版，第256页。

因是它没有适应现代世界。

毫无疑问，在 20 世纪下半叶特殊的国际背景下，奈保尔对以印度为代表的第三世界国家的批判自然招来很多批评，但奈保尔坚持自己的旁观者身份，他没有解放的热情，没有改造人类的愿望，他是没有忠诚的人，他要写下他看到的事实，他的道德核心是他自己。对于奈保尔来说，三重流亡（从家族、从母国印度、从出生地特立尼达）意味着他永远成为边缘人，而身为知识分子的所作所为必须是自创的，他没有跟随别人规定的路线。在体验独特人生的过程中，奈保尔没有把自己的流亡命运看成一种损失或要哀叹的事物，而是成了一种自由，一种按照自己模式来做事的发现过程，随着他的各种兴趣和特定目标的指引，这个发现过程成为独一无二的乐趣。作为世界公民的奈保尔不遵循惯常的逻辑，不故步自封而是大胆无畏，不断改变着，前进着。成名后的奈保尔一直拒绝西印度政府部长们的邀请，他与所有政治运动保持距离。

三重移民、三重漂泊和疏离的处境，使得奈保尔对以英国为代表的西方文明的态度更为复杂，保持拒斥和接纳并存的态势。当处于某一政治和民族中的个体与来自于其他共同体的个体相遇时，他们积极采取一种反思性的态度来重新思考既往的关系模式，意识到其他文化、文明、民族的价值和优点，采取一种对他者负责的精神而积极承认他们。早在奈保尔还没到英国牛津读书之前，他就流露出对英国文化的崇尚，他在给姐姐卡姆娜的信中写道："英国是个文明国家并且很安全。人们不需要夸耀古代文化，他们有自己的文化，不会以夸耀过去的成就来为缺少文化而辩解。"[1] 然而身入其中的感受并非完全如此。由于英国 20 世纪 50 年代随意处理移民问题，英国国内的种族紧张加剧，1962 年当奈保尔第一次准备去印度待上一年的时候，英国对移民关上了大门，新法律规定，英联邦公民不再自

---

[1] 帕特里克·弗伦奇：《世事如斯：奈保尔传》，周成林译，中信出版社2012年版，第66—67页。

动拥有移居英国的权利，并更容易被遣返，奈保尔觉得英联邦移民法是一种背弃。此时雄心勃勃、聪明伶俐的他选择重新塑造自己，在一次和好友让·克鲁谈话时他宣称自己想做一个英国人，而后者认为他在开玩笑，他说他很认真，想放弃自己的西印度身份。这是奈保尔首次公开表示自己想成为英国人，但这种彻底换掉身份的想法很快被他的创作和深刻思考所否定，最终奈保尔以一张技术移民的签证留在了英国。

奈保尔试图以评价印度和加勒比岛国的眼光来评价英国。20世纪60年代的伦敦在奈保尔看来依旧是狄更斯时代的伦敦。写完首部曲《幽黯国度》回到英国后，奈保尔受邀于印度知名杂志《印度图片周刊》的编辑A. S. 拉曼，为杂志写专稿，评判他居留的英国。在网络时代之前，这样的文章英国读者不太可能会读到。奈保尔坦率开场，说自己不过是英国的一个访客，如同他在其他的国家一样，是个异乡人。他以超然的态度全面审视、分析英国："讽刺现在蔚为时尚……随着英国百年秩序的摧毁，什么也安定不下来了，动荡的节奏加快了。……印度兵变之后，没有哪个小说家记录了英国在50年帝国岁月中的惊人变化……而伦敦，就文学而言，依然是狄更斯的城市……对于机械化的现代城市，它的压力、沮丧和贫瘠，英国作家依然沉默。"[1] 奈保尔政治上保持中立，这个时期他对英国的态度已经不再是一味赞赏，而是以一种全球化视角来评判英国。

四年之后的1968年11月，奈保尔创作完《黄金国的陷落》，但却为自己在英国的前景再次感到沮丧，他打算离开英国，去加勒比，然后中美洲，再去美国和加拿大。奈保尔在英国BBC的《四海一家》(*The World at One*)广播节目中露面，表达对移民问题的不满，他谈到移民受到国会议员和新闻界前所未有的诋毁，而移民没有自己的发言人，他们只是被讨论，仿佛不存在一样。在接受《泰晤士报》的告别采访中，他把英国政客称为"卑鄙和狡猾

---

[1] 帕特里克·弗伦奇：《世事如斯：奈保尔传》，周成林译，中信出版社2012年版，第257页。

的商人"，英国历史学家"沉溺于这些自鸣得意的练习"。

背井离乡和流离失所使得奈保尔具有与一般作家截然不同的世界目光，在同一时期，没有一位著名作家以这种超越民族国家界限的、全球化的方式来分析社会。谈起这一点，奈保尔说："看起来很容易，这位作家写完他的童年，随后自然转向英国。做起来则很难，你会发现很多来自遥远国度的人坚持要写遥远国度。他们的看法从未发展到理解他们实则正有的新的体验……事情非常糟糕的时候，人的创造力才能达到极致。"[1]

结语

奈保尔创作历时 60 多年，30 多部作品描述当代全球化境遇下的人、社会和历史复杂的关系，始终围绕着几个困扰他的主题：人（移民）该如何发展才能适应这个变动不居的世界？怎样的社会才能让人得到最大的幸福？他的答案在他的所有作品中，绝不只在一部作品里，而系统梳理这些作品，找出它们的内在肌理，是我们全面认识这位复杂而又深刻的作家的关键所在。奈保尔没有预设的立场，尽管前期创作思想受到西方观的明显影响，评判和批评第三世界明显带有西方价值观的痕迹，但在创作中后期这一倾向已经消失。奈保尔创作最大的特征是有明确的问题意识，他的创作主要考察他最感兴趣的两个问题：一是二战后西方和东方社会如何变迁，西方文明对前殖民地的影响及其在数十年间的变化特征；二是像他一样的普通移民的命运出路。奈保尔以世界公民的身份保持中立的态度客观地进行观察和写作，用问题与反应的模式来考察对象，解释对象采取挑战与回应的历史客观方法的原因，因此得出令人信服而又极富预见性的结论，这是他被有的评论誉为"先知"的重要因素。

---

[1]　帕特里克·弗伦奇：《世事如斯：奈保尔传》，周成林译，中信出版社2012年版，第304页。

第二节　作家理想·作家命运·作家意识

——奈保尔边缘作家主题研究

奈保尔创作至今 30 多部作品，内容丰富，题材广泛，就体裁来说大致可以分为两大类：小说（fiction）和非小说（non-fiction）。[1] 30 多部作品中小说占 13 部，国内外对奈保尔小说的研究主要以单部作品为主，且多集中在小说人物的漂泊、疏离和流亡等精神主题，鲜有对这些作品中主人公们表现出的作家身份这一共同特征进行系统梳理和研究。事实上作家形象几乎渗透在奈保尔的每一部作品中，在 13 部小说中纯粹围绕主人公个人成长发展的小说有 6 部：《灵异推拿师》（1957）、《米格尔大街》（1959）、《毕司沃斯先生的房子》（1961）、《斯通先生与骑士伙伴》（1963）、姊妹长篇《浮生》（2001）和《魔种》（2004）。除了《斯通先生与骑士伙伴》是唯一一部以英国为背景的小说，其余小说的主人公们都拥有作家理想并为之进行不懈奋

---

[1]　本书引用1995年艾哈迈德·拉希德（Ahmed Rashid）对奈保尔的专访时对其作品的分类法，称为"非小说"（nonfiction-fiction）和"旅行体"(travel)，但奈保尔本人对于评论界这种划分并不很赞同，他说："没有必要区分它们。它们是我持续观察我所生活世界的一部分。分类的想法太人为化，它假设只有一种写作是重要的，即所谓创造性写作通常指的就是小说。我想它是19世纪以来流行开来的。我认为创造性写作包括艺术史、传记和历史叙事。每一种写作都可以是创造性的。我的书被称为旅行写作，但那可能会误导别人，因为在过去旅行写作本质上是描绘人们所走的路线的……而我的非常不一样，我的旅行围绕一个主题（theme），我旅行不是写自己而是看世界。旅行是去作一次调查，但我不是记者，我带着作为作家的同情、观察和好奇去叙述，我现在写的书都是真正有结构的叙述。这种旅行叙述里面有许多小叙述，它们是更大叙述的一部分。"参见Ahmed Rashid. "The Last Lion", *Far Eastern Economic Review*, 30, November 1995, 49—50.

斗。后期散文随笔集《作家看人》（2007）的主要章节对特立尼达作家和印度作家在两国殖民前后的命运出路进行回顾和总结。作家理想、作家命运和作家意识作为奈保尔一系列小说和评论的主线体现出了他对作家群体的独特思考。

一、作家理想：身份追寻和实现表征

《灵异推拿师》是奈保尔发表的第一部作品，主要讲述特立尼达印度移民后裔甘涅沙经过不懈的自我奋斗成为一名成功的推拿师和特立尼达炙手可热的政界人物、大英帝国荣誉勋章获得者的故事。保罗·瑟鲁认为"甘涅沙是奈保尔的第一个英雄，拥有奈保尔所有最好人物具有的美德：通晓事理，睿智，富有幽默感，善于创造和持续的想象力"[1]。值得注意的是，"第一个英雄"甘涅沙虽然以作为一个成功的推拿师和政治家的胜利者身份出现，但小说近一半的篇幅讲述的是他坎坷的写书和出书经历，因此小说实际上还叙写了他作为一位作家的经历。小说共 12 章，甘涅沙对作家梦的无比渴望和执着追求占前面 6 章，是小说前半部分的主题，构成甘涅沙个人理想主义追求的首要目标和核心。对书籍的渴望，对知识的追求，想把自己的名字写在书上，这些成了甘涅沙最大的前进动力。然而甘涅沙费时数年、自费出版的第一本书《印度教问答 101 题》由于没有名气一本都卖不出去，只是成了他赠送朋友、提高自己作为推拿师知名度的筹码而已。但甘涅沙并不气馁，继续买书看书。有一次甘涅沙充分运用多年积累的心理学和科学知识，还巧妙利用人们的迷信心理彻底医治好了一个西班牙港男孩患上的所谓"黑云杀人"的心理疾病，这令他一举成名，自此财富和名声双收。第一本书《印度教问答 101 题》开始有了销路。第二本书《特立尼达指南》宣传他在村里建

---

[1]　Theroux, Paul. *V. S. Naipaul: An Introduction to His Work*. London: Andre Dutch, 1972. p.9.

造的印度庙宇和他的通灵。随着他的名声远播，他成了哲学家和仲裁人，并不断被请去作各种演讲，回来后他把演讲写成了《通往快乐的道路》《死而复生》《我所看见的心灵》和《信仰的必须》，这些书随处可见，销路很好。而后来出版的《上帝告诉我的事》和《有益的排泄》这两本书令他成为整个岛国家喻户晓的人物，前者解决人的精神困惑问题，后者对人们日常生活的麻烦事给出了很好的建议。他的最后一本书《走出红色》由特立尼达政府出版社出版，那时他的政治家地位已经在岛国稳稳确立。

客观看来，甘涅沙的书是文化类普及读物，是自己的读书心得和作为通灵人的神秘体验，并不是严格意义上的作家作品，他也不是真正意义上的严肃作家，最多只能算是一个会写点东西的三流作家而已。但毫无疑问他后来的成功很大程度上取决于这些书，他作为推拿师和政治家的成功确立依赖于这些书，他外在的身份——推拿师和政治家实质上是他内在的身份——作家的外化，没有他的书就没有他的成功，就没有他理想的实现。布鲁斯·金因此这样评价："小说显示通过写作进行自我定位的需要。甘涅沙的写作质量差，模仿依靠，更是为自我服务。他一写好自传就压抑住了这种渴望，放弃写作追求政治生涯了。在他人生的不同阶段，他都使用叙述来理解他本人和历史，使命和奉献精神的缺乏把他带往别的地方。"[1]

作家这个职业一直是奈保尔后期小说主人公们的共同理想，构成了他们人生奋斗的主旋律。主人公们作家理想的书写客观上反映当代移民群体执着于一种更好生活的普遍精神渴望和执着美好的行动能力。在最早完成的短篇集《米格尔大街》中这种追求理想以反讽的形式表现。米格尔大街上的男人们对主要来源于英美前殖民者成功人士的"滑稽模仿"，对成为如威廉·布莱克和华兹华斯这样的英国桂冠诗人的无限向往和荒唐表现，这些实质传达出他们心中对文学的无比向往和对理想的执着追求，由于其中的巨大差异而

---

[1] Bruce King. *V. S. Naipaul*. New York: Palgrave Macmillan Ltd., 2003. p.36.

暴露出的实现手段的荒诞性构成他们理想主义的变异表达，反映出了这些主人公们贫穷潦倒、郁郁不得志的现状，以及他们根本无法获得实现自我和理想途径的残酷性，客观上揭露了前殖民地人们的真实悲剧之源。

1961年发表的《毕司沃斯先生的房子》中主人公毕司沃斯先生个人的最大梦想表面读来是他想拥有一幢属于自己的房子，关于《毕司沃斯先生的房子》国内外的评论也基本围绕主人公和房子进行论述，鲜有对主人公作家理想的研究。笔者以为小说的明线围绕毕司沃斯先生三次建房买房的经过，整部小说还贯穿的一条暗线是他搞创作写小说、梦想成为一位作家的经过。毕司沃斯先生能够得到《特立尼达守卫者报》记者这份工作得益于他的写作才华。为了成为一名能发表作品的作家，毕司沃斯先生广泛阅读能借到买到的以英国为主的欧洲文学名著，他还节衣缩食买来打字机，反反复复不停地写，但始终未能写出一篇小说，哪怕是一个短篇，他始终在写一个名为"逃离"的故事，开篇第一句"三十三岁，当他准备好的时候，这位四个孩子的父亲……"之后就没有下文[1]。小说开篇第一、二自然段概述毕司沃斯先生一生的失败：作家梦最终是个遥远的理想，而他拥有一座房子的梦想以债台高筑收尾，这是一位想成就自我的理想主义者遭遇到残酷现实后的悲悯下场。

在40年后奈保尔创作的姊妹长篇《浮生》和《魔种》中主人公威利最大的梦想也是成为一名作家。在文明夹缝中只能苟且偷生的威利从小就想摆脱母国印度过于压抑的环境，虽然还不明确自己将来要干什么，但在英国获得自由和新生活后为了让自己的生活变得有意义，他想成为一名作家，拼命写作，在友人帮助下出版了书，但销路几乎为零，英国几乎没有人会阅读这种反映前殖民地文化的书。威利的经历实质上是年轻奈保尔早期创作的经历，追求的作家梦更接近奈保尔年轻时候追求作家的经历："这些零星晦暗的恐怖，不安与焦虑的故事，似乎出自一种未定的人生观，显示年轻人的迷

---

[1]　V. S. 奈保尔：《毕司沃斯先生的房子》，余珺珉译，译林出版社2002年版，第210页。

失方向，在新的处境中举步维艰……"[1] 这是奈保尔本人的真实写照。20 世纪 50 年代的英国没人会读他的书，或者说，还没到后殖民文学兴起、能够为世人接受的时候。

作家理想几乎是奈保尔所有小说主人公们的共同理想，主人公们孜孜追求作家身份，然而他们残酷的生存环境对这一理想构成了挤压，造成了很多阻碍，使其建构过程充满困难，增加了其身份建构过程的曲折，也增强了叙事张力，所以，这种作家理想的萌动、压抑、建构、挫败、实践的过程构成奈保尔小说文本的一种潜在的叙事结构，一条可以明晰出来的叙事线索。这一作家理想基质是一个蕴含着文化思想的概念，部分反映了前殖民地人们的精神文化追求特点，一定意义上是前殖民地人的人格尊严和身份确证的标准，是前殖民地有志之士在面对国家民族创伤的残酷现实境遇下实现自我人生和展现人格魅力的表征，凸显前殖民地人们可贵的人文精神和不屈的信念追求。因此在一定意义上，作家理想作为一种诗学概念在奈保尔小说中的建构，以及最终都无疾而终的悲剧隐含了奈保尔对前殖民地人成就自身的先天缺陷的揭露，对造成这种作家困境的殖民创伤的批评立场。这一观点在奈保尔后期的散文随笔集《作家看人》中得到进一步阐发。

二、作家命运：历史困境和现实出路

奈保尔中期创作以《发现中心》（1984）为标志，体现他从纯粹虚构小说创作到非小说作品，尤其是以考察纪实作品为主的创作体裁和题材的重要转变。对作家群体命运出路的思考体现在他对真实历史背景下特立尼达作家和印度作家这两个主要群体在后殖民时期境遇的关注，这构成了奈保尔后期散文随笔创作的一个重点。

---

[1]　V. S. 奈保尔：《浮生》，孟祥森译，上海译文出版社2010年版，第105页。

2007 年出版的散文随笔集《作家看人》（*A Writer's People*，书的副标题是"看待和感受世界的方式"：Ways of Looking and Feeling）被评论誉为体现奈保尔本人"思想地图"的作品。作品共五章，第一、三和五章主要分析 20 世纪特立尼达作家和印度作家所面对的当代社会文化困境。第一章取名"芽中有虫"（"The Worm in the Bud"）是对特立尼达作家面对祖国沦为前殖民地导致先天文化缺陷的精当比喻。历史上特立尼达先后沦为西班牙和英国的殖民地，奈保尔出生时人口刚好为 40 万，大多数为黑人，大约 1/3 为印度人。尽管岛国种族多样化，但各种文化彼此隔绝，人口中只有一部分以有限的本地方式受过教育，连六年级的学生都清楚这样的教育"只会把我们带进专业或者职业上的死胡同"[1]。

赫舍尔在他的著作《人是谁》（*Who is Man*）中主张我们从人出发来研究，思考人就应该从人的处境去研究人，"人是谁"是人处境的产物。奈保尔把特立尼达和欧洲岛国挪威相比较。特立尼达与挪威尽管都是岛国，国土面积和人口相似，但根本无法相比。挪威虽然地处偏远，但有银行家、编辑、学者和成就卓然的人，诞生了大戏剧家易卜生。而特立尼达完全没有这方面的财富，岛国"地方狭隘，经济简单，养育出来的人思想狭隘，命运简单"[2]。奈保尔以几个作家为例。他的好友、特立尼达诗人德里克·沃尔克特 1949 年因为《二十五首诗》一举成名，但最终选择离开去了美国，冲出了海岛的社会、种族和思想的限制，更是于 1991 年获得诺贝尔文学奖。然而比起沃尔克特，其他的岛国作家就没那么幸运了，如埃德加·米特尔霍泽、塞缪尔·塞尔文和奈保尔的父亲西帕萨德·奈保尔。埃德加以"一系列脸谱化的各个种族的人"和"奴隶种植园情节剧（种族、性和鞭子）"[3]见长，他的书《基华纳的孩子》等曾经流行一时，但很快这一题材书满为患，在创作枯

---

[1] Naipaul, V. S. *A Writer's People*. London: Pan Macmillan，2011. p.5.

[2] Naipaul, V. S. *A Writer's People*. London: Pan Macmillan，2011. p.16.

[3] Naipaul, V. S. *A Writer's People*. London: Pan Macmillan，2011. p.26.

竭后他最终选择用汽油自焚结束生命。塞尔文的黑人流浪汉故事让他在伦敦一度走红，但在第一本长篇小说《更亮的太阳》里就用尽了他简单的素材，他最后去了加拿大。奈保尔父亲西帕萨德是印裔作家，对创作的热爱使他获得《特立尼达守卫者报》的记者工作，1943年请亲友资助出版《古鲁德瓦暨其他印度故事》，这部短篇集在叙事艺术上达到了很高水平，直接影响了奈保尔的叙事风格，奈保尔后来多次谈到，如他对自己的传记作者、英国作家弗伦奇说："它给了我一种语感，它非常美，它是我自己的史诗。"弗伦奇本人在阅读该作品后说："这是一部不可多得的佳作，是20世纪末蓬勃发展的海外印度小说的早期文本。"[1]然而奈保尔父亲英年早逝，自费出版的书也无销路，人们根本不了解他的文学抱负。在《作家看人》第一章结尾处奈保尔深切地缅怀父亲："他早年经历的那么多的痛苦，在另外一个社会有可能成为造就他成为一名作家的素材，始终未能得见天日。"[2]这无情地鞭笞了西方前宗主国对前殖民地人才的间接压制和无情剥夺，给前殖民地造成的文化困境和社会沉疴。作家，作为思想的守护者，要在这样的环境中生存几乎不可能，他们面临的文学困境本质上是社会困境和历史困境。

在《作家看人》最后一章——第五章"再说印度：圣雄及以后"的结尾奈保尔分析独立后印度作家的当代状况和困境。独立后60年印度作家的作品没有展现出这个国家的整体面貌："印度依然被隐藏着。总体而言，印度作家似乎只知道他们的家庭和他们工作的地方……对这个国家其余的地方都习焉不察，肤浅地看待"，他们都没有看到这个国家"……愤怒的农民运动……走投无路、衣衫褴褛的村民……"[3]奈保尔认为当代印度文学的繁荣主要体现在印度移民文学中，印度人大量移民到英美等国，主要是美国。海外的印度人出版许多长篇小说，但这些书由在海外的人出版，由海外的人评

---

[1] 弗伦奇·帕特里克：《世事如斯：奈保尔传》，周成林译，中信出版社2012年版，第50页。

[2] Naipaul, V.S. *A Writer's People*. London: Pan Macmillan，2011. p.35.

[3] Naipaul, V.S. *A Writer's People*. London: Pan Macmillan，2011. p.193.

判，在很大程度上，也是海外的人在购买，严格说来，它们应该属于英美出版文化。这种现象似乎与 19 世纪的俄罗斯文学相似，陀思妥耶夫斯基、屠格涅夫和果戈理等都曾在俄罗斯本土以外的地方生活，但奈保尔认为两国作家完全不一样，俄罗斯作家使用母国语言——俄语写作，俄罗斯是他们出版作品、拥有读者的地方，俄罗斯是他们思想发酵的地方，"十九世纪俄罗斯人的写作创造出了关于俄罗斯性格和俄罗斯灵魂的概念，在印度人的写作中，没有相应的创造或者创造的开端"。[1] 对于作家，印度人关心的是他们的预付版税和所获奖项，人们不去关心作品的主旨，他们的文学评论谈不上是艺术，因为对于一本印度人所写书本最重要的评判，依然来自海外。而这种印度文学的困境本质上是由于印度"没有自成一体的思想生活"[2]。奈保尔在这里指出印度文学在后殖民时期仍旧依赖于西方的问题。

客观地说，奈保尔对特立尼达和印度作家的评论仅仅是他的一家之言，尤其是对印度作家的尖锐批评更有些失之偏颇，但在《作家看人》开头，奈保尔就开宗明义地指出本书的目的："我只希望以个人的方式，列出我在自己的职业生涯中接触过的写作，我说写作，但更准确地说，指的是洞察力，一种观察和感觉的方式。"[3] 因此这可以说纯粹是奈保尔私人的观点，但通过对特立尼达和印度这些前殖民地作家的历程和困境的描绘，体现了这一群体执着于一种智性生活的精神向度和行动能力，也传达了奈保尔本人对西方带给前殖民地文化困境的间接批判态度。奈保尔对他们的历史、当下和未来命运的持久思考和书写折射出了后殖民时代之后边缘作家的普遍境遇和试图超越西方文化霸权、建构自我独立身份的迫切性和重要价值。

---

[1] Naipaul, V. S. *A Writer's People*. London: Pan Macmillan，2011. p.192−193.

[2] Naipaul, V. S. *A Writer's People*. London: Pan Macmillan，2011. p.191.

[3] Naipaul, V. S. *A Writer's People*. London: Pan Macmillan，2011. p.41.

三、作家意识：创新精神和超越情怀

奈保尔小说主人公的作家理想是他本人对作家梦的直接表达或变异阐释，他对前殖民地作家们命运的特别关注一定意义上也是观察自我、反省自我的一面镜子，由此构成他对自我作为一名作家这一身份特有的反思意识。

布鲁斯·金说："奈保尔的小说通常以事实、知名人士和事件为基础。"[1] 奈保尔早期小说主要是他对度过了青少年时期的特立尼达生活的真实记录，反映了青年奈保尔对世界不成熟的看法。奈保尔后来接受采访时说："在我最初写的四五本书中（包括那些也许有人认为是我的代表作的作品），我仅仅记录了对世界的反映，我还没有得出任何结论。"[2] 但是，更为重要的是，早期作品在很大程度上是奈保尔早年心灵创伤经历的曲折反映，小说主人公的作家理想在很大程度上是奈保尔早年作家梦不能实现、郁郁不得志的反面真实写照。大学毕业后为了在英国居住下来，奈保尔前后共找了 26 份工作，但由于种族肤色的原因都遭到了拒绝。他不得已想继续攻读硕士学位，虽然考试成绩优异，但因种族歧视在面试中被威尔逊教授（F. P. Wilson）拒绝。在迈向作家的道路上年轻奈保尔还被贫困、哮喘和退稿所吞噬。因此，对小说中作家这一诗学主题的反复书写客观上是奈保尔本人自我内心创伤的外在表征，奈保尔以文字书写来消解和缓释这种心灵和精神的疼痛。20 世纪 90 年代奈保尔回忆起 1961 年出版的关于他父亲的喜剧小说《毕司沃斯先生的房子》时说："我现在能很容易回忆起那时的焦虑，我发现自己没有天赋，写不出书，在这个忙碌的世界上毫无价值，缺少保护感。那种对赤贫的恐惧、如临深渊的焦虑感紧紧贴在这部喜剧的下面。"[3] 因此有评论认为，从心理学角度考察，奈保尔受伤的青少年经历无处可藏地垫在他几乎所有作品的底

[1] Bruce King. *V. S. Naipaul*. New York: Palgrave Macmillan Ltd., 2003. p.3.

[2] Adrian Rowe-Evans, "V. S. Naipaul: A Transition Interview", *Transition* 40, December 1971. p.57.

[3] Andrew Robinson, "Going Back for a Turn in the East", *The Sunday Times*, 16, September 1990. p.8,14.

下。"那些年很悲惨，我不想回忆。从我离开家的 1950 年到大约 1958 年是一段相当悲惨的时期，在我成为作家之前，这是一段长长的抑郁期。"[1] 因此在这一意义上奈保尔小说中的作家主题是奈保尔本人传记的另类表达。

在出版《毕司沃斯先生的房子》后奈保尔来自自己生活的素材已经用完，他深深感到创作生涯已经到了终点，面临着与同样来自家乡特立尼达的作家们类似的创作遭遇和困境——"我为什么要写这些被发明出来的小说？我担心如何继续向前。……这是人的一种深层忧虑"[2]。但奈保尔很快便投入到了新的思考和创作中去，青年时代不寻常的遭遇迫使他不断反思自我，变得异常的富于哲思。（他给当时还是女友的妻子帕特的信中这样写道："你是否想过我的处境是由诸多复杂的历史因素造成：奴隶买卖、奴隶制的废除；英帝国主义、印度各民族的臣服；加勒比的甘蔗种植园需要廉价劳力；印度契约劳工的移民……"这是奈保尔对自己困境的罕有的直接表达，包含了他以后近 60 年创作的所有主题，无疑这些严肃重要的主题在奈保尔早期这几部小说中都没有呈现。在后来的访谈中他更公开表述自己创作转变的根本就是想要探索这个世界，这构成了早期创作以情节为主的小说和后来没有情节的非小说作品的最大不同："叙述（narrative）是一个更大的始终围绕着你的概念，而情节（plot）很琐碎——人们用来编电视剧。情节假定世界已被探究完，现在就把情节加上去而已。但我还在探究这个世界，而每一次探究都要叙述。写情节的作家们了解这个世界，而我不了解。我很晚才开始理解这点，我开始理解我身处其中的世界的丰富性并知道如何去表现。"[3] 因此文学作为独特的精神呈现方式和文化行为直接传达了奈保尔作为作家灵魂中一些根深蒂固的东西。詹姆斯·阿特拉斯（James Atlas）认为："对于奈保尔来说，

[1] Stephen Schiff, "The Ultimate Exile", *The New Yorker*, May 23, 1994. p.67.

[2] Stephen Schiff, "The Ultimate Exile", *The New Yorker*, May 23, 1994. p.69.

[3] Stephen Schiff, "The Ultimate Exile", *The New Yorker*, May 23, 1994. p.68.

写作是一种极度渴望的行为。"[1]

从此奈保尔抛开了原来早期创作因循欧洲传统小说的固定模式，"从那以后，通过我自己的写作，通过努力诚实的再现，我开始对世界有了想法，我开始学会分析。"[2]奈保尔开始走出去，去了母国印度、南美洲、非洲、伊朗、美国、巴基斯坦和马来西亚等国，"他也许是今天英语作家中作品范围最广、最深刻的作家"[3]，荷兰作家伊恩·布鲁玛[4]这样形容奈保尔的考察："没有几位诺贝尔得主真打算去巴基斯坦或是刚果的边远地区去倾听无名人物的故事，而奈保尔做到了。这表现了一种伟大的谦虚。从最低微的印尼人、最平凡的巴基斯坦人、最穷苦的非洲人身上，他依然能够看到自己的痕迹。"[5]奈保尔正是以这样质朴谦逊的态度、以特有的游记考察体真实记录下他对不同世界、不同社会的观察，既有温柔绵密的细腻观察，也不乏雄肆斩截的犀利议论，以第三方视角展现了一个个被人们遗忘和压抑的存在。他曾经这样对《巴黎评论》的记者说："写作是在深刻理解事物之后的一种持续斗争，是唯一高贵的心灵召唤。原因在于它探索真理。你必须知道如何看待自己的经历，你得理解它，然后理解这个世界。"[6]正是这种视写作为至高无上的情怀造就了他在文学史上独一无二的地位。

世界承认了这位当代文化巨匠的贡献，60多年的创作使得奈保尔获誉无数。1971年获得布克奖，1989年被英国女王授以爵位，1993年获得大卫·柯恩文学奖，2001年获得诺贝尔文学奖。《纽约时报》称赞他"以天赋和才华

[1] James Atlas, "V. S. vs the Rest: The Fierce and Enigmatic V. S. Naipaul Grants a Rare Interview in London", *Vanity Fair*, March 1987. p.68.

[2] Adrian Rowe-Evans, "V. S. Naipaul: A Transition Interview", *Transition,* 40, December 1971. p.57.

[3] Andrew Robinson, "Stranger in Fiction", *The Independent on Sunday*, 16, August 1992. p.23.

[4] 伊恩·布鲁玛，当代欧洲著名文化学者及作家，现为纽约巴德学院的民主、人权和新闻学教授。2008年被授予"伊拉斯谟奖"（Erasmus Prize），以表彰他"对欧洲文化、社会或社会科学做出的重要贡献"。1990年代初奈保尔的文学经纪人吉伦·艾特肯曾找他给奈保尔写一本授权传记。

[5] https://book.douban.com/review/67891421。

[6] http://book.iqilu.com/yjrw/tsld/2014/0829/2122709.shtml。

而论，奈保尔当居在世作家之首"，他是"作家中的作家"。小说《毕司沃斯先生的房子》和《河湾》入选20世纪百部最佳英文小说。

奈保尔对当代世界文学的贡献是多方面的。在文学体裁上他大胆创新，突破传统虚构小说的固定框架，形成自己独特的旅行考察写作风格。奈保尔之前的英国文学中的旅行写作，如伊夫林·沃、彼得·弗莱明等的作品以逃避英国、逃避阶级等敏感话题的形式出现，笔下的外国人让人恼怒发笑。奈保尔以自己的亲身考察为基础进行创作，凭借自己的双耳和双眼进行精确白描，如同一个鳞翅目学专家研究蝴蝶，以"调查性叙事者"（investigative narrators）[1]的第三方不介入姿态进行观察和书写，以独特的非小说体（non-fiction）来表现对当代世界历史、政治和文化的个人观点和看法。"在一定意义上他扩大了小说的范围"[2]，奈保尔的牛津大学老师彼得·贝莱这样评价。伊恩·布鲁玛认为"他开启了文学的多种可能性，找到了新的途径去观看、描述世界，特别是非西方世界"[3]。

作为当代移民文学的领军人物，奈保尔以自己独一无二的风格实现了对文学和自我的超越。对奈保尔来说，自我超越体现在对自我个人身份的超越，对民族和国家的超越，对种族和地域的超越，客观上，正如他自己所说，他是一个无归依的世界主义者。在他的作品中，在他表现出的作家身份上，他世界主义的情怀体现在深切悲悯的人文关怀意识中。奈保尔谈起"印度三部曲"第二部——《印度：受伤的文明》中的母国印象时说："当你看到人困苦潦倒到这样的地步，你就不会是从前的你了。"[4]奈保尔关注的焦点是这个世界上曾被湮没和压抑的历史，诺贝尔文学奖颁奖词认为，"他（奈

---

[1]　Lillian Feder. *Naipaul's Truth*. Boston: Rowman & Littlefield Publishers, Inc. 2001. p.9.

[2]　Andrew Robinson, "Stranger in Fiction", *The Independent on Sunday*, 16, August 1992. p.23.

[3]　http://news.163.com/14/0803/09/A2NC4Q5C00014AED.html。

[4]　James Atlas, "V. S. vs the Rest: The Fierce and Enigmatic V. S. Naipaul Grants a Rare Interview in London", *Vanity Fair*, March 1987. p.68.

保尔）作为叙事者的立足点，在于他对其他已经忘却了的被征服国家的历史的记忆"[1]。奈保尔书写了那些具有高贵稀有的执着坚韧精神的芸芸众生，展示了后帝国时期不同社会发展的问题和去国离乡的漂泊者的精神困境，探索了全球移民时代不同文明之间的复杂关系和人生存的终极意义。奈保尔在实现自我超越的同时也实现了对文学创作的单一目的论的超越，把文学服务于人、服务于社会和世界的功能扩展到了被主流意识形态忽视的领域，最大程度上实现了当代世界文学应尽到的价值和功能。奈保尔在创作不同阶段不断挑战和超越着自身的作家局限，他的经历充分证明了作家创作持久生命力的源泉在于作家自我的不断突破和创新。

结语

迄今为止，在国内外奈保尔研究领域中后殖民理论是被运用得最多的理论。国外学界对奈保尔的研究自 20 世纪 50 年代开始，当时批评界并没有"后殖民"一词，奈保尔于 1961 年出版的"西印度群岛史诗"——《毕司沃斯先生的房子》开启了西方后殖民理论研究的先河，小说因此被视为是后殖民文学的开创之作。现实似乎也正是如此，奈保尔本人的创作生涯辉映着后殖民文学的成长发展，奈保尔和后殖民之间并没有一道截然分开的屏障，然而奈保尔的创作生涯长达 60 多年，特别是中后期创作上有了显著的变化，更体现出了作家成熟包容的多元整合思想，鉴于此，仅用"后殖民"一词对作家思想实行整体囊括似乎显得词有余而力不足。

艾勒克·博埃默在《殖民与后殖民文学》的结尾部分就曾指出后殖民批评话语的后遗症，他警惕西方的后殖民批评会"重新产生一种可以追溯到殖民时期的不平衡的话语格局：一种把宗主国的观念结构投射到全球其他地方

---

[1] 《瑞典文学院二〇〇一年度诺贝尔奖授奖辞》，阮学勤译，《世界文学》2002年第1期，第133页。

的话语格局"，即"与东方学一样，后帝国的批评话语在对待其他文化的多样性和神秘性时，也会蛮横地搞包容一切的专制主义那一套。从它自封的中心出发，这种话语只拿取能为自己的理论目的服务的东西，凡是认为'无从理解的'就弃之不顾"。[1] 为了避免这种新东方主义，博埃默认为"认真如实地承认差异的可能应该是第一步：承认后帝国的现实比任何批评理论所描述的都更加充满矛盾，更加激烈，更加多样化"，并承认"历史世界中总有一定程度的不可通约性"。[2]

上述博埃默指出的后帝国复杂现实和历史世界的"不可通约性"或许可以用来解释奈保尔 60 多年创作和评论的复杂性和诸多矛盾之处。作为移民的领军人物，奈保尔是当代最有争议、被讨论得最多的作家之一。南丁·戈迪默、布莱特·斯坦普斯（Brent Staples）、伊恩·布鲁玛、欧文·豪、约翰·贝利和丽莲·费德等作家和评论家们对奈保尔赞誉有加，尤其欣赏奈保尔揭示真理的勇气。西文·库乔、罗伯·尼克松和法泽亚·穆斯塔法等认为奈保尔的作品带有他的个人偏见。即使同一位批评理论家如爱德华·萨义德，将他二十多年前基于东方主义对奈保尔的强烈批判，和二十多年后对奈保尔的评论进行比较，也有自相矛盾之处。

事实上，奈保尔的思想复杂深刻，绝非后殖民、种族主义或西方中心论就能概括。美国著名作家、评论家布莱特·斯坦普斯在 20 世纪 90 年代指出，"很少有像奈保尔这样的作家被持续地、被挑衅性地以种族和肤色这些文学政治因素而误读。这类批评中的许多不是基于奈保尔写了什么，而是期望他应该写什么，是基于他是印度裔、出生于特立尼达黑人社会这个事实。哎，40 年的作家生涯之后，奈保尔先生还是经常被置于种族过滤镜下评价。这无论如何都似乎是一种很贫乏的评价法。对于奈保尔来说，囿于种族评价就等

---

[1]　艾勒克·博埃默：《殖民与后殖民文学》，盛宁译，辽宁教育出版社1999年版，第285页。

[2]　艾勒克·博埃默：《殖民与后殖民文学》，盛宁译，辽宁教育出版社1999年版，第284-285页。

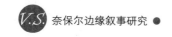

于什么也没评价。"[1] 奈保尔传记作者、英国作家帕特里克·弗伦奇认为奈保尔的道德轴心是他的自我内心。

能少有地超越不同文明但对各种文明都有深刻的理解，在多维度的视域中勘察事物，奈保尔是一个当代文明的批判者。奈保尔的作品恰好反映了他以一个世界作家的全球性视角进行边界思考和书写。作为当代世界的旁观者、社会现象的分析家，奈保尔对历史发展轨迹进行最细微的纵深窥探，他最关切的是他来自的那个移民世界和当代社会处于边缘群体的生存状况，"边缘写作"可以说是奈保尔以"世界公民"身份进行批判性世界主义创作的突出特征。

---

[1] Brent Staples, "'Con Men and Conquerors', a Review of A Way in the World", *New York Times Book Review*, May 22, 1994. p.1.

第二章　边缘人物论

　　奈保尔作品主人公的心路历程在一定程度上是奈保尔本人的心路历程，人物的生活经历是奈保尔本人生活经历的反映。早期作品中的主人公甘涅沙、毕司沃斯先生、拉尔夫·辛格及晚期作品中的威利都是这个全球化社会的产物，体现了来自边缘社会的边缘人物在时代洪流中为坚守实现自我的理想而努力抗争的历史。

　　赫舍尔在他的著作《人是谁》（*Who is Man*）中主张我们从人出发来研究，思考人，就应该从人的处境去研究人，"人是谁"是人处境的产物。奈保尔的作品主人公大都是理想主义者。早期作品《灵异推拿师》的第一段简洁概述了一个理想主义者的胜利。早期短篇小说集《米格尔大街》中大街男人们对成功人物的"滑稽模仿"，这些成功者主要来自英美前殖民国，而大街男人们贫穷潦倒，根本没有实现梦想的途径，揭示前殖民地真实的悲剧之源——前殖民地社会没有提供给他们实现自我的途径，这是对理想主义的一种变异表达。《埃尔维拉选举权》（1958）是奈保尔第一部全面涉及特立尼达政治的小说，被认为是"一出社会风俗喜剧"，描述岛国人对西方民主的盲目追求与模仿，作为又一出滑稽讽刺剧，体现了边缘人物对理想的盲目追求。就他们的内心而言，在他们身上有着寻觅自我、真我、前途和命运等的思考和行动，他们从最早期的忠于殖民者大英帝国、中期的忠于某个民族到后期的不得不退而求其次，忠于自我，客观体现了奈保尔本人作为一个"世界公民"的思考。

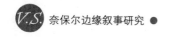

第一节　小人物大理想与希望之乡

——《灵异推拿师》(1957)

在奈保尔反复书写"被压抑的存在"的特立尼达边缘群体——印度移民的命运中,主人公们理想的宏大和现实的无奈是一个引人注目的现象。从最早完成的短篇集《米格尔大街》中的众多胸有大志但行为卑屈的大街男人们到后期姊妹长篇《浮生》和《魔种》中的威利,无不书写着这个主题,寄予奈保尔对小人物拥有大理想的思度,折射出 20 世纪上半叶全球化移民初期移民群体执着于一种更好生活的普遍精神向度和行动能力,这种胸有大理想和四海为家的移民心理客观上也是自 16 世纪起西方文明进行全球殖民带来的一个副产品。奈保尔对移民这种精神索求的反复书写是构成他世界主义思想的一个重要内涵。

本书以奈保尔出版的第一部长篇小说《灵异推拿师》为研究立足点,考察主人公甘涅沙作为一个小人物拥有大理想后的实现途径和表现特点,揭示西方文明以文化殖民为方式、以科学知识和精神为媒质对人物思想所起的内在驱动力,甘涅沙主动追寻理想既附和了西方教育,也是人自我思考行动的结果,而他最后完全为大英殖民统治辩护、成为政治家的现实却是他实用主义思想发展的必然,更是大英殖民统治在特立尼达进行文化渗透的成功典范。作为一部最早期作品,主人公的结局也是青年奈保尔刻意讨好他居留还不到 6 年的英国的一部学徒期之作,客观上没有反映出他成熟的社会批判思想。

一、小人物大理想的实现之途：书籍和知识

小说主人公甘涅沙是经历了二战的人物，基本和奈保尔的父亲西帕萨德是同时代的人物。他运用自己的意志、聪明和博学让自己走上成功的道路，他少年求学时代就已经胸有大志，坚信婆罗门高贵种姓的自己必须是个饱读诗书的博学之士和成大业者。当上城里的教师但不久就被解聘后，他无聊地在电影院里看电影，但这加剧了他的痛苦："他特别痛恨电影结束前的字幕。他想，'人家都说那些在银幕上被打出很大名字的人，都是赚大钱的。就算是那些很小的名字，也应该过得不赖。可我什么人都比不上。'"[1] 年少的他希望自己能够对人生有更深刻的思考，但阅历之浅、涉世还未深使得他想的都是些简单、稍纵即逝、无关紧要的小事情，这加剧了他的不安。就在他最迷惘的时候他遇到了奇人——印度移民的斯图瓦特先生，他学识渊博，具有奈保尔一直追寻的、自己印度祖先古老而又神秘的思想，他喜欢思考问题，认为这个世界上只有印度人还在追寻永恒的生命，并郑重劝告甘涅沙在做任何事情之前必须找到自己心灵的节拍，并把自己从英国带来的杂志《科学思想》都送给了甘涅沙，这直接培养了后者对科学和知识的崇拜和追求。在以后的岁月中甘涅沙牢牢记住与斯图瓦特先生的这次畅谈并把他的教导付诸行动，最终成就了他的一生。为了感谢斯图瓦特先生，他把自传献给他以表纪念和感谢。

在甘涅沙的一生中，无论前路怎样坎坷，生活怎样贫困，他都把买书看书看成他生活中最重要的事情，书成为改变他人生的重要基石。小说第一部分截取了甘涅沙人生中最困难的时候，当他还是个艰难谋生的推拿师的时候，叙事者"我"——一个小男孩到他那里去看脚伤，看到屋子里全都是书，甘涅沙不抽烟不喝酒但白天晚上必须看书，读书是他唯一的嗜好。最早的时

---

[1] V. S. 奈保尔：《灵异推拿师》，吴正译，上海译文出版社2008年版，第20页。

候甘涅沙买下"人人文库"的三百本书的时候，这成了泉水村的特大新闻，也无形中树立了他在村里的地位。妻子莉拉担心买书后没有柴米油盐这些最基本的生活保障，但他总是劝说妻子；当妻子恼他买了这么多书还没写出自己的书来的时候，他用书上的话——"阅遍半个图书馆方可写书"来安慰她。他的阅读范围极其广泛，从深奥的哲学、宗教、政治和心理类书籍，到有关销售、装修、生活起居乃至人的如厕问题，无所不包。他读书非常认真，做笔记也是分门别类，详尽而又条理清晰。第一本书《印度教问答101题》由于甘涅沙没有名气基本卖不出去。但甘涅沙并不气馁，继续买书看书。随着二战的爆发、战争的进展，他与村里唯一的朋友、店主毕哈利的争论又引发了他对"战争"这一宏大命题的思考，毕哈利常常引用《薄伽梵歌》，这激起了甘涅沙对印度哲学的进一步研究。后来，甘涅沙充分运用心理学和科学知识，又巧妙结合人们的迷信心理彻底医治好了一个西班牙港男孩所谓"黑云杀人"的心理疾病，这令他一举成名，自此财富和名声便始终与他不分离。他的第二本书《特立尼达指南》宣传他在村里建造的庙宇和他的通灵与才学。随着他的名声远播，他成了哲学家和仲裁人，并不断被请去作各种演讲，回来后他把演讲写成了《通往快乐的道路》《死而复生》《我所看见的心灵》和《信仰的必须》，这些书随处可见，销路很好。而后来出版的《上帝告诉我的事》和《有益的排泄》这两本书令他成为整个岛国家喻户晓的人物，前者解决人的精神困惑问题，后者对人日常生活的麻烦事给出了很好的建议。他的最后一本书《走出红色》由特立尼达政府出版社出版，那时他的政治家地位已经在岛国稳稳确立。

在奈保尔所有作品中，本小说是奈保尔对主人公的知识追求、读书嗜好描绘得最浓墨重彩的一部作品，充分说明在前殖民地人们的意识中，教育专属于殖民者当权者，教育和知识是他们的专利，但甘涅沙们很清楚，只有获得教育，获取知识，才能获得尊严和价值，这是成为一个完整意义上的人的体现和成为一个成功者的起码条件。小说第二部分"学生和老师"的开头第一段叙写了甘涅沙得来学习机会的不易。他 15 岁才进特立尼达的女王皇家学院读书，因为这个时候他父亲的 5 亩荒地碰巧被石油公司看中买下，他才有钱送儿子上学。在他们住的佛维思村子里享有这样待遇的孩子还很少，在把甘涅沙送去上学之前，他父亲拉穆苏米纳尔先生还到处拜访熟人和朋友，张扬了一番。甘涅沙与其他作品中的主人公一样都是印度移民，在特立尼达处于边缘地位，甘涅沙的社会身份地位在印度移民中又处于边缘境地，但他以自己在城里念过大学、是个有文化的青年而博得佛维思人的尊重和喜欢。幼年丧母、父亲又早逝使得他在村里总是孤单一人，但他受到了村里喜爱文化、有学问的杂货店主莱姆罗甘的特别器重，莱姆罗甘反复声称自己喜欢听有知识的人讲话，一味取悦讨好他，请他吃饭，送各种小礼物，并竭力撺掇把自己的小女儿许配给他。在这个闭塞、落后因此显得愚昧的印度移民村里，朴实、憨直的人们都怀着对教育和知识的渴望和敬意，甘涅沙是知识的化身，尽管他那时候还没写出一本书来，没有取得成功。

二、迷惘中的信念：上帝永在我身边

在奈保尔早期创作中有一个很突出的特征就是主人公与"上帝"的关系，在主人公们的思想形成和发展中上帝起着至关重要的作用，上帝是他们前行过程中迷惘无助时的一盏最耀眼的指路明灯。第一部短篇集《米格尔大街》中的主人公们是上帝的忠实信徒，《毕司沃斯先生的房子》中的毕司沃斯质疑一切，他的宗教观不稳定，他的"上帝"一定意义上是自我意志的化身，体现了奈保尔本人对自由和真理的神学思考。本小说是奈保尔所有作品中"上帝"出现次数最多、对主人公一生发展影响最大的一个元素。

在 20 世纪初期科学落后、愚昧和迷信盛行的殖民地——岛国特立尼达，印度移民身处边缘群体，在精神上和心灵上都强烈依赖于各种宗教神祇，对他们的信仰无论在日常生活中还是在遇到坎坷困顿时都是最好的医治良药。在甘涅沙的一生中，上帝始终是他精神的灯塔，照耀并指引着他人生的每一个行动和选择。小说第一次出现甘涅沙对上帝的信念是在他的自传《罪恶的年代》回忆父亲去世和他被迫放弃教师工作之间的关系上，"……父亲是在那个星期一的上午 10 点 05 分到 10 点 15 分之间过世的——正是我和米勒先生发生争执，决定放弃教书的时候。如此的巧合，令我无比诧异。我第一次感到，冥冥之中自有安排。……"[1] 对于自己婚姻的安排——娶不会生育的莎拉做妻子也是一开始就认定是上天的安排，在《罪恶的年代》中用"我从来没有怀疑过这一点"[2] 来强调。对于一开始自己对别人夸下要写书的海口，他也认为不是自己的意愿，"一切皆是天意"。而甘涅沙与莎拉婚后几年不出去找工作，埋头看书，他们的经济来源是老丈人给女儿的嫁妆，对于甘涅沙来说"这就像天意。甘涅沙再一次相信，命中注定他会有所作为。"[3] 在前期艰难谋生尚未成名的推拿师生涯中，他对别人有难度的大病没有办法应付时，就这样打发人家："既然上天安排她长成这般模样，我们就不应去干涉上天的创造。"他一如既往地告诉他的病人，他们什么问题也没有，并越来越多地提及上天。当他人生陷入最低谷、家里快要揭不开锅的时候，他对上天和命运的怀疑也不过如此："好像每件事情都是错的，甘涅沙开始担心他是不是误读了命运的征兆"[4]。无疑人生无论逆境还是顺境都是命运之神在左右，而后来事业顺利、功成名就的时候，他反思以前，觉得坎坷也是上天给的磨难而已。他成不了推拿师和妻子生不了孩子这些让人意志消沉的事情发生在他身上都是为了让他可以全身心地投入读书和写书中去。唯一的朋友毕哈利

---

[1] V. S. 奈保尔：《灵异推拿师》，吴正译，上海译文出版社2008年版，第27页。

[2] V. S. 奈保尔：《灵异推拿师》，吴正译，上海译文出版社2008年版，第45页。

[3] V. S. 奈保尔：《灵异推拿师》，吴正译，上海译文出版社2008年版，第72页。

[4] V. S. 奈保尔：《灵异推拿师》，吴正译，上海译文出版社2008年版，第82页。

认为他的失败是由于没有听他的劝告去写《印度教问答 101 题》的续集，甘涅沙拒绝并坚定地声称："命里注定是我的，我总有一天会得到。"[1]在成名后各种主讲的祈祷会上，甘涅沙更是宣传他的观点："每一件事情，我都听上帝和良知的指引，就算这个指引会引起你们的不满，我也在所不辞。"[2]他参加竞选的口号是"甘涅沙会做他能做的，投甘涅沙一票就是投上帝一票"。刚开始步入政坛，他顺应民意揭发贪官，不像其他议员那样标高价，向求他的那些投诉者索取钱财，这使得他赢得了普通民众的支持。然而调解南特立尼达甘蔗农场罢工事件却改变了他以前的做法，由于他完全没有经验、不了解情况导致罢工现场失控，由于警察的保护他才没挨揍，事后他宣布要和共产主义做斗争，改变以前与政府作对的错误做法。很具讽刺性的是这最后一次的立场改变，他也认为是天道的神秘莫测。而这一次带来的是他政治生涯的顶峰，大英殖民统治者早已经对共产主义恨之入骨，把他视作特立尼达重要的政治领袖，派他前往联合国为英殖民统治辩护，他最后获得大英帝国荣誉勋章。在《罪恶的年代》中他直接把自己的成功归功于上帝，并请读者原谅他使用了"成功"这个词。在书中他很宿命地分析自己地位上升是上天注定的事情。如果早出生十年，父亲不可能送他读大学，他最多也就是个一个地方上平庸的婆罗门学者；如果晚出生十年，按照那时的流行做法，父亲会把他送去国外读书，成为一个职业人士。时代造就与个人野心的完美结合，甘涅沙从一开始起于乌有之乡到最后的飞黄腾达，从最初的坚持为民请命到后来的自觉归附投入殖民怀抱，在他内心深处，在他的时代的理解范畴内，确实是上帝的一部杰作！

　　然而小说充满反讽意味的是，对上帝的信念并不代表甘涅沙就是个真正意义上的基督徒，这体现在他对待宗教的态度上，甘涅沙表现出了兼容并

---

[1]　V. S. 奈保尔:《灵异推拿师》，吴正译，上海译文出版社2008年版，第144页。

[2]　V. S. 奈保尔:《灵异推拿师》，吴正译，上海译文出版社2008年版，第243页。

蓄、博采众教所长并为我所用的宗教观，他主张各种宗教在本质上都是一致的，并不对立矛盾的，"都是同一个神"，他说。他充分运用自己的渊博学识、理智、不带偏见地谈论宗教，他的引经据典的出处既有佛教也有其他宗教。在他的神殿里，也就是那间破旧的卧室里，奎师那[1]和毗湿奴[2]的画像边摆放着圣母玛利亚和基督的画像，以及伊斯兰教新月和星星的图片。这使得基督徒、穆斯林和印度教徒都喜欢他。在成名有钱后甘涅沙做的第一件事是给自己盖了一幢大楼，在房子平顶上放置两尊石像，代表印度象神甘涅沙[3]，在大楼边上盖了一座印度庙宇，供人们参观。这些代表自己出生地母国的宗教行为不仅给甘涅沙带来了财富，更带来了声誉，他的信众们对他更是钦佩和尊敬。

　　一定意义上可以说，甘涅沙是出于自己的需要而采取的宗教态度，带有一定的宗教实用主义倾向。但需要指出的是，这种主张各种宗教信徒和睦相处、各自信奉自己的神明的思想，对于今天 21 世纪的全球社会也是颇具启示和警醒意义的，在一定程度上体现了奈保尔本人对待宗教的立场。在中期著名的描写母国的"印度三部曲"中他对印度教进行历史描绘和当代考察，对印度教的糟粕进行无情批判，揭示它对印度现代社会发展的阻碍作用，这些都反映了他主张宗教融合和宗教和谐的思想，这种思想在这部小说中已经得到很好的体现。甘涅沙是成功的典范，他成功地处理了他作为通灵师和政治家面对大众和群体所必须面对的这个棘手难题，他对各种宗教神明的尊崇在深层次上体现了他的宗教观，也是奈保尔本人的宗教观。

　　这个主题在后来的短篇《面包师的故事》（1962）中得到了进一步的演绎，主题依旧，讲述了一个平凡普通的黑人面包师经过坎坷终成西班牙港最富有的人的发迹史。与《灵异推拿师》一样，在主人公通往成功的路上，

---

[1]　奎师那：印度教中的至尊主。

[2]　毗湿奴：印度教三神组合之一，守护的神，掌管并维护世界的繁荣。

[3]　甘涅沙：印度教中的象头神，主人公与之同名，意义不言而喻。

"上帝"起着关键性作用。作为一个一贫如洗的黑人私生子，每当他陷入困惑和矛盾的时候，他自始至终都受到上帝的指引。事业刚开始的时候，"我开始祈祷的时候，上帝告诉我，去开一家自己的店，我觉得可能上帝犯了个错误，或者是我没有听明白他的意思。因为上帝只是对我说：'小伙子，拿着你的钱开家面包店。你会烤出好面包的。'"[1] 当碰到挫折的时候，"上帝总是这么叫我——'小伙子，你只管烤面包'"[2]。当事业有了最重要的转机后，"我跪下感谢上帝。还是那句话，但是现在听来友好而快乐，'小伙子，你只管烤面包'"[3]。当他后来回首往事的时候还是感谢上帝，"我总是告诉黑人是上帝赐予我这个开始的机会……即使是现在，一旦遇到点儿生意上的小麻烦，我也会咚地跪下，开始虔诚地祈祷，兄弟"[4]。上帝既是这些卑微小人物们在人生无助时候的最好精神支柱，也是当时社会基督文化境遇下的普遍心理慰藉，是基督教在特立尼达影响的集中反映，另外在一定程度上，也反映了奈保尔创作最早期作品的一个共同特征：人物本身受到命运支配，而这个命运是上帝，一个无处不在的神。这一定程度上反映了奈保尔初期创作还是停留在模仿和沿袭前人的创作风格，还没有形成自己的创作思想和风格，而这种突破表现在接下来出版的《毕司沃斯先生的房子》，这部纪念奈保尔父亲的作品是他首次对自己和家族的人生轨迹、种族混杂的移民社会的一次全方位窥视，是对特立尼达印度底层移民卑微人生的深度叙述和思考。这部作品标志性地预示着奈保尔整个风格和创作思想的转变，具有重要意义。

随着奈保尔中期创作转向政论性纪实作品，"上帝"的出现频次和作用几近消失。早期作品这一特征是奈保尔对普通小人物生存精神信仰的理解和阐释，客观上反映了 20 世纪上半叶处于漂泊和孤独状态的人们，尤其是以

[1] V. S. 奈保尔：《守夜人记事簿》，吴晟、冯舒奕译，南海出版公司2014年版，第125页。

[2] V. S. 奈保尔：《守夜人记事簿》，吴晟、冯舒奕译，南海出版公司2014年版，第126页。

[3] V. S. 奈保尔：《守夜人记事簿》，吴晟、冯舒奕译，南海出版公司2014年版，第131页。

[4] V. S. 奈保尔：《守夜人记事簿》，吴晟、冯舒奕译，南海出版公司2014年版，第121页。

四海为家的移民们追求生活理想过程中的精神支柱；他们屡屡受挫的抱负和
缥缈未来的陪伴者，是他们对自我实现不灭追求的精神动力和源泉。在尼采
发出振聋发聩的"上帝死了"的惊呼之后，这些处于西方文明边缘的孤独者
对"上帝"依旧怀有不灭的眷恋和依托，充分体现了在神学范畴的"上帝"
渐渐衰微的当代社会，人们客观上依旧需要精神和心灵上的诗性寄托，需要
对自己未来前途的超越时空维度的他者关怀和祈祷。"上帝"是精神无助者
的默默陪伴者和守护者，是鼓励他们坚持自我去实现梦想的内在动力，更是
他们坚信自我、不入俗流地走自己的路的最终祝福者，也是解答他们今生和
来世这些人生谜题的一个最佳通途。

早期小说主人公这一精神支柱从另一个侧面反映了奈保尔本人早年的心
理创伤。就奈保尔本人来说，在创作这些"上帝"出现频次最高的早期小说
的时候，正是他的人生最低谷的时候，主人公们的"上帝"情结一定程度上
是他本人在青年时期的特殊情结。奈保尔在牛津毕业之后前前后后找了 26
份工作却没一份成功，经年辛苦之后创作出的作品屡屡被拒绝出版，身无分
文的拮据生活，饥肠辘辘的切身苦楚，时时发作的哮喘，这些已经逼迫一个
刚刚步入社会的年轻人的忍耐心到了一个极限，除了这些，还有为年轻敏感
的奈保尔最无法忍受却又不得不忍受的种族歧视、肤色歧视，他们无处不
在，时时在提醒他。在这样的环境下，奈保尔以带有强烈乐观主义的小说来
构筑自己的理想世界，以"上帝"来为彷徨者们指路，给他们慰藉，并最终
以成功者的姿态来感谢上帝的恩惠，因此，"上帝"实际上是奈保尔自己的
精神支柱，陪伴他熬过人生最艰难的岁月，迎来创作的成功和在英国文坛的
最终地位！

三、小人物大理想：理想主义者不灭的希望

小说最突出的是主人公甘涅沙身上的理想主义特质，这种特质成了所有奈保尔主人公的一个显著特征，卑微的小人物却拥有一个大理想，这种理想就心理分析角度来看，是奈保尔本人因循传统思维模式对成功的替代性满足；从对"人"的书写、对人的思考的角度而言，是奈保尔的一种寄予，一种期待，一种对生存者的理想生活的展望，更是一种思考的产物，因此，在这个意义上，是奈保尔作为一位世界公民对理想人生的一种展望。因此，小说主人公身上的理想主义特征体现了奈保尔创作思想的一个最重要的方面：人的追寻理想和理想生活的特质，这充分体现了人的本能，也是人生活的动力、源泉和本质。

与第一部短篇小说集《米格尔大街》中的主人公们相比较，甘涅沙是对众多小人物空有大志而以一种滑稽、荒诞与扭曲形式加以表达的反拨和修正，小说叙写甘涅沙一生的成功历史，并客观分析导致其成功的社会和历史因素。这种小人物大理想的小说模式在一定程度上继承了英国传统现实主义文学主人公的叙述模式，也是青年奈保尔创作开端被文学界接受而自觉采用的一种叙述方式，小人物在《米格尔大街》中是不成功的，但在《灵异推拿师》中大获成功，而发展到后期，《浮生》和《魔种》中的主人公威利则是一个有着大理想的边缘人物，与奈保尔的前期人物相比命运有着很大的不同，奈保尔曾表示创作《浮生》是希望读者看后说"那个人就是我！"[1]，这客观反映了奈保尔文学观中对"人"的思想变化，人要学会理解我们自己！要理解普通人的历史！更要理解我们的时代！主人公从岛国走向宗主国的经历，反映了小人物不管拥有怎样的理想，都给自己营造了一个具有乌托邦色彩的希望之乡，这种理想性是所有以四海为家的世界主义者身上的一个共同

[1]《瑞典文学院二〇〇一年度诺贝尔奖授奖辞》，阮学勤译，《世界文学》2002年第1期，第133页。

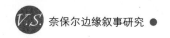

点：我的家园总是在远方，在别处！

在小说中，主人公甘涅沙的成功和最后成为一个彻底的成功者代表了早期奈保尔对这两个概念的理解。甘涅沙作为一位成功者，具有奈保尔一直认可的所有优点，如嗜书如命，爱好读书，尽管在学业上不是始终优异，出类拔萃，但他一如既往地渴求书本和知识。而成功则代表拥有财富、地位和影响力。

甘涅沙最终成了一名政治家，而一开始是一个名不见经传的普通推拿师，写作出书、成为作家是他的最高理想。他绝不是真正意义上的作家，这是由特立尼达岛国的社会现状决定的，也是奈保尔对岛国印度移民能否在岛国写作，最终功成名就的思考结晶。甘涅沙想成为一名能写书出书的作家是他从小就有的理想，并且这是甘涅沙的最大的理想，小说的前半部分叙写他写成一本书的前前后后，但第一本书仅30页，是本关于印度教的普及性读物《印度教问答101题》，具有讽刺性地罗列一些最常见的小知识，如第四十六问：谁是现代印度史上最伟大的人？第四十七问：谁是现代印度史上第二伟大的人？可以想象这本读物的销路为何惨淡。甘涅沙要想成为一名真正的作家是不可能的，这既为一个前殖民地岛国贫瘠匮乏的社会文化现状所限制，更为甘涅沙这样出身低微又被边缘化的印度移民在特立尼达的窘境所决定，这是他虽奋力寻求实现但终将失败的一个梦想。小说主人公的作家梦想是奈保尔一系列小说的共同特征，从《米格尔大街》中想成为伟大诗人的曼曼到《毕司沃斯先生的房子》中的毕司沃斯，再到甘涅沙，他们的作家梦都失败了，这不是偶然性因素和主人公们才华欠缺所致，而是一种文化和环境的合力造成的必然，在后期的散文随笔集《作家看人》中的第一章"芽中有虫"中奈保尔再次思考了这个特立尼达作家群的问题，他先后列举了他父亲同时代的作家们：他们都没有留下几部经久不衰的杰作，只是出版了几本畅销书，最终都几乎湮没无闻。奈保尔始终认为这是岛国的文化贫瘠和殖民恶果，"芽中有虫"这个标题也精当地表述了奈保尔对岛国文学的看法，在发芽的时候就出了虫子，先天性营养不良典型体现了所有前殖民地的文化共性。

甘涅沙的最大成功得益于他踏上了政治之途，参与选举成为议员，最后成为大英帝国在特立尼达举足轻重的政治领袖。甘涅沙的神奇参政经历并非奈保尔凭空想象捏造出来的，而是利用了他在 20 世纪 40、50 年代离开特立尼达去英国之前发生在特立尼达的真实政治人物和事件，如当时的政客乌里阿·布特勒（Uriah Butler）、阿瑟·谢普力尼（Arthur Cipriani）和他的两个舅舅等人的从政经历，奈保尔将他们政治生涯的一些事件移植到了甘涅沙身上，以他的成功政治生涯来映射当时处于大英殖民统治正终结和岛国自身民主选举制度尚待建立这一特殊时期的特立尼达政坛状况。甘涅沙刚开始步入政坛是获得选民的大力支持的，他没有辜负选民的信任，做了很多有利于老百姓的事情，如递交抗议案揭发官员丑闻，帮助任何阶层的人，并总是说"你能负担得起多少就给我多少"，他是当时特立尼达最受欢迎的人物，然而这种赢得普通百姓信任的行为在殖民办公室的记录上却被歪曲地定性为缺少民间支持、不负责任的挑衅。1949 年 9 月甘涅沙处理的南特立尼达甘蔗农场大罢工事件让他成为大英殖民统治的拥趸，大英殖民统治者看到甘涅沙是自身利益的坚定维护者，因此把他推上政治生涯的顶峰。甘涅沙不了解此次罢工的实质原因是资方为少付工资在淡季停工而贿赂罢工领袖，而工人们希望结束 5 个星期的罢工，尽快恢复工作，甘涅沙代表政府去处理这一事件的时候，却无视事件的真相，对工人们宣讲特立尼达的政治局势和印度社会主义等与罢工无关紧要的事情，结果双方发生冲突，甘涅沙险些挨打。甘涅沙在内心深处为自己抱不平，多年来为民众服务，不惜委屈自己和政府对立，而民众似乎不理解他，这次为他解围救了他的是殖民政府警察，甘涅沙的恼怒和灵活的政治嗅觉促使他对此次事件定性："特立尼达的劳工运动已经被共

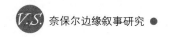

产分子控制，而他在不知情的情况下被他们利用了"[1]，为此他专门写了最后一本书《走出红色》，宣布自己用性命担保要和共产主义做斗争。从此他再也没有在议院里抗议，开始出席总督府的鸡尾酒会，穿上晚礼服参加晚宴，1949 年的殖民办公室文件把他定性为一个重要的政治领袖，1950 年派他代表英国政府去联合国捍卫英殖民统治，1953 年授予他大英帝国荣誉勋章。就这样甘涅沙政治上的平步青云让他在人生通途上越走越辉煌！

四、被禁锢于西方视域的小人物

主人公甘涅沙虽生长于特立尼达的印度乡村，但受过大学教育，他是西方文明在特立尼达的一个成功的范例，在他身上，体现着西方文化的众多印记，一定意义上，他是西方文化的代表，他热爱科学，追求知识，有空就看《科学思想》杂志，他渴望出名，想写书成名，从这种角度来说，是西方文明铸就了他的一切。但从他出身的社会环境来考察，他的印度种姓、印度文化也深远地影响了他的一切。在 20 世纪上半叶，印度移民在特立尼达只占总人口 1/3 不到，处于明显的弱势地位；特立尼达的识字率是 57%，男女几乎平均，而印度人的识字率只有 23%，其中印度女人占 13%。在 20 世纪 30 年代的特立尼达，人们喜欢把印度人说成是贫穷、吝啬、乡下、异端、排外和没受过教育的。

小说的场景主要在特立尼达的印度移民村子——泉水村里，在甘涅沙居住了 2 年多的泉水村的村民眼里，虽然整个村子一年四季酷热干旱，土地贫瘠，唯一能生长的作物是甘蔗，村里没几口人，也几乎没有什么让人激动的事情，生活平淡无趣，但是安宁而恬静，大家崇拜尊重有知识的文化人，日子贫穷但民风淳朴。村子边上有一个城镇圣佛南多，圣佛南多初涉西方文

---

[1] V. S. 奈保尔：《灵异推拿师》，吴正译，上海译文出版社2008年版，第269页。

明，代表先进和现代，生活刺激、新鲜，但也是罪恶的代名词，因为它在渐渐让人们变坏。甘涅沙在村子的整个期间虽然没有任何有意义或重大的改变发生，但是，这个村子却是他一生中一个重要的寄居点，是他开始实施重大计划、促成人生改变的关键性的时期。乡村和小镇的差异比较既是生活方式的对比，更是文化意识的比较和文明的对照。从小镇代表的西方文明世界看来，村子是贫穷、落后、愚昧的，生活淡而无味，尽显其负面色彩；但从村子本身来看，虽然小镇代表富裕、刺激、有趣，但也是欲望和罪孽的发源地。奈保尔用"罪恶"来形容圣佛南多，代表了他对西方文明渗透特立尼达的一种批判性观点、一种辩证看问题的方式，也是他作为世界公民试图怀疑一切的思想的早期表露，他以对一切并非想当然的看法来衡量世界，以自己的独立思考来阐释对世界的看法。客观上这种辩证的态度为他后来作品中形成分析问题的辩证而又全面的视角做了很好的铺垫。因此，有些评论家认为本小说作为奈保尔漫长创作生涯中的早期作品，是通往奈保尔更严肃、更有自我意识、更内省的小说创作的一块垫脚石。奈保尔本人认为创作本作品与创作《米格尔大街》一样，是在发现而不必摸索如何写作的快乐情绪下写成的。出版次年，小说获得约翰·卢埃林·里斯纪念奖。

　　饶有意味、值得深思的是，主人公甘涅沙与穆罕默德·甘地有许多相似之处，甘地一生中曾试图将印度文化和西方文化结合起来，探索印度独立复兴之路，而甘涅沙在特立尼达这个特殊时期更多地将西方文化化为己用，成功地走上殖民者的政治舞台。因此奈保尔好友兼学生、美国作家保罗·瑟鲁认为甘涅沙集各种美德于一身："甘涅沙是奈保尔的第一个英雄，拥有奈保尔所有最好人物具有的美德，通晓事理，睿智，富有幽默感，善于创造和具有持续的想象力。"[1]这个评价是对成功者要素的解剖，表达出与政治意识形态同谋的倾向，甘涅沙顺势而为，最后达到了人生巅峰，这是直接由他的政

---

[1]　Theroux, Paul. *V. S. Naipaul: An Introduction to His Work*. London: Andre Dutch, 1972. p.9.

治功利主义目的所决定的。而他从一个生活几乎无着落的普通平民到财权兼备的显赫政要这一神奇人生经历实现了无数印度移民的梦想，从边缘到中心的梦想，从受疏忽、冷淡到被接纳、成为主人好友的过程，这个过程对大多数一直处于弱势、始终被边缘化的挣扎在贫困线上的印度移民来说，毕竟是画饼充饥，是可望而不可及的，而甘涅沙最终成为英殖民统治的忠实仆役、成为效忠于得势者的结局是发人深省的，他从最早从政的时候口口声声为大众谋福祉，揭批政要贪污丑闻到最后的完全改变立场，为英殖民统治辩护，充分说明了他缺乏坚定的立场和政治道德观，在大英帝国殖民统治洪流中的识时务者的态度，这一切最终都是为了成就自我，满足自我的野心。从这一角度出发来比较他与圣雄甘地的思想与行为，会发现两者迥异，甘地在宗教、政治等方面丰富的思想与他成熟的社会改革理想始终一致，他一直坚持自己为印度劳苦大众谋福利的言行并以生命来捍卫自己的真理，人民对他的怀念与他的功绩完全匹配，而甘涅沙至多不过是个时代的弄潮儿而已，无任何始终如一的哲学政治道德诉求。评论家威斯·提莫西的评价可谓实话实说："小说既讲述了一个印度人通过奋斗在殖民社会成功的故事，也讲述了一个骗子不择手段达到成功的故事。"一定意义上可以说，甘涅沙是一个功利主义者的范本，他的喜剧性的成功虽然使人联想起幽默作家如本内特和威尔斯作品中主人公们的崛起，但两者毕竟还是有很大的不同。奈保尔创作初期的这部作品是他模仿欧洲小说中个人意志与命运相结合的成功者的结果，但他整个人生轨迹与19世纪经典小说里完全靠自我奋斗取得成功的英雄有一定差异。作品开头叙述者声称："甘涅沙的历史，在某个方面，是我们时代的历史。"[1]这是奈保尔早期对这个时代的看法，这是奈保尔对自己早年英国经历和二战后殖民社会分崩离析现状的表露，得势者骄狂，失势者落寞，默默耕耘者无人知晓，社会的非理性和道德正义的缺失是他最想揭露的。对

---

[1] V. S. 奈保尔：《灵异推拿师》，吴正译，上海译文出版社2008年版，第1页。

于一个有趣的成功者的发迹史，人们不仅仅只是笑笑而已，笑过之后的反思也是必需的。

结语

　　小说是奈保尔的成名作，是第一部发表的作品，其内容是对欧洲传统现实主义的模仿，整部小说是用清晰简洁的文字直接叙写一个印度移民如何戏剧般地在特立尼达获得成功的故事，这种从边缘到中心的方式在小说发表之时既迎合了一般英国读者的心理，也是青年奈保尔主动揣摩读者心理的一部小说，是青年奈保尔对大众"成功者"的理解的生动展现。小说从心理角度分析，客观上也透露了成为作家之前的奈保尔对成功的想象性满足。与别的作家正好相反，这部小说是奈保尔的处女作，承载了青年奈保尔对作家这一职业太多的希冀和梦想，见证了他成名前所经历的一切曲折和失落，尤其是在英国孤身奋战、经济极度拮据甚至食不果腹的悲惨遭遇，在这种极端境遇下，奈保尔反其道而行之，将乐观、幽默和理想主义融于笔端，塑造出了甘涅沙这个成功者的形象。从心理批评的角度，这反映了他将自己生活的不如意压在心底，将自己未能满足的潜意识表面化，以求心理平衡的心态，小说的创作一定意义上是奈保尔本人潜意识获得满足的过程。

　　当年刚刚从牛津大学毕业，奈保尔数年积累之后创作的短篇小说集《米格尔大街》刚完成，但安德烈·多伊奇以短篇小说卖不出去为由拒绝出版，同时希望奈保尔再写部长篇小说。奈保尔很快就写了这部小说，整体上与《米格尔大街》风格相近，但场景主要在特立尼达的乡下印度人中间展开，人物原型甘涅沙来自奈保尔父亲的小说集《古鲁德瓦》中的主人公古鲁德瓦，与古鲁德瓦有颇多相似之处，身份经历了教师、推拿师、企业家、作家和政客这 5 次变化，一次比一次成功。与《米格尔大街》相似，叙述者是个

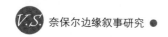

将要离开特立尼达去英国留学的印度男孩，通过他的视角来观察主人公的人生变迁。叙述者在开篇第一部分结尾时站出来表达了这样的理解："我相信，就某种意义而言，甘涅沙的个人历史，就是我们时代的历史。"[1]这无疑在一定程度上代表了青年奈保尔对当时社会的一种理解。而对主人公甘涅沙一生在宏大的世界政治历史中的评价，又显示了奈保尔深刻的理性思辨逻辑，预示着奈保尔后来创作的发展轨迹向社会观察和政论变化的趋势。主人公发迹史、他的个人历史是我们时代的历史，揭示了个人历史和时代发展之间的镜像关系，个人发迹史为时代造就，是时代的产物，包含了奈保尔的正统历史和主流历史观，主人公有其优势但是时运造就，他顺应这种历史而成功。这种观点反映了青年奈保尔当时对主流社会历史观的认可，反映了他早期思想中对英帝国文化和统治对殖民地人民的影响的认可，但又有点无可奈何，因为他还没有成熟到形成自己的历史意识并将其在作品中表述。主人公从特立尼达走向英国（还未走向世界），印证了成功者的道路的相似性；成为帝国在殖民地的代言人是前殖民地人们的普遍梦想，主人公的成功代表了一切。

客观上分析小说在整个奈保尔创作生涯中的地位，会发现小说仅仅是一部习作，一部模仿之作，并不真正代表奈保尔成熟的社会思想，而是青年奈保尔以传统欧洲文学为蓝本把它们移植到特立尼达土壤的作品。小说出版后，当时一位学者彼得·格林（Peter Green）认为它的英国味道就好像是奈保尔用他的牛津鼻子来闻嗅他的特立尼达印度移民同胞，这一比喻让奈保尔始终记忆犹新。作品语言简洁生动，但同时表达的思想也简单直白，是因为青年奈保尔还未完全找到自己的写作风格，人物刻画还欠缺深入细致的微观描绘，客观上是才20岁出头的奈保尔以旁观者视角对比他年长者人物的内心精神世界缺乏深入的了解所造成的。小说出版后评论家的评论也印证了这一点。

作品因此绝不仅仅是一部畅销书，更是一部社会政治史，奈保尔以此来

---

[1]　V. S. 奈保尔：《灵异推拿师》，吴正译，上海译文出版社2008年版，第10页。

重申他的文学观，这种思想源自奈保尔幼年的一次经历。12 岁时去海边玩，看到三个孩子（一个哥哥两个妹妹）被淹死了，他们本可获救，渔民在讨价还价中耽误了时间！小奈保尔当时很害怕。渔民拖着拉网把尸体捞起来。三具尸体躺在沙滩上。太阳落了。附近一家廉价的海滩咖啡馆里的一台留声机在播《深情的吻》——吻我多点，亲爱的，说你永远是我的。"我不知道 12 岁的人有什么感觉，但我永远忘不了这些。"[1]这是奈保尔与妻子帕特谈恋爱的时候谈起的一段幼年经历，是儿时影响自己最深的两件事情之一，成了影响奈保尔世界观的一次心灵创伤经历。这样的亲身经历让他对人与人之间冷酷的关系有了切身体会，也使他更加关注人类社会发展中人自身的众多问题，而奈保尔文学观中的最大特征，是以人类道德观的角度来审视人，评价人。这也成了他系列作品的一贯主题，充分体现了奈保尔深切的人文关怀意识。

第二节　房子与边缘者的精神乌托邦

——《毕司沃斯先生的房子》（1961）

东方主义和后殖民主义的局限在于过度关注种族、民族、国籍、阶级、性别以及其他政治和意识形态问题，相对忽视知识、学术生产的相对中立性、客观性。长久以来对本作品的研究大都集中于后殖民政治视角，忽视了对作品从本体论原发视角的全面研究。本书试图填补这一空白。

《毕司沃斯先生的房子》（1961）是奈保尔早期创作中最后一部也是最重要的代表作，在早期的所有作品中，这是最贴近奈保尔家族生活的一部，作

---

[1]　帕特里克·弗伦奇：《世事如斯：奈保尔传》，周成林译，中信出版社2012年版，第111页。

品主人公毕司沃斯先生的原型是奈保尔父亲西帕萨德·奈保尔，评论界普遍认为《毕司沃斯先生的房子》是奈保尔对父亲短暂一生的追忆和纪念。小说创作开始于 1958 年秋天，用了 3 年完成，全书超过 20 万字，与前期已经出版的 3 部相比是巨大的突破。奈保尔给姐姐卡姆娜的信中说创作这本书就像又来了一次奖学金考试。2002 年 7 月 3 日奈保尔对他的传记作者弗伦奇说："它（《毕司沃斯先生的房子》——笔者注）实际上处理的是孩提时代的记忆，所以这赋予它特质——它是根据童年记忆虚构而来的。"[1]为更好地忠实于记忆，创作期间奈保尔与特立尼达的家人保持密切联系，他们的信给了这本书素材，他脑子里的另一个世界特立尼达的生活，始终都在眼前。事实上作品的真实性使得还未出版就受到来自奈保尔舅舅皮卡迪奥家族的集体抵制。奈保尔的母亲在当时给儿子的信中明确希望儿子不要提到舅舅和姨母们的任何事情，以免引起不快。但最终书还是出版了，并且成为奈保尔所有作品中的经典。评论家哈里什·特里维迪（Harish Trivedi）认为，"即使在所有印地语文学中也很难找到比这部作品对一个印度教大家庭更细致更真实的描写"[2]。但是这样的一部杰作在刚出版时候并没有受到应有的关注。一名纽约出版商建议编辑戴安娜·安塞尔删减小说，奈保尔断然拒绝并坚持自己创作时的正确判断，但当时的多伊奇出版社还是推迟了出版这部杰作，这成为以后奈保尔与多伊奇出版社中断关系的一个主要原因。书刚出版 6 个月，精装本才卖了 3200 册。这距离后殖民文学真正为评论界和读者关注还有一段时间，奈保尔的作品在当时是个特例。爱德华·布里斯维（Edward Brathwaite）评价道："维迪亚·奈保尔的小说……几乎一夜之间，颠覆了我们文学价值观的整个体系，并为西印度小说的形式与次序树立了新的批评标准。"[3]当时的著名作家和评论们都对这部作品予以高度评价。作家安格斯·威尔逊（Angus

[1] 帕特里克·弗伦奇：《世事如斯：奈保尔传》，周成林译，中信出版社2012年版，第211页。
[2] 帕特里克·弗伦奇：《世事如斯：奈保尔传》，周成林译，中信出版社2012年版，第213页。
[3] 帕特里克·弗伦奇：《世事如斯：奈保尔传》，周成林译，中信出版社2012年版，第216页。

Wilson)在1961年12月17日的《观察家报》上评价奈保尔现在置身于"一小群无可非议的一流小说家之列"。《新闻周刊》认为这部作品是"深刻的喜剧洞察力与终极悲剧力量的完美结合"。

一、图尔斯家族与西方文明：吸收同化与双重属性

哈奴曼大宅一定意义上是一块印度教飞地，在特立尼达的大镇阿伍克斯高街上很突兀地耸立着，阴森的大宅里一切都按照印度传统生活方式进行，恪守婆罗门这一高贵种姓的礼仪安排婚丧嫁娶等大小琐事。对于第三代移民的奈保尔来说，整个大家庭的各个支派离开印度不过四五十年的时间，奈保尔童年就是在这种浓厚的印度文化氛围中长大。创建这块飞地的图尔斯先生去世后，图尔斯太太和她的两个儿子占用最好的房间，享用最好的食物，14个女儿和她们的丈夫作为家佣、劳工和杂役为家族创造财富，换取食宿和微薄的零用钱，但要购物花钱还是要向女家长图尔斯太太要。为了让家族财富继承者的两个儿子，尤其是小儿子奥华德接受最好的教育，图尔斯太太不惜花重金在西班牙港购房陪读，终于成功把小儿子送到英国伦敦——帝国的中心。8年后奥华德回来，给图尔斯家族带来的震撼犹如一场海啸。"相当一段时间的谣传终于落实了：图尔斯太太的儿子奥华德要从英国回来。每个人都兴奋不已，姐妹们穿上最好的衣服从矮山赶来商讨这件事情。奥华德是整个家族的奇迹。"[1] 奥华德是西方文明和东方男权主义的混合载体，他既体现着特立尼达这个殖民地岛国对宗主国英国的无限膜拜，学习模仿吸收英国的一切，同时作为印度移民在这个多种族共同生存的岛国又是东方男性家长制的代言人。为迎接他的到来，图尔斯太太不顾女儿女婿租不到房子的残酷现实，把他们赶出家门，把西班牙港的房子重新装修一新，在奥华德到来前无

---

[1]　V. S. 奈保尔：《毕司沃斯先生的房子》，余珺珉译，译林出版社2002年版，第518页。

数次查看为他准备的房间。原来在他离开去英国之后哈奴曼大宅消失多年的欢庆节日又恢复了，院子里搭起了一顶巨大的帐篷，还专门请来了梵学家，姐妹们做饭唱歌一直持续到深夜。奥华德来的那天从黎明大家就开始忙活起来，毕司沃斯先生形容就像该死的金星失事似的。迎接奥华德的队伍分批去码头。在码头上奥华德逐一亲吻无比激动的姐妹们，叙述这几年在英国的辉煌经历，包括与众多家喻户晓的名人的交往（由于无人作证，虚构和夸张也难免），所有的人都洗耳恭听并无限向往。即使奥华德回来很长时间后，"奥华德仍然是众人崇拜的对象，和他说话仍然是一种无上的荣誉，他说过的每件事情都被众人传述着。如果奥华德要讲一个新故事，人们立刻就围拢过来"[1]。人们对奥华德厌恶之人和事也都充满反感。在英国，奥华德作为从特立尼达来的印度移民与从印度来的印度人格格不入，奥华德对他们大加针砭，姐妹们也一致地同仇敌忾，最后"当意识到自己作为印度文化的最后代表所肩负的责任时，她们变得严肃起来"[2]。在整个图尔斯家族看来，奥华德是权威的象征，是希望的代表，他所追随的和所唾弃的就是他们所追随的和所唾弃的，简言之，奥华德就是一切。英国——这个西方文明的帝国，代表着奥华德和他的追随者们所向往的一切——物质的丰裕和精神的满足，"那里，奥华德去过的地方，无疑就是真正的生活之所在"[3]。

奥华德去英国的 8 年正好跨越二战，回来前的几年，世界局势正处于苏联和美国两大超级大国进入冷战前期，苏联对世界的政治宣传在西方一大批知识分子中激起了强烈反响，很多人加入共产党，并以其行动来对资本主义不劳而获等的价值观进行批判。奥华德身在英国伦敦也深受其影响，这次回来在自己的崇拜者、家族众姐妹和外甥中间竭力宣扬苏联，激起了他们的无限向往和憧憬。奥华德熟稔地提及二战期间苏联将军的名字和他们的功

---

[1] V. S. 奈保尔：《毕司沃斯先生的房子》，余珺珉译，译林出版社2002年版，第534页。

[2] V. S. 奈保尔：《毕司沃斯先生的房子》，余珺珉译，译林出版社2002年版，第533页。

[3] V. S. 奈保尔：《毕司沃斯先生的房子》，余珺珉译，译林出版社2002年版，第533页。

勋，并爱屋及乌地说俄国人的名字好听。一向是家族异己分子的毕司沃斯斗胆说那些名字难听得要命，两人就俄国人的名字展开争论，结局当然是一边倒——奥华德赢了！奥华德由此说起苏联的种种优点：《苏联宪法》里有"人人都有工作，而且人人都要工作"的规定；培育出各种颜色的棉花，在飞机上播种来种植水稻；男女平等，都有工作机会，都能实现自己的梦想。他特别提到了毕司沃斯想成为作家的理想，说："在苏联，如果他们认为你是新闻工作者和作家，他们会给你房子，给你食物和钱，然后让你去写作。"毕司沃斯大为惊喜："真的吗？一座房子，就这样吗？""作家们一定会有房子。别墅，一座在乡间的房子。"这无疑是毕司沃斯梦寐以求的。女家长图尔斯太太马上迫不及待地问："为什么，我们为什么不去苏联呢？"[1]奥华德的回答略有点煞风景："他们正在为此而战斗。"毕司沃斯满心钦佩："你是共产党员吗？"奥华德以微笑作答。至此，"苏联效应"已经在图尔斯家族达到高潮："一周结束的时候，整个房子都沸腾了。每个人都在等待革命。人们更深入地阅读《苏联宪法》和《苏联周报》，超过阅读《特立尼达守卫者报》和《卫报》了。以前的观点都被动摇了。那些读书者和学习者们兴高采烈地以为他们生活的社会就要被粉碎，不再用功读书，并开始鄙视他们从前尊重的老师，认为他们是消息不灵通的傻瓜。"[2]

重视子女的教育是图尔斯家族的一大家风。图尔斯太太恪守印度传统，力图以保持母国传统文化来维系整个家族，又竭力想在异国谋求发展，这使得教育下一代成为一个家族重任。图尔斯太太不惜花重金在西班牙港购房陪读，终于让奥华德受到了最先进的英国教育。家族其他女儿们由于性别歧视不能受到更好的教育，但女儿们的下一代必须要有教育，这在家族里是一条不成文的规定。耽于幻想和书本的毕司沃斯起先还担心自己的孩子在哈奴曼

---

[1]　V. S. 奈保尔：《毕司沃斯先生的房子》，余珺珉译，译林出版社2002年版，第537页。

[2]　V. S. 奈保尔：《毕司沃斯先生的房子》，余珺珉译，译林出版社2002年版，第538页。

大宅受到虐待，但他很快发现"在这个公共的家庭里，孩子们被当作一种资产，一种未来的财富和影响力。他担心赛薇会被虐待的恐惧是荒谬可笑的"[1]。孩子们必须要受到最好的教育，为奖学金而拼搏，孩子们之间展开竞争和有无获得奖学金成为父母们之间竞争的重要筹码。这种风气在大宅里流行多年。奥华德突然抛出这个"苏联"模式，不用辛辛苦苦读书就可以有好工作好生活，这无疑是天上掉下大馅饼！大家在等待着革命的来临。但随着时间流逝，没有任何振奋人心的消息传来，大家开始泄气和失望了。奥华德哥哥谢克哈首先表露对奥华德根除资本主义的厌恶，随后是毕司沃斯父子开始当面对奥华德的"红色和蓝色的棉花"和"飞机上种水稻"表示抵制，"苏联效应"开始在人们心里消散了。而就在这时，由于时间上正好和欧洲和美国的杰出知识分子流行宣布脱离共产主义相吻合，阿南德在学校里声明不赞成共产主义的举动也没有引起大家异议。

图尔斯家族内部这一思想波澜很有意味。意识形态触底的是经济和现实生活、移民群体最终生活的归宿，就如奈保尔的外公图尔斯先生当初来特立尼达一样，是为了更好地生活！追求更美好的理想生活！这种想法在毕司沃斯和他周围人们的身上都差不多，只是局限于当时特殊的国际政治背景和特立尼达特殊的移民种族特点而已。以 21 世纪的目光来衡量奈保尔这部早期作品中的"苏联效应"，有一点很发人深思，即散居特立尼达的印度移民对当时两个超级大国实质上并不关心，他们的立场和态度的轴心是自己的利益。按照常理，特立尼达是英国殖民地，英语是官方语言，作为英帝国移民的图尔斯家族应该倾向英美，但是他们没有偏袒宗主国，奥华德更是这样，他在英国伦敦留学 8 年，更应该选择英美政治意识形态立场，恰恰相反，他对苏联的热情和宣扬大大超过了他所应该的。这充分说明了移民的政治文化心理的可塑性，客观上，他们具有吸收同化和排斥异质的显著特征，作用这

---

[1]　V. S. 奈保尔：《毕司沃斯先生的房子》，余珺珉译，译林出版社2002年版，第186页。

种特征、影响这种特征变化规律的是移民自身作为"人"这一个体的物质现状和精神喜好，这显示了政治意识形态领域和人们选择何种生活方式之间的密切关系，文明的进展实质上是怎样的生活才是最合乎人的发展的生活，这是移民群体具有世界主义立场的一个表现。

这种看似悖论的移民的双重属性在整个图尔斯家族的身上得到了多方面的体现。他们绝不仅仅是像他们的父辈们那样满足于契约劳工的身份和命运，这种特征在这个家族形成初期就已经显现。第一代移民图尔斯先生在 19 世纪末（大约 1894 年）被运到特立尼达，作为一个出身高贵能读梵文的婆罗门，被一个小有产者看中入赘成了他们家的女婿，成为特立尼达著名的梵学家，在特立尼达印度人中很有名。作为第一代移民的图尔斯先生为了树立在特立尼达印度人中的威望，把印度文化以一座大宅——哈奴曼大宅的形式搬到了他定居的阿伍克斯的高街上，就像一座异军突起的白色堡垒，围绕着屋顶的围栏中供奉着猴神哈奴曼的混凝土雕像。"梵学家图尔斯在特立尼达和在他的家乡一样受到敬重，如今他完全成为了家族的纽带。有关这个家族的事情鲜为人知，外族人只有在某些宗教庆典的时候才有机会被请到哈奴曼大宅来。"[1] 图尔斯先生和太太共生育了 14 个女儿，2 个儿子，他因车祸早逝，图尔斯太太精明能干，虽继承丈夫不大的产业但经过数十年积累把家业撑得很大，到大儿子谢克哈结婚时已经由阿伍克斯的大户成为整个特立尼达岛上有名的大户了。整个家族在多种族的、印度人只占总人口的 1/3（奈保尔 1932 年出生时特立尼达人口刚好 40 万）的特立尼达所取得的显赫财富和地位是令人惊叹和发人深思的。况且在当时，这 1/3 的印度人大都从事农工、商人、酒贩、职员和店主等职业，鲜有律师、教师或政府雇员。图尔斯家族的成功不仅仅得益于他们充分利用了印度婆罗门地位的影响，更是他们成功适应异域生存的结果。虽然在大宅里他们恪守印度教教规，举行一切印度教

---

[1]　V. S. 奈保尔:《毕司沃斯先生的房子》，余珺珉译，译林出版社2002年版，第78页。

规定的仪式活动，但在大宅外面，家族成员积极融入岛国的主流圈子。教育是图尔斯家族崛起的很重要的筹码，整个家族成员对教育的重视程度到了无以复加的地步。图尔斯家族并非像严格意义上的印度教徒一样一切按照印度习俗处理家族大小事务，相反，他们根据自己的经济利益和家族在岛国的长远发展行事。图尔斯家族的孩子们上的是严格的基督教教会学校，下一代根据发展需要可以选择出国以谋求更好的未来。已经结婚的女儿不一定要按照印度习俗的规定住到夫家家里，而是可以继续住在大宅里，只有少数嫁给有钱有势丈夫的才不住在娘家。

　　家族在特立尼达的盛衰与印度教有着复杂而又密切的关系。尽管大宅供奉猴神哈奴曼，家族的男孩子都受洗婆罗门教，但印度教在整个图尔斯家族中更多的是被实用地运用，而绝非是如他们的婆罗门印度祖先那样从生活的方方面面恪守种族和宗教教规，以纯粹的婆罗门种姓过日子生活。一年四季图尔斯太太领导整个家族成员举行印度教和基督教宗教礼仪，安排各种宗教节日。孩子们在圣诞节和西方的孩子们一样会收到圣诞老人的礼物，而举行印度宗教仪式时作为婆罗门都得围上干净的缠腰布接受别人的款待和敬意。事实上并非只有图尔斯家族有这种行为，岛国的印度移民为了生存的需要都有这种宗教混合倾向。毕司沃斯幼年曾在梵学家杰拉姆那里学习过 8 个月，作为在印度人中博学而受到尊重的梵学家，杰拉姆居然狂热地信仰上帝，但是同时也声称不必每个印度人都如此。这种实用主义的态度到了喜欢质疑一切的毕司沃斯那儿就演绎发展成了："毕司沃斯先生从来没有对他在塔拉家里被当作婆罗门奉为上宾的待遇和他在梵学家杰拉姆身边受到的尊重有所质疑。但是他也从来没有把这当成一回事，他只是觉得这是偶尔玩的游戏里的规则。"[1] 很显然，以印度教为核心的印度传统文化在印度移民第 2 代身上已经衰微，图尔斯家族在阿伍克斯的影响力在小说结尾时已经全然失去。

---

[1]　V. S. 奈保尔：《毕司沃斯先生的房子》，余珺珉译，译林出版社2002年版，第66页。

伴随着宗教文化在家族中衰落的是印度传统家庭等级制度的衰落。毕司沃斯进入哈奴曼大宅后发现大宅尽管看上去杂乱无章，实际上是井然有序的，个人地位按照次序划分，图尔斯太太和两个儿子是哈奴曼大宅里的最高统治者，其次是图尔斯太太的亲妹妹派德玛和丈夫赛斯，次之是琴塔，毕司沃斯妻子莎玛在琴塔之下，女儿赛薇在莎玛之下，毕司沃斯则远在赛薇之下。当图尔斯太太和儿子不在时候，等级制度就形同虚设。姐妹之间争权夺利，口角争执接连不断。赛斯逼迫每个人俯首听命，但他无法带来和谐，只有周末图尔斯太太和小儿子回来的时候，一切才恢复正常。但是，随着小儿子的出国，图尔斯太太的年迈，整个家族的等级秩序也渐渐消逝，印度传统文化的消失在小说最后并不必然预示着新的秩序的确立，这种新的秩序规范的确定还需要相当长的一段时间。英国评论家布鲁斯·金认为图尔斯家族的生活体现了"西方化思想和仪式主义的奇妙混合"[1]。

在毕司沃斯作为个体与整个图尔斯家族的矛盾冲突当中，印度传统中的负面因素，如家长制、男尊女卑等显性的差异和家族权威剥夺欺压其他弱小者的隐性不公，构成了矛盾的导火线，家族权威以反对差异和异己分子的方式来维护自己的统治和威望，这与主张个性、平等和尊严的毕司沃斯天然地存在着分歧，这种分歧一定意义上也是一个追求自由、公正的世界主义者的表现。另一方面，图尔斯家族作为印度移民的这种实用主义思想在他们生活中具体展现，对于这个移民家族而言，母国文化也好，西方文化也好，甚至苏联的模式也好，只要能够适合他们的生存和发展的，他们就敢于拿来为己所用，图尔斯太太的惊人之语"为什么，我们为什么不去苏联呢？"[2]道出了普遍的移民心声，也揭示了移民群体所具有的以四海为家、寻觅心中理想家园的世界主义者的显著特征。

---

[1]　King, Bruce. *V. S. Naipaul*. New York: Palgrave Macmillan Ltd., 2003. p.48.

[2]　V. S. 奈保尔：《毕司沃斯先生的房子》，余珺珉译，译林出版社2002年版，第537页。

就图尔斯家族来说，生存于特立尼达这个移民社会注定了它自身的印度传统文化和宗教衰落的不可避免性。事实上，图尔斯先生这个在19世纪末才以卑微的劳工身份来到特立尼达的印度移民和他的家族尽管有恢复印度传统的雄心，并在阿佤克斯高街上建造了纯印度风格的哈奴曼大宅，但并非是始终如一的印度教徒，纯粹的婆罗门后裔。为了生存下去，他的妻子和儿子们还是以一种奋斗者的姿态适应着新的社会环境给他们的挑战，并且取得了成功。第一代移民图尔斯先生建造的哈奴曼大宅仅在小说的前半部分出现，随着家族事业的拓展，图尔斯太太在首府西班牙港购买了房子，在矮山购买大量地皮，大宅便渐渐没有人住了。家族的后代选择去海外尤其是英国留学，找到更好的工作，要么就是在西班牙港发展，代表印度文化的大宅在小说最后随着图尔斯太太的年迈，被彻底废弃了。整个家族失去了在阿佤克斯的影响力，一切都成为了历史。图尔斯家族的成功适应和转型充分反映了移民生存必须学会适应、融合和融入更强势文化的规律。

二、毕司沃斯先生：执着追寻自我价值的理想主义者

虽然小说被认为是奈保尔对父亲的纪念，并且是对童年和少年时期生活尤其是舅舅家族的真实记忆，但还是与奈保尔的真实生活经历有很大的不同，最主要体现在父亲这一形象上面。毕司沃斯先生与奈保尔父亲相比较，只是部分经历重合，奈保尔父亲西帕萨德是个有成就的作家，在世时就出版了自己的小说集，尽管销路不好，而毕司沃斯是个类似于欧洲流浪汉小说中的英雄，小说客观再现特立尼达在二战前后的社会状况，特别是印度移民在这个岛国的生存状态，既有宏观的历史轮廓，也有一个家庭内部的微型刻画，其中凸显的毕司沃斯先生的执着、奋斗、顽固与无能，使得形象比起原型更滑稽搞笑，比如毕司沃斯作为新闻记者写报道时，他的创作缺乏深刻的

思想，最终都没有写出哪怕是一个短篇来，他还很愚昧，如找律师诉讼被变相诈骗和买锡金街的房子上当受骗多花了冤枉钱等。

《毕司沃斯先生的房子》开篇第一、二段叙述一个理想主义者的失落，毕司沃斯先生的作家梦始终是个理想；拥有一座房子的梦想以债台高筑收尾，这是对一个穷困潦倒的边缘小人物空有大理想的冷峻叙述。奈保尔在完成该作后对姐姐卡姆娜说这又是一次奖学金考试，并在将书交付出版之后就再也没有勇气打开，该书还原了他青少年的时代生活和父亲的个人生涯，这是奈保尔没有去阅读的根本原因，这从另一个角度反映奈保尔小说世界和奈保尔的童年和青少年生活之间的距离很近。

传统上对主人公毕司沃斯的评论主要在于揭示这一人物身上所具备的后殖民小人物的特点，他所处的零勃"limbo"状态，即永远处于边缘、不能进入主流和永远暂时性的特点；还有他房子的象征意义，即反映一个民族的独立。这些批评的特点是大都从政治视角出发，得出的结论也是政治学意味，但如果全面而又客观地考察小说所表现出的主人公，以一种更具变化和动态的特征来研究主人公身上的特征，也许有些新的启示。

从世界主义的理论范式，以世界主义的视角来考察这个人物，将他放置在东西文明的交叉点上，会发现一些新的意义。无疑，毕司沃斯是介于这两种文明之间的杂交人物，或者说他是东西文明在 20 世纪上半叶的特立尼达这个种族混杂社会的早产儿，他的性格特征和行为选择预示着这个社会的未来发展，也预示着东西文化博弈的未来趋势。他没有如后来文学作品中的主人公那样，对西方价值和文明几乎是一边倒地全然接受，他对西方文明还没有如他的儿孙辈那样，就如作家本人那样有明确和强烈的目标意识，他最大的特点是凭生存本能质疑一切。毕司沃斯生于 20 世纪初期，成长于 20 世纪中期，他的一生正好是一个完整意义上的世界主义者的过渡性人物的一生，他是 20 世纪下半叶世界主义潮流形成的重要早期人物，身上显示了 20 世纪

下半叶现实世界主义最终形成的征兆。

毕司沃斯在他短暂的一生中取得了他的同龄人所无法取得的成功，实现了和他相同社会地位的卑微小人物所不可能实现的理想。虽然幼年丧父，居无定所，他没有如那些普通印度劳工移民的后代那样一辈子做劳工，甚至他没有像他的两个哥哥那样一辈子在菲利斯逊的甘蔗地里劳作，也没有如他姐姐那样成为富有亲戚的帮佣。他凭借自己的意志和决心，奋力在世界上寻找自己存在的价值和意义，由于他的自我奋斗，他超越了自己的出身和环境的限制。他成为岛国首府《特立尼达守卫者报》的记者，成为有一点权力的政府职员，成为有一个忠诚妻子的一家之主，严格教育子女，把两个孩子送到海外留学，拥有一辆汽车，最后拥有他毕生都梦寐以求的属于自己的一座独立的房子，彻底改变了命中注定的贫困窘境，小说是对他短暂奋斗人生的颂歌，也是对特立尼达印度移民的赞歌。

毕司沃斯强烈的质疑精神和批判性显示了对所生存社会的质疑和思考。如同奈保尔其他作品的主人公一样，毕司沃斯是个质疑者和反抗者，对出身婆罗门这一高贵种姓和随之而来应该对印度教天生具有的崇拜他从来就没有过，相反，他放弃成为一名梵学家，他质疑、批判和抨击包括印度教在内的所有宗教，因为它们压抑了人的自我发展。出身贫寒但具有婆罗门种姓，这使得他母亲认为他应该成为一名梵学家，在受过基本教育后他被送到梵学家杰拉姆那儿接受专门指导。毕司沃斯学习印度语和各种不同的宗教仪式，每天早晚为梵学家的家族做礼拜，无论走到哪儿都被授予神圣的丝带和其他表示身份的徽章。这是一份让人尊重的职业，能给毕司沃斯带来财富和地位，但他从一开始就本能地抵触和反感，他"毫无宗教狂热。黄铜和陈腐的檀香味道让他感到非常恶心；这种气味是他之后在所有的庙宇、清真寺和教堂里都能分辨出来的，而且始终让他厌恶"[1]。对宗教的质疑既是毕司沃斯的本能

---

[1] V. S. 奈保尔：《毕司沃斯先生的房子》，余珺珉译，译林出版社2002年版，第49页。

反应，但更多来自他的老师梵学家杰拉姆对待宗教的虚伪态度。杰拉姆道貌岸然，他作为梵学家受到周围印度人的尊重，但实际上自己却狂热地信仰上帝，还声称不必每个印度人都如此，并攻击一些家族在举行宗教仪式后竖起旗帜的传统。除此之外，他为人非常狭隘、残忍，内心龌龊，最终逼得年幼的毕司沃斯忍无可忍只好离去。每次给别人主持完宗教仪式回来不仅立刻让毕司沃斯交出别人供奉的硬币，还不信任地搜遍毕司沃斯全身。带回来的礼物如棉布、水果和蔬菜等也不许毕司沃斯享用。有一次带回来一大捧碧绿的香蕉挂在厨房上面等待成熟，当成熟香蕉的果香弥漫整栋房子时，年幼的毕司沃斯忍不住偷吃了两个，却被杰拉姆惩罚逼迫他全部吃完，当毕司沃斯难受得实在吃不下去时杰拉姆大发雷霆，毕司沃斯因此腹泻，从此得了严重的胃病和再也治不好的便秘。作为一名受到尊重的梵学家，杰拉姆的典范远远不够，他作为坚信罗摩衍那和印度教能给人们带来希望和光明的代言人是荒唐可笑的，年幼就富有反抗和质疑精神的毕司沃斯肯定强烈地感受到了这些现实的悖论，他本能地反抗并毅然不做命运给的"梵学家"这个职业。在成为图尔斯家族的女婿，进入哈奴曼大宅后，他同样感受到了这个大家族对待宗教的实用主义立场。因此，他敢于挑衅其他女婿都不敢挑衅的图尔斯家族的两个儿子，当面说出他们堂而皇之地佩戴十字架还称自己是印度教徒，实际上既是印度教徒也是罗马天主教徒，他还当着整个家族宣布自己不搞偶像崇拜，拒绝偶像崇拜的一切礼节俗套。对于宗教他更看重的是它们的精神内容是否适合人的发展，他曾对雅利安人宣扬的新教抱有好感，一度想成为一名纯化论者，因为"在几千年的宗教中，神像是对人类智慧和对上帝的侮辱；一个人的出身不是很重要；一个人的种姓应该只以他的行为来决定"[1]。

　　毕司沃斯是一个理想主义者，如同奈保尔作品的众多主人公们一样，他从出生到懂事后就很自觉地追求知识和真理，这在一个几乎是赤贫的家庭里

---

[1]　V. S. 奈保尔：《毕司沃斯先生的房子》，余珺珉译，译林出版社2002年版，第113页。

是难以想象的，而"知识"和"真理"以他追求的一个个理想来加以体现。他勤奋刻苦，培养自己的读书爱好，成为一个写广告牌的人，为了提高广告牌的效果他开始翻寻外国杂志，这些杂志上的小说把他带入了一个引人入胜的世界，这个文字创造的与特立尼达截然不同的外部世界是如此的精彩和充满人文气息，直接孕育了他的作家理想。他买下赛缪·斯麦立斯的一本书仔细研读，在赛缪·斯麦立斯的主人公身上看到自己的影子：年轻，不名一文，想象着自己在挣扎。但是，毕司沃斯很快发现自己作为一名岛国移民后裔的可怜相，这种生存的困境事实上一开始就存在，并将在很长的历史阶段无法改变，这是历史在 20 世纪上半叶加在众多前殖民地国家的命运，加在它们的人民身上的厄运，也构成了奈保尔的小说的一个主要内容，是时代和政治历史的肮脏遗留。毕司沃斯惊讶地发现小说的主人公们除了有着执着的雄心，更为重要的是他们都生活在一个可以实现雄心的国家。但适合人发展雄心的社会条件特立尼达没有！这是前殖民地人们的共同宿命！毕司沃斯隐隐但又明确地意识到了这一点，可贵的是他没有因此放弃。他明白在这片炎热的土地上，除了开一家店铺或者买一辆公共汽车，他不能做更多的了。但他渴求知识，他买了初级的科普知识手册，买了七大卷昂贵的《霍金斯电学导言》，制造了基本的罗盘、蜂鸣器和门铃，学会转动电枢。但接下来再无进展，实验变得越来越复杂，实验需要的设备特立尼达没有。客观限制导致毕司沃斯无法维持对电器方面的兴趣，毕司沃斯想成为电学家的理想就这样凋落！这种环境的限制成为无数毕司沃斯们共同的障碍。毕司沃斯只有依靠继续阅读赛缪·斯麦立斯的主人公在他们神奇的土地上的故事来满足自己，他渐渐培养了自己的文学爱好，并开始意识到自己成为一名作家的可能性。后来不断用自己可怜的积蓄购买很多书籍，与妻子大吵也要购买昂贵的打字机，购买指导如何写作的书如《如何写短篇小说》《如何写一本书》，打电话给远在伦敦和纽约的文学杂志的编辑们推出自己的手稿，但被告诫不要再骚扰，后来看到一个在伦敦的培训新闻写作的理想学校的广告，便马上报名参加，但才上了没几个课时就因拿不出更多的钱来缴费而放弃。

毕司沃斯拥有实现作家这一理想的雄心壮志和积极肯干精神，但他缺乏实现这一理想的其他关键因素。他的勤奋肯学让他很快在这所英国创办的理想学校适应下来，他仿照英国文学经典如济慈的诗歌来描绘一年四季的变化，但那是英国的气候，不是特立尼达一成不变的热带气候。当他被要求写具有特立尼达本土文化特色的如"凯·福克斯之夜、一些村子的迷信和一些地名的浪漫传说（'你的教区牧师可能会提供一个矿区的生动传说'）"[1]这一类题材时他被彻底难住了，他根本无法把阅读和写作都是关于英国的东西化成自己岛国的东西，对于如何处理自己的生活，将自身的生活写进去，这些习作没有给出提示，毕司沃斯就什么也没写。后来又在西班牙港参加一个文学社，在20世纪三四十年代世界诗坛上充斥着T.S.艾略特和奥登这些现代派大师的名字，但这个诗歌占主导地位的文学社更让他无从着手。毕司沃斯最擅长的是一个取名为"逃离"的故事，开篇第一句"三十三岁，当他准备好的时候，这位四个孩子的父亲……"之后就没有下文。他编写的故事主人公要么和他境遇相仿，要么就是西方人，和他一样是个记者，主人公们的情况和他差不多，上当受骗结婚，四个孩子，遇见一个年轻姑娘之后就没有下文了。这个"逃离"的篇名是毕司沃斯自己生活的最好写照，他的一生始终都在逃离现实，只不过这是一种追寻光明和尊严生活的写照，不是消极地厌弃自己的可鄙和对肮脏的现实的逃离。开篇第一句是毕司沃斯自己生活现状的概括，是他对自己存在的一个理性界定，而写不下去则寓意深长，他内心根本不知道自己的将来在哪里，他的人生目标很模糊，他还没有理性审视和思考自己生活的能力，他不知道自己究竟是怎样一个人等等。这些没有结尾的故事就是很好的佐证。

---

[1]　V. S. 奈保尔：《毕司沃斯先生的房子》，余珺珉译，译林出版社2002年版，第345页。

毕司沃斯的作家理想最终是不可能实现的，这是现实和历史的必然，也是他个人特质无法改变的结局。他缺乏成就一名作家的先天的个人因素以及社会、历史和环境条件。他的出身决定了他不能在岛国受到很好的教育，作为印度移民劳工的后代，他几乎赤贫的经济现状使得他连最微薄的学习条件都要花费别人好几倍的心血来换取。在特立尼达除了可以阅读和模仿英国文学经典，没有别的文学楷模在前面指引，岛国没有自己本地区的文化和文学土壤，记载的岛国历史都是殖民者到来之后的历史，毕司沃斯赤手空拳，根本无从施展自己。难能可贵的是，即使如此，毕司沃斯还继续做着自己的文学梦，这是一个理想主义者的鲜明特征，也是一个世界主义者的特点，他始终在追寻自己的理想。饶有意味的是，寻梦路上的毕司沃斯以西方作品中的成功者来确定自己的标杆和楷模，作家理想是他在精神和物质两个层面想获得自我实现的目标和途径。作家理想的破灭表明 20 世纪前半叶的历史在一个普通低微移民身上的局限和人类理想在这一特定时期的艰难和渺茫，从一定意义上来说，毕司沃斯是一个超越他自身时代的人物，他的作家理想代表了超越他本人的时代梦想！这是众多前殖民地的悲剧，也是历史的悲剧！

毕司沃斯的房子是整部小说发展的核心和驱动源泉，也是他生存寄托的直接体现。一所能遮风挡雨的房子是毕司沃斯生活的底线保障，但从出生开始就成为他一个很奢侈的梦想。父亲早逝，母亲被迫卖掉屋子和地，哥哥姐姐各奔东西，他"离开了这个他唯一有些权力的房子。在以后的三十五年里他像一个流浪者一样，辗转在没有一处他可以称之为家的地方；除了他在那个图尔斯家族掌管一切的世界里面试图建造的他自己的家庭，他也没有家人"[1]。入赘图尔斯家族是毕司沃斯最不希望也是无可奈何的选择，寄人篱下没有自己的房子始终是他最最恐惧的事情，小说的中间部分描述他考虑开始建造自己第一所房子时的心理："那一周他觉得不能再等下去了。除非他现

---

[1]　V. S. 奈保尔:《毕司沃斯先生的房子》, 余珺珉译, 译林出版社2002年版, 第36页。

在就开始建造他的房子，否则不会再有机会。否则他的孩子们将一直待在哈奴曼大宅，而他也将留在营房里，在一片虚空之中，他无法给他的子孙留下什么。每天晚上他都为自己无所行动而恐慌，每天早晨他都重新坚定自己的决心……"[1] 这段描写真实地反映了毕司沃斯建房的目的是他和他的子孙后代有一个属于自己的遮挡风雨的庇护场所，每天的行动太少而决心又很大，没行动是因为他钱太少、缺乏充足经济来源来建房子，决心很大来源于他对自我的认可和前景规划，理想与现实之间强烈的反差并没有吓退他，他毅然采取了行动，但遭到了妻子莎玛的强烈反对，因为这是没有钱却硬要和远比他有钱的人竞争的行为。这所建在他当监工的绿谷的东拼西凑起来的房子遭到了劳工的纵火，最终烧得一干二净。毕司沃斯不得不继续寄住在哈奴曼大宅里，他凭自己的写作才华在《特立尼达守卫者报》获得了记者的工作，他开始租住在图尔斯太太在西班牙港的房子里，后来又被迫和其他连襟一起住在图尔斯家族的矮山的房子里。在矮山拓荒种植的艰辛劳作加剧了内部的尔虞我诈，毕司沃斯被怀疑偷了莎玛其中一个姐姐琴塔的八十美金，他忍无可忍，开始在附近建造自己的第二个房子，但没住多久就被自己烧荒的火损坏，无奈之下他又搬回图尔斯太太这个大家庭寄住。当图尔斯太太的儿子即将从英国回来，毕司沃斯意识到自己最后连租住的可能也没有，他借高利贷，背上了沉重的债务买了他在锡金街的最后一所房子。买房后没多久，他就因心脏病去世了。

　　房子是毕司沃斯物质理想的具体体现，他对生活的选择和追求在很大程度上是 20 世纪边缘小人物普遍对生活的追求：一座安身立命的房子。一座房子客观上表达了一个边缘小人物的一生追求和一个民族的独立，实质上这座房子是主人公力图扎根和自我外在物化的象征，房子作为中心象征体的这部早期力作是奈保尔独立思考社会的开始和基点，主人公顽强生存以适应

[1]　V. S. 奈保尔：《毕司沃斯先生的房子》，余珺珉译，译林出版社2002年版，第234页。

异域的过程折射出底层移民的普遍状态，反映奈保尔对早期世界主义者的心理观察和命运审视。房子是主人公自我的化身，自我的物质化体现（代表成功者的一切），是奈保尔成为一个世界公民的一个过渡性人物。在下部作品《中间道路》奈保尔正式以世界主义者视角审视西印度群岛社会，摒弃曾主导他的喜剧性舞台剧人物特点，如推拿师戏剧性的成功、面包师的发迹史等，转向深层次思考人的归属：房子是精神归属的物质显现，人真正的家园在于忠于自我，反思自我存在的意义，体现自我存在的意义价值在何处，而在西印度社会的局限性和毕司沃斯处于边缘底层小人物的客观性决定了他只能将一座房子作为他可以达到也是能够达到的一个卑微者的理想实质，这是奈保尔反思他父亲这一代印度移民命运得出的客观结论，体现世界主义者的一个重要特点。在理想和现实之间编织人性的崇高和伟大，小说开启了当代世界文学对边缘者的关注。

学界批评对大宅和图尔斯家族在毕司沃斯整个人生发展中所起的作用大都持负面的看法，把整个家族看成是阻碍毕司沃斯个人发展的一个对立面，一个代表所有负面和否定的价值观的符号来解读。客观阅读和研究整部小说会发现很重要也是很特殊的一点，毕司沃斯尽管处处与图尔斯家族作对，事实上他对他们一直很依赖，无论是物质空间还是精神向度都有依附性，而他与哈奴曼大宅的矛盾和妥协的复杂性恰恰反映了他身上的世界主义特征，即世界主义者在一定的历史阶段表现出的依附性和被同化的倾向，这是他自身深刻的矛盾性所致，也是客观环境局限性的体现。为了自身的独立和尊严，毕司沃斯必须给自己一个独立的空间，一所自己的房子，在这里西方文明所代表的价值观还是东方文化所代表的大宅都不重要，重要的是人要活下去，得有一个独立的空间，为了这个空间，他必须要奋斗。而与此同时，在自身还没有条件拥有这个空间的时候，他只能依附别人，恰巧大宅和整个图尔斯家族给了他有力的保护。小说不止一次提到大宅和整个家族给他带来的空间安全和精神温暖。在第一次离开家族住在捕猎村，后来又被迫迁回大宅后，他发现："这座宅子是一个世界，远比捕猎村真实，而且没有那么无遮无拦；大宅之外的任何事情都是另类而不重要的，因此可以被忽视。他需要这样一个避难所。这所房子后来对他来说就像在他小时候塔拉的家对他的意味一样。"[1] 大宅给了毕司沃斯一个物理空间的避难所，作为印度文化的载体更给了他一种精神和心理慰藉。在倾尽全部积蓄、辛辛苦苦建造的第一座房子被绿谷的劳工烧毁，他又一次迫不得已回到大宅后，毕司沃斯"因为觉得自己仅仅是哈奴曼大宅的一个部分而感到安全。作为一个拥有生命、力量和权力的有机体，哈奴曼大宅安抚着他，而那是组成它的个体所无法具备的"[2]。这时的毕司沃斯开始理性地看待他与图尔斯家族的关系："现在所有一切都要重新衡量。他比大多数人都幸运。他的孩子从来没有饿过肚子，他们有衣保暖有屋子遮蔽。无论他是在绿谷还是在阿伍克斯都无所谓，他活着还是死了也没有什么分别。"[3] 在内心深处，毕司沃斯反感的是印度传统中的陈腐陋习、男尊女卑等理应批判的糟粕，对于这个家族创造的安宁和秩序他是完全认可和接受的。

结语

小说反映 20 世纪上半叶的西方文明是潜在和巨大的洪流，将是未来特立尼达印度人的最终归依和归宿。尽管印度教传统和印度文化在维系西印度印度人生活中的作用巨大，哈奴曼大宅在构建、维持、繁荣印度文化中起到了基础性的物化作用，而离开此所大宅也标志着印度文化在西印度崩溃的必然性。毕司沃斯是介于这两种文明之间的杂交人物，他最大的特点是他的质

---

[1]　V. S. 奈保尔：《毕司沃斯先生的房子》，余珺珉译，译林出版社2002年版，第186页。

[2]　V. S. 奈保尔：《毕司沃斯先生的房子》，余珺珉译，译林出版社2002年版，第301-302页。

[3]　V. S. 奈保尔：《毕司沃斯先生的房子》，余珺珉译，译林出版社2002年版，第303页。

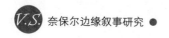

疑精神，生于 20 世纪初卒于 20 世纪中期，他的一生正好是一个完整意义上的世界主义者的过渡性人物的一生，他是 20 世纪下半叶世界主义潮流形成的重要早期人物，他身上显示了 20 世纪下半叶以英美为主导的世界主义最终形成的征兆。另一方面，他强烈的质疑精神和批判性显示了对我们所生存社会的质疑和思考，而他对生活的选择和追求在很大程度上是 20 世纪边缘小人物普遍对生活的追求：一座安身立命的房子。一座房子表面上表达了一个边缘小人物的一生和一个民族的独立，实质上是主人公力图扎根和自我外在物化的象征，房子作为中心象征体的这部早期力作是奈保尔独立思考社会的开始和基点，主人公顽强生存以适应异域的过程折射出底层移民的普遍状态，反映了奈保尔对早期世界主义者的心理观察和命运审视。

小说中房子是主人公自我的化身，自我的物质化体现，是主人公精神归属的物质显现，反映了奈保尔主人公们真正的家园在于忠于自我，反思自我存在的意义、体现自我存在的价值。西印度社会的局限性和毕司沃斯处于边缘底层小人物的客观性决定了他只能将一座房子作为他可以克服重重困难后达到的一个目标，这是奈保尔反思他父亲这一代印度移民命运得出的客观结论，体现世界主义者的一个重要特点，即在理想和现实之间编织人性的崇高和伟大，开启世界文学对边缘者的关注。

第三节　帝国之殇与小人物生存意义之役

——《斯通先生与骑士伙伴》（1963）

《斯通先生与骑士伙伴》是奈保尔第一部也是唯一一部以英国为背景、

书写二战后英国平民小人物生活的小说，客观呈现帝国必然衰落之势下普通人平凡但又不甘平庸的生活，外在视角的叙述体现了作家对边缘小人物精神状态的深切关怀，体现了奈保尔以"第三方"视角对异域社会生命的特殊关切。

小说创作于 1962 年奈保尔在印度旅行考察期间，完成于克什米尔山谷，是奈保尔撰写带来广泛关注的沉重的"印度三部曲"的第一部之前的一次精神放松。奈保尔刚到英国的时候就有创作英国本土小说的想法。他从进入牛津大学开始就已经在考虑创作一部完全是以英国为背景、主人公是英国人的小说，他当时想象他的主人公是牛津的荣誉市民，是好公民，小块菜地的耕种者，是投保守党的票、始终都穿套装的人等等，虽然最终没写成，但这些在几年后创作的斯通身上都有所体现。当时的奈保尔考虑按照英国本土作家的模式进行创作，关注英国社会各阶层的等级差异，但这样的写作与奈保尔亲身体验到的移民经验相去甚远，这是奈保尔没有创作的根本原因。

1963 年出版的《斯通先生与骑士伙伴》更多体现奈保尔以超凡的洞察力对英国社会普通小人物和四季景致的细腻观察。斯通本人的心性气质和对待社会人事的观点实质上是奈保尔本人的观点，斯通办公室场景来自于 1957 年奈保尔在英国水泥制造商协会出版的《混凝土季刊》（*Concrete Quarterly*）杂志工作时候的场景。20 世纪五六十年代英国的政治经济延续二战后的萧条状况。随着印度宣布自己独立，英国的殖民帝国时代已渐落幕，大多数英国殖民地早在 20 年代就已经无利可图，殖民部的工作人员数量却是战前的三倍，同时作为福利国家的英国花费巨大，靠借来的美元支撑。斯通每天上班看到的街景很多是战后伦敦的遗留，建筑保留着战时轰炸后的残垣断壁。最新的英国国籍法规定，英联邦所有公民可在英国居住。当时英国的移民不过几万人，而半个世纪后的英国移民将达到 460 万人，当时在伦敦街头看到的非白种人还很少，斯通和同伴在中午休息溜出来逛街时看到的白人对街头黑人的

态度在当时还很典型。因此，这部作品是奈保尔根据自己纯客观的观察所作，是他本人一贯主张的坚持文学创作反映真实社会和人生的又一次具体体现。罗纳德·布莱登（Ronald Bryden)在1963年5月26日的《星期日电讯报》称赞本小说是"一位世界级优秀作家的一项异文化成就"。在1960年8月到1965年12月这整整5年的时间里，奈保尔创作出了这唯一的一部小说，这是很大的间隔。他最大的担心是他还不够了解自己居留的国家，不能令小说成功。事实上小说的成功使得当时英国著名评论家维·索·普里契特在《新政治家》上对奈保尔赞誉有加，称他是"习惯于心理变化的细致观察者"。

一、猫与孤独

小说是对二战后以斯通先生为代表的英国普通民众精神和心理现实的真实写照，客观上反映人类在日复一日的平凡中希冀冲破人自身的局限和藩篱、渴望自由的超越情怀。开篇第一章叙述斯通的"骑士计划"诞生前的生活，揭示他日常生活的平淡无奇以凸显他欲冲破平庸、超越自我的精神面貌。奈保尔曾这样描绘："而伦敦，就文学而言，依然是狄更斯的城市……对于机械化的现代城市，它的压力、沮丧和贫瘠，英国作家依然沉默。"[1]

小说开篇第一章叙述斯通在鳏居几十年、临近退休之前的闲居生活习惯和突然结婚的经过。他几十年独居生活的最重要内容是观察猫族和采取防范措施以应对猫族对自己居室的侵扰，这是典型的英国普通人的生活方式。小说一开始讲述了斯通与往常一样下班回到家后，在黑暗的房间里受到一只猫的入侵骚扰，他用切碎的小奶酪块作饵料。"驱猫胡椒粉"是20世纪50年代英国普通百姓的日常驱猫用品，凸显了当时盛行宠物猫和普通阶层平淡和空虚的生活面貌。斯通对猫的情感在作品中随着他的"骑士计划"的诞生、退

---

[1] 帕特里克·弗伦奇：《世事如斯：奈保尔传》，周成林译，中信出版社2012年版，第257页。

休的来临、重返孤独的处境而变化，充分展示了斯通生活的无意义、空虚和无聊的面貌。结婚后的斯通继续感到生活的无聊和空虚，每天在卫生间洗漱的时候与窗外的猫频繁互动，给婚后生活增加点乐趣。当斯通开始伏案疾书"骑士计划"时，当他递交计划书时，当他与办公室同事实施计划时，猫在他的生活中并不存在，可以说他完全无视了猫的存在；生活的充实、工作的忙碌、想象的活跃、"骑士计划"带给退休员工的快乐，这些构成了他生活的全部，构成这个阶段生活的意义。但是，当斯通即将退休、开始在公司受到冷遇时，猫又开始出现在他的生活中。这时的斯通对猫的敌意全无。"它抬起头，正好与斯通先生四目相对，同两年前的那个夜晚在台阶上遇见斯通先生时一模一样。……现在，他不仅沉迷于它悠闲而高雅的态度，更为它的孤独倾倒。他开始感觉到这只猫每天早晨也在看他，就像他看它一样。"[1] 小说结尾，斯通带着超然又孤独的心态审视自己一生所经历的种种平淡中的坎坷，再度思考自己与世界的关系，这时的他与平时相伴的猫完全成了好朋友，"那双眼睛是绿的。惶恐里掺杂着内疚，内疚里掺杂着爱怜"[2]。这时的斯通不再怀疑自己是否能够在经历了由"骑士伙伴"计划而创造的辉煌之后再次找到平静与安宁。猫在一定意义上是斯通情感变化的物化体，见证了斯通的人生。

　　斯通业余生活的另一个主要内容就是侍弄花草，这可以打发业余时间，消耗多余的精力。但斯通侍弄花草并不是为了欣赏娇艳的花朵，而是享受这种过程，譬如掘土犁地，为种植作各种准备工作，而不是种植本身。他如此热衷于挖土以至于有一天挖破了地下水管。于是他开始痴迷于收集肥料，后来又迷上了铺路。这些爱好能够让他自由独处，可以长时间不受打扰地思考。

---

[1]　V. S. 奈保尔：《斯通与骑士伙伴》，吴正译，南海出版公司2013年版，第137—138页。

[2]　V. S. 奈保尔：《斯通与骑士伙伴》，吴正译，南海出版公司2013年版，第164页。

　　斯通的生活是二战后普通英国民众的生活，他体验到的孤独和空虚是二战后普通英国民众的孤独和空虚，这也是一幅人类生活的众生相，具有一定普遍性。斯通生活中与猫为伴，揣测猫的心理，从抗拒猫到接纳、欣赏、同情和怜爱猫的经过充分显示了他的精神生态状况的变化，而小说的主要内容是他创立"骑士伙伴"，让公司退休雇员与他保持联系，这是从根本上解决退休之人孤独境况的一剂良方。因此有评论认为本小说是奈保尔对战后伦敦孤独的研究。

　　生活的孤独、无聊和空虚并不仅仅在斯通独身一人的家里，还存在于他稀少的社会交往中。斯通每年都去参加好友汤姆林森的圣诞晚宴，为娱乐大家，主人汤姆林森讲了一个黄色笑话，但弄巧成拙没让大家笑起来，而没有了笑点的这个笑话就完全成了一个下流段子，这种事情的发生充分反映了伦敦市民精神生活的猥琐状况。年复一年，这样的晚宴只在斯通内心激起萎靡和厌恶，这是他构思"骑士伙伴"计划的重要原因。在享受到婚姻的平静安逸之后不久斯通还是恢复了结婚前精神不满足和焦虑的状态，他开始担心时间流逝、退休日子来临和自己终将一事无成的可悲结局。周日一个接一个来临，时间吞噬着他的生命，每个无法去办公室的周日都加剧了他的焦虑，让他渴望周一的到来，渴望工作时那种充实的感觉，尽管他明白那种充实其实是虚假的，他做的办公室日志、记录的每一次会议、需要做的每一件事情都只是为了让他觉得自己很忙、很重要而已。

　　斯通对孤独和平庸的反抗体现在他对自由的憧憬中，小说中他"飞"的感觉这一意象反复出现，一定意义上，这样的爱好是为了满足自己的幻想，实现的途径是在幻想中自己飞起来。"飞"的首次出现在小说第一章里，斯通下班后回到家里独自一人想象自己"飞"的感觉，他在大街上站在他专属的活动人行道上滑向前方，两旁的路人吃惊地看着他。他在行人、轿车以及公交汽车的上方飞过一个又一个街区，对下面路人的目瞪口呆完全不予理会。在上班的时候，他坐在扶手椅上在办公室走廊里飞来飞去，他所到之处都爆发了混乱，而他则平静地处理着自己的事情，完成后又平静地飞走。斯通沉浸在自己的想象中，本质体现了对自己获得成功的愿望，而他不顾这种幻想的虚幻和滑稽可笑，让幻想成了他生活的一个重要组成部分，因此当成功真的来临的时候，他发现这种感觉似曾相识。

斯通因"骑士伙伴"项目得到总裁哈里爵士的召见，整个办公室都沸腾了，"那天早上每个人都带着敬畏的眼光看着他。他终于恍然大悟，这个早上发生的一切感觉那么熟悉。因为他体会到的，正是想象中他坐在扶手椅上从众人头顶平静地飞过，而办公室里的人都瞠目结舌地看着他的那种感觉"[1]。当总裁授权给斯通成立一个新部门的消息传开后，斯通再次感受到了坐在椅子上飞翔的快乐，整个下午、剩下的一整周，在办公室的走廊里走来走去的时候他都好像坐在椅子上飞翔。当人实现自己的理想之后的感觉正是一种飞的感觉，而周围的景致也随着他心情的变化而变得格外美好。环绕着他的世界正在阳光的照耀下慢慢醒来，变绿，他和春天一起生长，他每天都有新的、有意思的事情要做。这与斯通原来孤独、空虚的生活形成鲜明的对比。而平时在他看来很枯燥单调的家庭生活也因这个项目而增光添彩。看晚报不再是一种寻求慰藉、填补夜晚空白的习惯。他开始抱着满足而恩赐的态度来看报，看看这个美好的世界还发生了什么。他变得更容易被逗笑，更容易被感动。他常常把新闻读给玛格丽特听，两人一起笑、一起被感动的感觉，让他对他们相处的担忧一扫而空。每一种感觉都被放大了。世界正变得越来越美好，这是斯通人生最惬意的时期。

斯通的思想和行为体现了对生命的思考、对人与物之间关系的思考。在与玛格丽特结婚后家里举行的一次晚宴上，在人生的晚年达到一个颇为完美的境界，在别人认为他应该满足于目前的生活状态的时候，斯通却这样幻

---

[1]　V. S. 奈保尔：《斯通与骑士伙伴》，吴正译，南海出版公司2013年版，第77页。

想:"在他的想象中,这个城市不再有砖头、水泥墙、木材和金属,不再有任何建筑,所有的人都在空中漂浮起来,上下分层,前后左右,做出人类特有的形形色色的举动。"[1] 无疑斯通在享受成功的快乐之后,内心深处产生了以前从未有过的空虚和失落之感,还有对人生和周遭外界的全然不同的理解。他的幻想其实延续了对结婚前平庸的挑战,对人冲破藩篱和获得自由的憧憬。这使他更进一步思考人存在的虚无性:"那些所谓稳固的、不变的、永恒的世界,那些人类执着的东西('老怪物'浇灌春天的花朵,'雄性男'修整扩建宅所),虽然给人以安慰,但不过是一种假象而已。所有那些和肉体无关的东西对人类来说都是不重要的,没有什么意义的;而重要的肉体是软弱的,会腐朽的。"[2] 一定程度上,这是奈保尔自己哲学观的阐述,对人、对生命的高度重视是奈保尔作品表现出的一个重要主题,这也同样是奈保尔作为一个世界公民的重要特征。斯通在自己人生刚有了婚姻、享受一个男人应有的俗世幸福的时候,想到的却是人生的虚无和继续冲破束缚的欲望,这是他后来"骑士计划"必然诞生的重要因素。

二、"骑士伙伴"与生存意义之役

斯通的"骑士伙伴"计划是对"人"生命关怀的体现、对"人"生存意义的思索和实践。斯通一生最大的创举就是他在临退休前两年创立的"骑士伙伴"计划。该计划是他理想主义的最佳表达,是他人生巅峰之作。这个构想是斯通对自己鳏居大半辈子、即将退休面临更孤独的精神生活现状的挑战。斯通用了一个多星期的晚上时间在书房里奋笔疾书,不知疲倦地写了改,改了写,完成后考虑到自己不擅于自我吹捧,就先把它寄给了不认识他

---

[1] V. S. 奈保尔:《斯通与骑士伙伴》,吴正译,南海出版公司2013年版,第52页。

[2] V. S. 奈保尔:《斯通与骑士伙伴》,吴正译,南海出版公司2013年版,第52页。

的人，最后到了伊斯卡尔公司总裁哈里爵士的手里。创作这个详尽计划使得斯通的精神和心灵达到亢奋的最高点，是他理想的文字实现，完成后的斯通筋疲力尽，悲伤而空虚，下了班后，继续回到以前的生活，去花园干点活或者看电视或报纸，创作时那些个充实的夜晚又恢复了空白。斯通的这个计划受到了总裁的高度重视，他们决定成立一个新部门，让公司的退休职员保持联系，这既达到了斯通设计此计划的初衷：保护退休员工，也通过宣传让伊斯卡尔公司引起社会的高度关注，为公司赢得了很好的社会影响。斯通以自己的亲身感受为退休职工想出了这个改善退休后孤独生活的方案，把他们从无所事事中解救出来，使他们免遭别人残忍的漠视，使他们继续和他人保持办公室同事的关系，继续保持对公司的忠诚，不至于完全陷入家庭杂务之中。这个计划让他的年轻同事温铂真诚地赞叹和认可，并批评自己国家对待老年人的态度非常卑鄙。他们两个人齐心协力，尤其是温铂带着年轻人的激情四处宣传，使项目演化成了一种追求、一场运动，最后引起了媒体的注意。全国公众开始了解"骑士伙伴"项目，来自公司内外的表扬接踵而至，这个项目在部门由此确定了自己的地位，它将继续开展下去。项目在最后的两件事上达到了高潮。一件是本项目的年度聚会——圣诞圆桌晚宴，在宴会上由总裁哈里爵士亲自颁奖给本年度最佳骑士获得者，奖品是一把"伊斯卡尔之剑"。晚宴上哈里爵士特别赞扬斯通，说本项目"证明在伊斯卡尔公司，任何有决心和信心的人都能获得提拔，无论年龄大小。斯通先生就是最好的例证"[1]。那天晚上斯通激动得不知该把眼睛往哪里放。第二天，斯通的照片和名字醒目地出现在了报纸上。这是一个让斯通余生经常回忆的晚上。斯通和玛格丽特去斯通好友汤姆林森家赴圣诞晚宴。在那个宴会上，由于他的不同凡响的知名度，他和玛格丽特成了当晚大家关注的焦点，从他们在门口受到的欢迎，以及主人托尼·汤姆林森持续的关注度就可见一斑。整个晚上他

---

[1] V. S. 奈保尔：《斯通与骑士伙伴》，吴正译，南海出版公司2013年版，第123—124页。

们俩是话题的中心，玛格丽特占据了女士们话语的主导权，畅所欲言。男士们围绕着斯通，斯通再次重复"骑士伙伴"的意义是为了帮助那些没了朋友、没了亲人、什么都没了的可怜的老年人。那个晚上他完全被快乐充满，是他人生的巅峰。

客观来看，老年问题现在成了所有发达国家甚至发展中国家如中国的共同问题，斯通的"骑士伙伴"是对老年人生活的关注，是为了解决他们晚年的孤寂、无聊和空虚，让他们再次体验到人情的温暖、集体的力量，认识到存在的意义和价值，重新唤起对生活的渴望。从这个意义上说，奈保尔前瞻性地提出了这个问题，事实上，小说的出版使得英国政府开始比以往更加关注英国退休老人的生活。小说以一种浓厚浪漫色彩的方案"骑士伙伴"对这个问题加以解决，反映奈保尔对"人"这一生存状态的特殊关注。在具体实践中，从客观现实出发，以追求利润和金钱为目的的公司都不会愿意投入如此大的财力、人力和物力去关爱自己数目庞大的退休群体，这只是奈保尔在现实中的一次浪漫想象而已，这是奈保尔作为世界公民所具有的超越时空的丰富想象的结晶，表达了他对理想的坚守。斯通最大的特征是理想主义色彩，这是奈保尔系列主人公的最大特点，"斯通就是我本人"，奈保尔曾经这样宣称。斯通是奈保尔自身理想主义首次、也是唯一一次在一个英国主人公身上的体现。另外，"骑士伙伴"名字本身是对回归古典浪漫的表达，反映奈保尔对昔日世界的向往和追念，也是他作为一个理想主义者的独特表达。"骑士"是英国文化特有的现象，是一个标志，一种人文理想的象征，骑士出现在古代英国特殊社会历史背景下，他们巡游四方，为民除害，疾恶如仇，他们开圆桌会议集体商讨给贫苦无助者带来温暖和安宁。用"骑士伙伴"来命名这个关爱退休职工的项目，说明在英国进入帝国时期普通民众对往昔美好的怀恋、对超越的渴望和对平庸的自觉抵制。

三、回归古典与抗拒现代

　　小说完成于 1963 年，斯通的生活反映了英国二战后伦敦保守正统的市民阶层的生活状况，揭露了他们对当时流行思潮和社会政治运动的看法，斯通的"骑士伙伴"计划既是对回归古典浪漫的表达，更反映了他对当时流行社会思潮的抵触情绪和批判色彩。斯通身上有许多奈保尔本人的思想，奈保尔创作作品时，他早期创作高潮正处于消退期，他正苦于感到自己的最好作品已经完成，不知道如何把自己独特的背景和最新的生活体验变成新的作品，他对当时社会流行的政治和文化运动充满怀疑，时尚的先锋派运动对他而言是一种放纵，他公开表达对嬉皮士、雅皮士、垮掉的一代、黑人权力等的讨厌情感，对年轻人烧国旗、蓄长发、静坐、爱情聚会等的反感。奈保尔所受的严格正统的家庭教育和健全的殖民教育，和他本人敏锐的洞察力结合，使得他与流行思潮格格不入，在被激怒的心情下他写了一篇后来引起争议的文章《做个势利鬼又怎么样？》（"*What's Wrong with Being Snob?*" 1967），文中奈保尔对英国整个大战后经济和社会的衰退流露出无可奈何的缅怀之情，对已经出现的"没有阶级"的新社会进行鞭笞——"现在出现没有阶级的运动，没有阶级的服装，没有阶级的年轻人。这些没有阶级的年轻人是福利国家的产物，在一个海滨城镇上演一出骚乱，据说是因为社会忽视了他们。这话不诚实……流行娱乐，流行政治：政客不再处于领导地位，他们只能跟从"[1]。对当时英国社会的批评不可谓不尖锐。时光又流转十几年，到了 1980 年，奈保尔被英国权威媒体《新闻周刊》称为"小说大师""今年诺贝尔文学奖一个有力的竞争者"，奈保尔接受采访时说的话似乎不再有顾忌，他几乎打趣地说："在英国人们以愚蠢而自豪。这里正为愚蠢和懒散成

---

[1]　《星期六晚报》（*Saturday Evening Post*），1967年6月3日。

风付出高昂代价……住在这里已是一种阉割。"[1] 这正是对斯通那样社会阶层的人们的生活状态的一个极好的脚注。

斯通对当时流行社会思潮的抵触情绪和批判色彩还体现在他对年轻一代的看法上。小说以斯通的年轻同事温铂和斯通的外甥女格温为代表。斯通对外甥女格温的态度代表了奈保尔本人对英国年轻人的看法。这一代年轻人深受当时流行思想所影响,对于视为风尚的嬉皮士、雅皮士、垮掉的一代等热衷追捧,他们理所当然地把蓄长发、静坐、爱情聚会等作为自己的生活方式。斯通代表了英国战前繁荣时期严格正统的家庭和社会教育,对于自己看着长大的格温从一开始就排斥和反感,他们之间的差异是两代人之间的差异,反映英国传统社会和现代社会在思想意识方面的对立,也是英国进入现代以来面临新思潮所引起的冲突在人与人之间的具体体现。在斯通结婚后举行的一次晚宴上,长成少女的格温在斯通的眼里是这样一副形象:"格温照例还是时阴时晴的样子。但她比以前瘦了,脖子上的皮肤有些松懈下来,而且身体终于有了点儿曲线。她戴着非常紧的胸罩,一对硕大的乳房被推得高高的。它们很具有诱惑力,让人分心。这对乳房匀称有致,所以她坐着的时候,还是颇有吸引力的。但她一站起来,形象就被破坏了大半。因为她的屁股很大,虽然不至于比例失调,但是这个傻孩子为了突出胸部,总是穿着极度收腰的裙子,有时还系上一根阔腰带,这就让她的屁股显得更宽更大了。"[2] 性情不稳,喜怒无常,在斯通眼里格温就是现在年轻人的代表,格温不恰当、不得体地装扮自己,这是斯通传统视角的衡量结果,而在格温自己的眼里,那种循规蹈矩、正统古典的打扮已经落伍多时,这是两代人之间不和谐的根本。

格温是英国步入高福利国家的一代。一次斯通和妹妹在克莱芬公园散

---

[1] 帕特里克·弗伦奇:《世事如斯:奈保尔传》,周成林译,中信出版社2012年版,第431页。

[2] V. S. 奈保尔:《斯通与骑士伙伴》,吴正译,南海出版公司2013年版,第103页。

步，到四点的时候妹妹就催促往回走，因为格温要喝下午茶，享用政府配给儿童的牛奶、橙汁和鳕鱼甘油。1993 年奈保尔在接受《星期日独立报》(*The Independent on Sunday*)采访时说："我发现几代人的免费牛奶和橙汁养出一帮恶棍。"这绝不仅仅是奈保尔的个人观点，就在同一年，奈保尔妻子帕特的姨妈，也是帕特最亲密的一位长辈因年老多病经常出入医院，在一封信中也表达相同看法——"福利国家毁了大多数人的品格"[1]。

年轻人温铂是当时青年的典型代表，在他身上有奈保尔的朋友约翰·斯托布里奇的影子。斯通以正统长辈的态度对待这个年轻人，一开始充满厌恶。温铂说话粗俗，甚至在派对上还是粗话连连，他会拿放屁开玩笑，拿女性的步态开玩笑，政治上持有暴力倾向的社会法西斯主义的观点，他对任何目睹的事物都发表带有蔑视性质的评价以此来显示他这代人愤世嫉俗的共同特点。但是温铂思维敏捷、做事果断，有时斯通会想自己的愚蠢和软弱正好配合温铂的聪明和无耻。项目的成功也改变了两人之间的紧张关系，斯通开始以陌生人的全新的眼光来重新考量温铂。温铂由于项目引起了公司更多的关注，这让斯通很不快，但斯通还是以近乎父爱的关心，有时是怜悯的态度对待温铂，因为温铂并非来自一个很温暖的家庭，在与斯通关系最密切的时候也很少谈及家庭，他从未谈及母亲，父亲也总好像是个遥远、不重要的家人。在斯通成为温铂的倾诉对象之后，他谈起他有一个情妇，并不顾与斯通年龄、阅历等的差异，大谈与情妇的性生活，很随性自然。

小说很富有情节性的是，格温居然最后和温铂在一起了，这是斯通最未料到的事情。斯通清清楚楚地记得，在不久以前，在"骑士计划"还进展得热火朝天、斯通和温铂关系很好的时候，一次在斯通家吃过晚饭后，温铂谈起格温："我觉得要是我去揉搓一下这姑娘的话，她能滴出各种淫荡的汁液

---

[1]　帕特里克·弗伦奇：《世事如斯：奈保尔传》，周成林译，中信出版社2012年版，第504页。

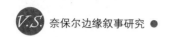

来。"[1] 温铂根本无视格温是他的外甥女这一事实！不过，斯通接受这个年轻人的看法，对自己外甥女的评价也从来不高。但当最后妹妹说起这个事实之后，他不得不摊牌说起温铂的人品不可信，相当的不道德和平庸，希望能阻止他们，但是格温已经怀孕了。对于这一结合，斯通除了嘲讽"他们俩正好配成一对"之外没有别的想法。新的年轻一代的结合是流行观念的结合，斯通从未认可和欣赏这种时尚潮流。

本质上斯通是印度教宿命论的信奉者，这客观上反映出斯通形象的底色是奈保尔本人，斯通是奈保尔本人在 20 世纪 60 年代思想的集中体现。才三十出头的奈保尔当时在英国已经居住了十多年，早期创作已经告一段落，正苦于于何处着手发现、找到属于自己发展新方向的困难期，当时奈保尔思想主要还是受最早就扎根在心底的印度教正统思想所影响，对于世界的看法犹如印度教宣扬的创造和毁灭是同一个神所为，不分高下。这种思想在小说结尾处得到集中展现。斯通在经历人生最后的辉煌之后，在一次下班回家的路上经历了从暗淡、辉煌到归于平淡之后的所思所想："对人来说，这些身外之物都不重要，而重要的身躯却脆弱不堪，终有一天会腐朽。这就是宇宙间的秩序。他虽然试图在其中找到自己的位置，但这终究不是他的秩序。他觉得自己历经沧桑，现在也看明白了，人类用以证明自己的力量、打破这可怕秩序的途径，并不是创造，而是毁灭。"[2] 这同样也是斯通以一个受到传统价值观影响很深的临退休者的身份对英国社会的评价，他看到了传统价值毁灭而导致的诸多荒唐和可笑，外甥女格温的私奔、"马斯韦尔希尔的囚犯"的遭遇等等，所有这些都难以忍受但必须忍受，"他不是个摧毁者。世界曾在他周围倒塌。但他生存了下来。他毫不怀疑自己能够再次找到平静和安宁"[3]。

[1] V. S. 奈保尔：《斯通与骑士伙伴》，吴正译，南海出版公司2013年版，第116页。

[2] V. S. 奈保尔：《斯通与骑士伙伴》，吴正译，南海出版公司2013年版，第163–164页。

[3] V. S. 奈保尔：《斯通与骑士伙伴》，吴正译，南海出版公司2013年版，第165页。

结语

小说以一个滑稽有趣的故事暗含对英国社会的反思和批评，奈保尔以独有的怀疑一切的姿态对英国 20 世纪五六十年代的社会老龄问题进行独到的观察和深切的思考。斯通对现实的不满、对退休之人的关切从表面看来是以一个老者、边缘者的姿势对社会进行反抗和呼吁，实质上暗含回到过去、对传统的缅怀和追念。"骑士伙伴"计划就是一个证明，它是对帝国秩序正面价值的肯定，也是一部纪念帝国逝去荣耀的哀歌。作品同时是对现有一切流行的彻底否定，是对整个现代文化的质疑，从这个意义上来说，这部作品是奈保尔内心深处对英国现代性的否定，是对西方文明以一个世界主义者的视角所做的全面的、辩证的思考，批判了现代性的糟粕，维护传统价值中符合人性价值的元素。这是奈保尔以非西方、局外人的、世界主义者的视角考察英国社会的产物。

《毕司沃斯先生的房子》比本作品早两年出版，两者具有很多共同之处，两位主人公都质疑周围一切，批评愚蠢、平庸，渴望理想的实现和超越自我，这些是奈保尔主人公的共同之处，也是一个世界主义者的品质。因此，从某种意义上来说，也正如奈保尔自己所宣称的那样，奈保尔的众多作品实质是在写一部书，一部关于人的大书。

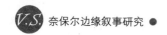

第三章　边缘社会论

　　东西文明自 20 世纪以来碰撞越来越频繁、激烈，其中包括 20 世纪西方殖民文化对殖民地的强制性渗透和强迫性融合，然而 20 世纪中叶以来西方优越性和霸权意识越来越面临挑战，由此，作为世界公民，奈保尔的文化意识也在寻找一种认同感，这种认同感主要是以人为本，是从人自身出发的自我满足程度，是从人的全面发展、人的肉体和精神的统一和完善性的视角来考察的。因此，奈保尔评判不同文明和文化的价值和意义的立足点是"人"。从对"人"这一个体的作用上进行审视，充分显示了奈保尔独特的人文关怀视角。在奈保尔整个创作和访谈中，东西文化交融、汇合、逆袭和前行，早期奈保尔对印度等第三世界国家批判激烈，对英国等西方国家不乏赞美之词，然而随后作品中的叙述者渐渐发展成调查者的不介入姿态，这一叙述视角的变化反映了奈保尔努力使叙述客观，反映了奈保尔没有偏袒、独尊任何一种强势文化，也不压制、打压其他弱势文化，而是充分尊重和理解每一种文化，体察它们对人的精神和心灵的作用与影响，分析它们的发展变化特征。奈保尔思想中对西方的赞誉很大程度上是对西方先进制度的赞誉，是对西方民主、法制、人权等的赞誉。而在文化和文明上，他始终不认为西方文化和文明一定优于其他文化和文明。

　　在晚年接受《巴黎评论》专访时，奈保尔这样评价："人们总觉得存在一个个单独的文化区域，事实上从来没有。所有文化一直都是交融在一起的。比如罗马，伊特鲁里亚原来就在那儿，还有很多城邦围绕着它。还有东印度群岛，印度人到那里去寻找更偏远的故土。还有穆斯林文化的影响。人们总是来来往往，这个世界一直处在迁徙之中。……我也不认为我是混合文化的典型。我总是想着我的书。"[1]

第一节　生活在别处
——《游击队员》（1975）

《游击队员》（1975）是一部全面反映奈保尔成熟社会思想的力作，评论界普遍认为"《游击队员》无疑是奈保尔最严酷、最悲观的小说"[2]。小说成功打开了奈保尔作品在美国的市场，为他赢得了美国读者。国外学界对这部小说高度重视，截至目前，对小说的研究主要集中在种族、性、暴力以及小说和 19 世纪经典小说之间的关系等方面。后殖民主义理论家比尔·阿什克罗夫特（Bill Ashcroft）在《逆写帝国：后殖民文学的理论与实践》中指出小说的重要意义在于"不仅颠覆了西方神话和文学经典，并质询了建构神话和经典的理论依据"[3]。然而奈保尔本人对《游击队员》的评价是："这是一本关于生活在不同的世界和文化中的人们的谎言、自我欺骗的书。"[4]

小说无情揭示岛国在后殖民时代被一小撮投机分子以假借黑人革命的名义进行荒谬个人利益冒险的实质，主人公吉米在自己的想象创作中完成自我

[1] http://book.iqilu.com/yjrw/tsld/2014/0829/2122709.shtml.

[2] Kelly Richard. *V. S. Naipaul*. New York: Continuum, 1989. p. 122.

[3] Bill Ashcroft, Gareth Griffiths, and Helen Tiffin. *The Empire Writes Back: Theory and Practice in Post-Colonial Literatures*. London and New York: Routledge, 1989. p.33.

[4] Bharati Mukherjee and Robert Boyers, "A Conversation with V. S. Naipaul", *Salmagundi,* 54, Fall 1981. p.15.

"革命英雄"的塑造，白人自由主义者简以寻求性刺激进行所谓的支持第三世界的革命，最终导致自我的毁灭。作品本质上抨击了"可移动的革命"的观点和主人公作为一个"漫游的革命者"的可悲下场。对于小说的革命主题研究目前还不多见，布鲁斯·金认为"《游击队员》提供了一种非神话化，是对流行的空话和革命辞令背后的审视，是对卷入其中的人们一种同情然而批判性的考察"[1]，但没有深入进行分析。事实上，革命是统领和驾驭整部小说的核心，它有机统一了全书的叙述结构和主题内涵，也是与作品内容看似毫无关系的题目"游击队员"建立密切联系的根本点和出发点。本书拟从革命这一角度出发，对小说进行进一步探讨，揭示其中的内在关联，挖掘作家创作意图和作品之间的有机联系。

一、报告与戏仿的革命

小说的题目"游击队员"来自小说中男主人公吉米，又名詹姆斯·艾哈迈德的一句话"当人人都想战斗，也就没有什么值得去战斗了。人人都想打自己的小战役，人人都是游击队员"[2]。而耐人寻味的是，整部小说没有一个人是传统意义上穿着军装握着枪药的典型的游击队员，更没有游击队员们参与的枪林弹雨，但是，与游击队员紧密联系的另外一个词语——"革命"却是整部小说的核心，这个词把整部作品有机统一起来，把几位来自不同世界、不同国籍和身份的主人公联系起来，他们彼此在思想和精神上的激烈冲突和最后的惨局是一场经典的彼此为敌的游击队员之间的你争我斗，因此，小说本质上叙述的是一场精神思想领域的游击战争，是消弭了传统战场的当代世界不同人们之间的一场游击战争。

---

[1]　Bruce King. *V. S. Naipaul*. New York: St. Martin's Press, 1993. p.115.

[2]　V. S. 奈保尔：《游击队员》，张晓意译，南海出版公司2013年版，第1页。

《游击队员》的主要情节是奈保尔根据 1972 年发生在特立尼达的一个真实案件改编而成的。1972 年，曾经是黑人领袖的迈克尔·迈利克（又名迈克尔·X）被指控谋杀了英国白人妇女盖尔·本森，被处绞刑。在完成小说两年之后，奈保尔再次根据大量与案件有关的卷宗资料，完成调查报告《迈克尔·X与特立尼达黑奴运动谋杀案：安宁与权力》，报告以全景式历史再现的方式呈现这起案件发生的前前后后，重点分析主人公、凶手迈克尔的个人成长历史背景和社会环境，发表后获得极大成功，《星期日泰晤士报》编辑马格纳斯·林克莱特（Magnus Linklater）形容这篇文章是"我在任时我们登过的最好的一篇文章"[1]。

调查报告中的迈克尔·X在小说中就是主人公吉米。迈克尔·X出生于特立尼达，1957 年他 24 岁时来到英国，生活了 14 年，来英国前的名字是迈克尔·德·弗雷塔斯，14 年中当过皮条客、毒贩和赌场打手等。后来，迈克尔·德·弗雷塔斯在伦敦的白人自由主义分子辅助下经历了一次宗教和政治的"皈依"，给自己取名"迈克尔·X"，立刻在媒体和地下群体中间大获成功，摇身一变，成了黑奴运动的"领袖"、地下黑人"诗人"和"作家"。1969 年，在一位富有白人的赞助下他建立了自己的第一个公社"黑人之家"，但以失败告终，又因为煽动种族仇恨而坐过牢，后来还惹上了很多官司，1971 年逃到了特立尼达。"在英国的最后一年，迈克尔扮演着形形色色的人，发出了各种各样的声音，真实的人早已消失得无影无踪。但他只要鼓吹自己的黑人角色，就会'无往不胜'。"[2] 逃到特立尼达后，继续以"黑人领袖"自居，因此，在特立尼达的迈克尔·X不是一个单纯逃避英国犯罪指控的人，而是一个来自"巴比伦"的黑人穆斯林避难者，反抗"工业化复合体"的斗士，在租来的克里斯蒂娜花园里创办了"公社"，还开办"人民

---

[1] 帕特里克·弗伦奇：《世事如斯：奈保尔传》，周成林译，中信出版社2012年版，第364页。

[2] V. S. 奈保尔：《迈克尔·X与特立尼达黑奴运动谋杀案：安宁与权力》，转引自《我们的普世文明》，马维达等译，南海出版公司2014年版，第206页。

商店"。实际上，位于城郊住宅区的克里斯蒂娜花园根本不是什么公社，但他告诉自己远在英国的白人主子他们在务农，制造出自己是在革命、为岛国黑人奋斗的假象。

报告中被害者白人妇女本森，在小说中是女主人公简，是一个生活极度空虚的英国白人中产阶级自由派人士，对自己的情人、来自波士顿的黑人哈齐姆·贾马尔（小说中是罗奇）盲目崇拜。他们一起来到公社，本森穿着非洲风格的、散发着金钱味道的衣服，浑然不觉正在进行游戏的危险性质。奈保尔根据她被杀后遗留下的大量信件和采访，分析道："她有几分像冒牌货……她会取一个虚假的名字，守着一个虚假的位置……一个生活安逸的白人，却以她的中产阶级方式比所有的人都更像黑人：本森不可能对自己制造出来的效果毫无感觉。荒谬的崇拜，荒谬的名字，荒谬的衣着——人们在特立尼达记住的关于本森的一切，无不显示出这个离经叛道的中产阶级女人身上未经教化的巨大虚荣。"[1] 在迈克尔·X这个由一群冒牌货组成的公社"黑人之家"当中，本森的处境最危险，她让人难以捉摸，有人因此断定她是英国派来的间谍，这构成迈克尔最后将她杀害的理由。这就是奈保尔在整个调查中采访、查阅大量与案件有关卷宗后了解到的女主人公的真相。

谋杀案发生后，奈保尔向安德烈出版社建议说："这一事件完全可以写本书，它说明了我们这个世界的很多事情：种族、性变态、厌倦、公社、集体疯狂、良心、虚假政治（黑人与白人）、自由主义，等等。"[2] 小说在尊重真实案件的前提下虚构了故事情节，由吉米和简的两次性行为作为主要情节线索推动故事的发展。但是，在报告和小说中奈保尔的叙述态度和个人立场有着明显差异。在两部作品中，奈保尔对特立尼达黑人运动进行揭露，在调查报告中奈保尔以披露事实真相为目的，如实再现惨案发生的来龙去脉，对迈

---

[1] V. S. 奈保尔：《迈克尔·X与特立尼达黑奴运动谋杀案：安宁与权力》，转引自《我们的普世文明》，马维达等译，南海出版公司2014年版，第206页。

[2] 帕特里克·弗伦奇：《世事如斯：奈保尔传》，周成林译，中信出版社2012年版，第333页。

克尔假借黑人革命的名义进行的极端自私的功利行为进行无情揭露，对他犯下的罪行予以最严苛的揭批，对被害者予以同情。而在小说中，奈保尔的叙述立场完全相反，在保留惨案原貌基础上，虚构案件发生的背景缘由，采取同情凶手、谴责被害者的截然不同态度，深入剖析导致案件发生的被害者个人因素，考察案件发生的深刻社会和历史动因。

评论已经注意到奈保尔对岛国黑人权力运动和黑人革命的质疑。奈保尔认为黑人权力革命正在加剧特立尼达的种族分裂。小说没有直接描写政治事件，但整个背景来源于政治事件，这直接与黑人革命紧密相连。奈保尔认为特立尼达借用了美国的黑人权力，但不会成功，因为"在美国，黑人权力可能成功，但那是美国的成功"[1]。本书以为，奈保尔对黑人权力运动和革命荒诞性的分析是创作小说的根本原因。因为正是黑人权力运动和所谓的"革命"让迈克尔之流"飞黄腾达"，成为所谓的"黑人领袖"，也是构成吉米绝望的根源，而对"革命"的魔幻性想象和性欲望的投射直接导致了简的悲剧。无论是报告还是小说，奈保尔都力图在最大程度上还原事实和真相，分析问题实质，揭示其中真相，指出革命被严重异化的特征——男女主人公以革命的语言进行所谓的革命，革命最终成为语言的革命、语言的狂欢和嘉年华。

二、小说与革命的游戏

吉米的英国主子、白人自由主义者推崇的"土地革命"构成他思想和行为的出发点。与纪实报告大不同的是吉米不是黑人，而是一个中国混血儿，他出身于岛国一家中国人开的杂货店后院，父亲姓梁，是个中国人，母亲是西班牙人，最早的名字是吉米·梁，后来改为吉米·艾哈迈德。

吉米的白人主子——英国自由主义分子眼里的土地革命与第三世界前殖

---

[1] 《纽约书评》，1970年9月3日。

民地和半殖民地领导的土地革命有天壤之别。实际上，吉米的白人主子领导的土地革命是对第三世界真正土地革命的一种戏仿，是白人自由主义者在岛国推广的一种自我想象的土地革命。他们找到了中国混血儿、没有受过多少教育的吉米，对他进行包装，让他充当他们的革命代言人，让吉米成为反抗"工业化复合体"的斗士，在岛国租了一大块地，取名"画眉山庄"，开办"人民公社"以进行所谓的"土地革命"。由于土地革命，吉米成为"黑人英雄"。但吉米无知、狂妄，始终生活在主子给他的虚假的"黑人领袖"光环里，这是最终导致吉米扭曲人格和极端行为的根源。

所谓的"土地革命"是一种实实在在的作秀和摆设。画眉山庄内到处绵延的是灌木林和树林，田地荒废，没有耕耘的迹象，偶尔有人在田里干活也是在表演，专门做给来农场参观的人看。吉米和跟随他的一批浪荡的年轻人依靠恐吓、威胁和勒索来维持农场的日常运行。吉米对来访的简介绍自己的革命："他们必须帮助我变强大。因为，如果我失败了——哼。我是唯一站在他们和革命之间的人，如今他们明白了，主人。因此我也就成了他们唯一害怕的人。他们知道我手里只需拿起一只话筒，整副纸牌就会倒下。我和其他人不一样。我不是街头政客。我不演讲。没人会把我当成颠覆分子关进监狱……"[1]岛国人不看好吉米，很清楚吉米是什么人，认为这是"反历史"的，岛国人这样谈论吉米："难道你还认为一个中国杂货店出身的人能够实现黑人的抱负？"[2]简的男友罗奇对吉米和他的属下的定性是一群"帮派团伙"[3]。

岛国人对吉米的评价是客观而又准确的，吉米深深理解在现实中他扮演角色的荒诞性，他只不过是一个被别人利用来做任何想做事情的人，是最容易受别人影响的人。这一心理的极度扭曲真实地反映在他的写作中。现

---

[1] V. S. 奈保尔：《游击队员》，张晓意译，南海出版公司2013年版，第20页。

[2] V. S. 奈保尔：《游击队员》，张晓意译，南海出版公司2013年版，第212页。

[3] V. S. 奈保尔：《游击队员》，张晓意译，南海出版公司2013年版，第219页。

实世界中革命的虚无和荒唐在吉米的想象和创作中继续虚化成崇高的代名词，虚构可以完成精神上荒诞的胜利。一方面，经典意义上的革命是吉米向往的，吉米希望这样的革命能够发生，革命是吉米作为底层和边缘者进行成就自我、实现个人名利和成为"黑人英雄"的唯一手段，吉米这样标榜自己："我不是任何人的奴隶和种马，我是勇士和火炬传递者。"[1]这反映出他对现存秩序的挑战和颠覆的决心，吉米这样表达现实中对白人主宰的世界的仇恨，对自身处境的绝望："想到目前世界的构成，想到那些在画眉山庄和我一起工作的小子，我就觉得摧毁这个世界才是摆在明智的人面前唯一的办法。""在这样的夜晚，我觉得我几乎要为我们的世界，为生活其中却得不到保护的人们哭泣。""这个世界只为现在拥有它的人而存在，而有些人永远都不会拥有任何东西。"[2]

简代表目前这个世界的拥有者，"将来的赢家是已经取得胜利的人，如今他们不愿冒险，比如那些自由主义者"。简带着回程机票来参观，对革命的支持是"炫耀炫耀他们乳白色的大腿就以为对事业做出了贡献……"[3]作为白人自由主义分子的代表，简来农场参观并进而在与吉米的性关系中继续占据优越和主导地位，这使得吉米本能地把对这个世界的仇恨全部集中在简这一个个体身上，这种极端的情绪在吉米的内心深处隐藏，在吉米的笔下被完全颠覆，吉米在写作中把自己幻想成是白人女子崇拜的偶像，是黑人的代言人，简以第一人称"我"叙述对大名人吉米的无限崇敬："他生活在自己奇特的世界里，他的脑子里装满了大事情，他背负着住在棚屋里、在肮脏的小后屋里长大的人们的重担。"[4]吉米作为一个拯救世界上被压迫者的领袖，遭到当局的追杀，但他不是一个被轻易打败的人："在这里（岛国，笔者注）

---

[1] V. S. 奈保尔：《游击队员》，张晓意译，南海出版公司2013年版，第10页。

[2] V. S. 奈保尔：《游击队员》，张晓意译，南海出版公司2013年版，第36页。

[3] V. S. 奈保尔：《游击队员》，张晓意译，南海出版公司2013年版，第36页。

[4] V. S. 奈保尔：《游击队员》，张晓意译，南海出版公司2013年版，第34页。

他是一个争议人物，谁都不能无视他，人人都议论他。对于一般人，普通大众，他是个救世主，他了解、热爱普通百姓，因此，对于其他人，即政府和富有的白人公司之流，他是个异类，他们害怕他，排着队要给他钱。"[1] "他是一位王子，来帮助这些又穷又苦的黑人，没有人愿意帮助这些黑人，他们自己更是不求上进，得过且过。"[2] 小说中无知而又虚荣的简崇拜吉米，简意识到自己的优越地位，无论经济地位还是社会地位，她都是农场上最尊贵的客人，但事实上，一无所有处境下的农场上的黑人小伙子们只能对简产生最大的仇恨，而不是尊敬，因此，在吉米创作的小说中简和吉米一样清楚他们之间的鸿沟："我只要看着他的眼睛就能明白何谓仇恨。"[3]

小说中的吉米深知自己现实中的可怜境遇，无法接受这样一个自己，因此在这个由语言构筑的作品的幻想世界里，真实生活中的吉米全然虚构出了一个虚拟的自我，就这样靠写作来自我麻醉、缓释他的困窘和受挫的心灵。在现实中，吉米的中国混血儿身份在血缘上决定了他始终是一个外来者，一个旁观者，不会被任何群体接纳。他的语言和写作表明他是殖民历史的牺牲品。吉米既被白人利用，也在利用他的一群不明真相的追随者，他陶醉、麻痹、堕落，同时也清醒、愤怒，显示生活于虚幻中的人们的普遍状态。因此吉米对成就他的英国主子情感复杂，吉米最后在杀掉简之前给英国主子的信中流露出对主子爱恨交加的情感："你不应该让我失望，玛乔里，你不应该和那些人站在一边，我不想像恨那些人一样恨你，你是我的造物主，你伤了我的心，你造就了我然后又让我觉得自己像垃圾。"[4] 他认识到正是成就他的英国主子造成了他的现在和最后的走投无路。吉米和玛乔里的关系是对20世纪中叶的世界政治格局的最精妙的隐喻，是第三世界对第一世界的政治情

[1] V. S. 奈保尔：《游击队员》，张晓意译，南海出版公司2013年版，第32-33页。

[2] V. S. 奈保尔：《游击队员》，张晓意译，南海出版公司2013年版，第56页。

[3] V. S. 奈保尔：《游击队员》，张晓意译，南海出版公司2013年版，第34页。

[4] V. S. 奈保尔：《游击队员》，张晓意译，南海出版公司2013年版，第236-237页。

感的隐喻和投射。

吉米是个双性恋者，他在黑人小伙布莱恩特那里获得的性满足体现的是他真正的自我，他在对方身上看到自己，想和自己的同类合二为一，这个时候的吉米是真正的自我。而和简之间的做爱体现的是另一个自我，是黑人作为一个类属的自我，一个屈辱的自我。一开始勾引简，吉米想做的是完成自己对一个白人女子的性征服，从而对现实中自己作为奴才的身份进行颠覆，然而事实上，简在性行为中以主子自居，这是一种双倍的屈辱和讽刺，加剧了吉米人格的扭曲和断裂。

本质上，吉米对自己的认知和再想象在很大程度上就是一种典型的西方主义立场。伊恩·布鲁玛和阿维赛·玛格里特的《西方主义：敌人眼中的西方》中将东方的自我东方化以及对西方的回击或报复性想象称为"西方主义"。吉米以西方主义视角进行自我身份的构建，然而这种构建是深层次自我迷失的产物。

小说中吉米的中国人形象和意识也反映了小说是对第三世界和第一世界之间关系的隐喻。

吉米在中国杂货店后院长大，深受中国传统迷信思想的影响，在最后穷途末路的时候，吉米感到被抓捕时他的恐惧感觉就是一种典型的中国人思维："小时候夜里听到猫头鹰的叫声我们就在油灯的灯芯上插上大头针把死神赶出屋子，但是我不相信这样做能阻止棺木逼近。"[1] 一个迷信、落后和封建的中国形象常驻在中国裔岛民的心灵深处。

岛国的官僚梅雷迪思对吉米和他中国出身的评价是："我无须太费力就能回忆起自己小时候对这些华人店铺的感觉。吉米总是说自己出生在一个华人杂货店的后屋里。在英国这样的出身听上去贫寒而有趣。"[2] 在梅雷迪思的

---

[1] V. S. 奈保尔：《游击队员》，张晓意译，南海出版公司2013年版，第233-234页。

[2] V. S. 奈保尔：《游击队员》，张晓意译，南海出版公司2013年版，第142页。

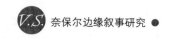

童年记忆中，吉米的妈妈是个西班牙美丽女人，在 20 世纪初的岛国只有有钱的中国人才开得起杂货店，中国人虽然有钱，但丝毫没有政治地位。吉米是冷战期间中国人在海外的一个被污化的形象缩影，他的金钱财富来自自己和兄弟们对岛国政府和普通老百姓的敲诈勒索，他所谓的政治名声依靠远在英国的老主子的恩赏，他的本来面目，只不过是一个中国杂货店小商人的后代，注定是无财无势，要成功只有巧取豪夺。

三、帝国余晖下的幻影

简的形象反映一个无知、浅薄和虚荣的白人自由主义者在帝国扭曲异化的政治伦理作用下所引起的严重后果。简很年轻很无知，在她身上体现出一种发人深思的悖论。一方面，前殖民帝国的影响继续作用在简这一代殖民者后裔的身上，简以主子自居，以主子的眼光和态度来对待岛国的一切，对待岛国所谓的革命和普通民众。另一方面，简意识到自己作为所谓的殖民者对广大穷苦大众的责任，以一种拯救的心理来到岛国，但这不过是白人自由主义者单方面的想象，一种美化自我的表现而已，事实上，这是白人自由主义者面对帝国衰落意欲在前殖民地重塑辉煌、重拾帝国威望的心理满足，表现出的行为是以殖民者的身份来到前殖民地炫耀卖弄，客观上暴露出个人人格的猥琐萎靡和精神的空虚，折射出殖民者主人的不变姿态，客观上构成了小说悲惨结局的内在动因。

简是一个出生于伦敦白人中产阶级家庭的极端无知、虚荣和缺乏教养的女子，她和情人罗奇来到画眉山庄参观在英国被宣传得轰轰烈烈的吉米领导的"土地革命"，拿着回程机票表示自己对革命的支持和贡献，画眉山庄之行只不过是她今后在伦敦有趣的谈资而已，她身上体现了典型的白人自由主义者对革命的立场。

简体现了前英殖民帝国扭曲的政治伦理继续在当代发酵产生的恶果。简沉湎于帝国辉煌的过去，对帝国在当代的衰微抱着无可奈何花落去但又很不甘心的矛盾心态。她抱着支持黑人革命的心理来到画眉山庄，自以为这种举止是在为压迫者的罪孽进行救赎，实际上她表现出的行为是以殖民者的身份来到前殖民地炫耀卖弄，"简心想，她什么时候决定离开就可以离开，这是多么幸运啊。没有多少人有这样的自由：做一个决定，然后付诸实践。这是她幸运的地方之一；每当这个时候，她总是用这点幸运来安慰自己。她有这个特权：这是她最大的信念……"[1] 革命于简是一种虚荣和欲望的投射，客观上暴露出她个人人格的猥琐、萎靡和空虚。当她在画眉山庄没有看到她希望看到的轰轰烈烈的土地革命景象的时候，当知道吉米的"土地革命"根本不是革命的时候，简的反应是"这个世界又一次辜负了她"。在岛国社交圈，简自以为表现出了白人自由主义者最大程度上的对世界上被压迫者的关心，而这种停留于话语层面的关心大家都有目共睹，罗奇深深了解她，认为那只是一种拙劣的自我表现而已。

吉米领导的革命实际上是一场语言革命，彼此第一次见面，吉米就清晰地表达出了一种关于革命的流氓无赖理论，简很清楚吉米"土地革命"的荒谬性和吉米的本质，知道从伦敦来参观是个错误的决定，但还是欺骗自己相信、陶醉于吉米对她的勾引，主动上门。简需要不断更换情人才能让她感到生活的意义，"简感到虚弱、漫无目的和隐隐约约的不满，这种不满现在针对的是这个世界"[2]。

整部小说主要叙述简和吉米的三次见面，以最后一次吉米将简残忍杀害结束，在内在逻辑上构成一致性，形成完整的逻辑脉络。首次见面的吉米通过自己宣传的语言革命向简炫耀，很明显的是，内心一样空虚的吉米想勾

---

[1] V. S. 奈保尔：《游击队员》，张晓意译，南海出版公司2013年版，第49页。

[2] V. S. 奈保尔：《游击队员》，张晓意译，南海出版公司2013年版，第42页。

引这个白人自由主义者，通过性占有来暂时改变自己在白人主子面前的屈辱地位，这就有了吉米邀请简再次来画眉山庄的第二次见面，在这次见面发生的性关系中简占据了主导地位，以优越的白人主子身份控制了整个过程，吉米被动、屈辱，不得不接受这一切。然而，同时在另外一个方面，吉米深深体会到了简的无知，简是个涉世不深的小女孩，简的主动接吻证明了她的无知。当罗奇打来电话找吉米的时候，简和吉米刚上床，她冲着电话大喊："记得把这事儿写到下一次的机密公报里。"当两人结束性关系后，简用硕大的床单把自己包裹起来的行为让人感觉是"出于在一次随意的性行为后想把自己隐藏起来的本能，出于想重新把对方视为陌路人的本能"。小说以吉米的视角呈现简对于性的态度："这个女人情人无数却依然如饥似渴；如小女生一般缺乏经验，却被宠坏；不知不觉养成娼妓的坏脾气和举止，在尝尽失败和耻辱后，在妓院的女佣身上寻求报复，想方设法为她们创造工作，让下等人欺负更下等的人，从中品尝胜利的滋味。她现在看上去是如此冷漠，如此洋洋得意。吉米恨透了她。"[1]

简的愚蠢在于她丝毫没有意识到自身的问题，没有感到自己的行为带来的伤害和由此激发的别人对她的仇恨，当岛国局势越来越危险促使她必须马上离开的时候，她还天真地去画眉山庄向吉米告别，这给了吉米一个最佳的报复机会。在同一个房间的同一张床上，吉米以残忍的鸡奸方式对简发泄，简代表着吉米所痛恨的一切，当简死去之后他非但没有感到一丝胜利的喜悦，反而充满了除了深深的恐惧之情之外的一种空虚和失落，因为他知道白人主子迟早会来报复他，将他绳之以法。

小说中性是政治的象征，两次性场面描写实质是殖民主子和愿意成为他们的奴才者之间的关系。殖民者如简那样，以性作诱饵。小说用一个很精妙的比喻来描述，简就如海底的海葵，她勾引男人时如同"安全的、根基牢固

---

[1]　V. S. 奈保尔：《游击队员》，张晓意译，南海出版公司2013年版，第75—77页。

的海葵在海底摇曳着它的触须"[1]。小说以男女性行为的呈现方式来反映殖民和被殖民、统治和被统治之间的关系，这种关系体现出后殖民时代的异化特征，也注定其悲剧结局的必然性。小说以变异的两性伦理表达作家对后殖民时期前殖民地社会种族政治在人性发酵作用下所产生恶果的敏锐洞察和复杂情感。

实质上简在社会无意识层面（意义）上和吉米形成"互为主观性"与"互相他者化"的关系，简以主子自居，以主子的眼光和态度来对待岛国的一切，罗奇这样描述简的优越感："伦敦等着你。不管你怎么拼命吹，你知道房子不可能被你吹倒。要是你知道房子真有可能被你吹倒，你会吓死的。"[2]但最后房子还是被吹倒了。

简的内心深处被两种力量撕扯，一种是希望自己祖先——大英帝国的辉煌依旧，荣耀和威望继续，她可以继续在这个祖先创造的威风庇护下在这个世界上为所欲为，就如同这次来岛国和吉米的性关系中她的强势姿态，本质上她是主人。另一种力量是她具有的一定程度的悔罪意识，她本能地对英帝国的殖民历史有种歉疚感，憎恨自己祖先对殖民地人民造成的罪恶，为不公平世界里的人们讨公道，想以所谓的支持革命来拯救这个世界，并因此感到自己行为具有正当性和崇高感，其实这是她个人作为白人自由知识分子的单向度思考和看法，她踏上岛国之后自以为自己所做的一切是为了来拯救黑人于水火之中，但实际上黑人对她非常敌视，把她作为对立面来看待，而她个人的行为则完全颠覆了她这种悔罪意识，吉米最后以极端的方式了结了这种关系。

有分析认为"简和吉米的关系成为一个第三世界国家想象与前殖民主子关系的寓言"。[3]奈保尔多次谴责英国中产阶级白人自由主义者，尤其以盖

---

[1]　V. S. 奈保尔：《游击队员》，张晓意译，南海出版公司2013年版，第98页。

[2]　V. S. 奈保尔：《游击队员》，张晓意译，南海出版公司2013年版，第158页。

[3]　Hemenway, Robert, "Sex and Politics in V. S. Naipaul", *Studies in the Novel*, 14, Summer 1982. p.200.

尔·班森为代表的白人女性，认为这些人"与革命保持联系就像和剧院保持联系一样，这些参观革命中心的革命者，却拿着回程飞机票，对这些人来说，迈克尔之类的黑人权力组织是具有异国情调而且安全的妓院"[1]。奈保尔对简的叙述没有同情，特别是在描写她被杀一幕的时候，这与奈保尔对她本质上的批判态度直接相关。白人作家在阅读到这一部分时深为不安，奈保尔传记作家弗伦奇这样说："维迪亚的文字最让人害怕的一面，是他对嘉尔·本森被害没有明确的道德立场——他用来描写她被害时的措辞尤其令人不安。"[2]奈保尔曾这样批评简："这是一本关于道德的书，一些人调侃严肃之事，认为自己总能够脱身，回到自己安全的世界。小说中的那个女人是对虚荣的研究。"[3]布鲁斯·金认为这是白人寻求道德剧和性刺激，并以这些来支持假想中的第三世界革命。[4]

康拉德在 1897 年《文明的前哨》中的一段话可以作为简的墓志铭："他们两个是彻头彻尾的平庸、无能之辈，他们的生存完全依赖于文明群体的高度组织。很少有人意识到，他们的生活、他们最根本的性格、他们的才能和胆量仅仅表明他们深深地相信周围环境。他们的勇气、镇定和自信，他们的情感和原则，从最了不起的思想到最微不足道的看法，没有什么是属于个人的，它们全都属于群体：属于那个盲目地相信习俗与道德之不可抗拒、盲目地相信警察与观念之强大的群体。"[5]

---

[1] V. S. Naipaul. *The Return of Eva Peron with the Killings in Trinidad.* New York: Alfred A. Knopf, Inc., 1980. p.29.

[2] 帕特里克·弗伦奇：《世事如斯：奈保尔传》，周成林译，中信出版社2012年版，第364页。

[3] Bharati Mukherjee and Robert Boyers, "A Conversation with V. S. Naipaul", *Salmagundi*, 54, Fall 1981. p.15.

[4] Bruce King. *V. S. Naipaul.* New York: St. Martin's Press, 1993. p.101.

[5] V. S. 奈保尔：《迈克尔·X与特立尼达黑奴运动谋杀案：安宁与权力》，转引自《我们的普世文明》，马维达等译，南海出版公司2014年版，第227页。

结语

小说发表后，作家劳尔·潘亭（Raoul Pantin）在《加勒比通讯》上这样评价："深切的个人痛苦和内心孤寂之惊人证明，这是奈保尔在将近 20 年非凡的创作生涯之后产生的感受。"[1] 安东尼·斯维特称赞其为"一位杰出艺术家对空虚和绝望的解剖"[2]。

奈保尔同情凶手的叙述本质上反映他同情弱者、追求真理的态度。在奈保尔看来，驱使吉米犯罪的是西方前殖民者对于第三世界普遍的不公正和边缘国族的劣势地位，这决定了他们只能采取极端的方式对白人社会加以报复。这种叙述是小说发表后奈保尔受到批判和质疑的原因，客观上反映了奈保尔追求正义和公正的世界主义思想。另外，小说客观上反映全球化加速了全球风险社会的形成，以及树立全球风险意识的迫切性。

同时要看到的是小说中革命被错误挪用的叙述特征。布鲁斯·金认为小说揭示的真相是"《游击队员》提供了一种非神话化，是对流行的空话和革命辞令背后的审视，是对卷入其中的人们的一种同情的而带批判性的考察"[3]。小说抨击了"可移动的革命"的观点和"漫游的革命者"，也就是认为革命可以轻易地从一个社会环境输送到另外一个社会，吉米这样的人就是运输工具。[4]

作品宏观上反映普世世界中人普遍的疏离异化，是对帝国政治影响在当代的批判性考察。简的悲剧反映西方前殖民主子在当代的宿命，作品本质上是一部全面反映奈保尔成熟社会思想的力作。无论是调查报告还是小说，奈

[1] 《加勒比通讯》，1975年11月。

[2] 《观察家报》，1975年9月14日。

[3] Bruce King. *V. S. Naipaul*. New York: St. Martin's Press, 1993. p.115.

[4] Weiss Timothy F. *On the Margins: the Art of Exile in V. S. Naipaul*. Amherst: University of Massachusetts Press, 1992. p.181.

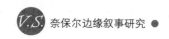

保尔都站在一个更高的视点上环视世界在各个领域中正在发生的变化，一定意义上，即人的堕落状态。

第二节　复魅非洲
——《亚芒苏克罗的鳄鱼》（1983）中的文明碰撞主题研究

　　奈保尔的非洲考察记《亚芒苏克罗的鳄鱼》一直被国内外读者打进冷宫。作品中以"两个世界和两种时间观"为核心的非洲传统文化观客观呈现生命体验对人理性认识的越界和触摸人生命全部真实的努力，是非洲人独特宇宙观的具体表现和形塑非洲文明的重要标志，构成撒哈拉沙漠以南的非洲千年文明延续的主要精神支撑，更是当今全球化时代吸引外来移民的重要因素。本书主要采用对比研究法，通过分析非洲传统文化的魅性内涵，将它和西方文明进行比较研究，揭示西方文明过度将人异化、物化的狭隘、短视和局限，批判西方物质文明对人性伦理的悖论式逻辑思辨和运行机制，从而深刻反思西方理性主义思潮的现代性意义。作品客观上也传递出奈保尔鞭笞当代西方文明及哂笑西方价值观的客观评判者立场。

　　人类的历史是一部文明史，在人类历史上文明为人们提供了最广泛的认可。查阅目前对文明的研究巨著，影响较大的基本上都为西方杰出的历史学家、人类学家和社会学家们所撰写，如马克斯·韦伯、奥斯瓦尔德·斯宾格勒、阿诺德·汤因比、塞缪尔·亨廷顿、卡罗尔·奎格利和伊曼纽尔·沃勒斯坦等，他们对于文明的起源、性质和认同等问题上所取得的广泛的一致意见不可避免地带有西方学者的固定视角，体现出西方主流意识形态的话语范畴。马克斯·韦伯在整个学术生涯中始终在对西方文明和非西方文明进行比较，他认为："西方代表了优越的文化……真正的科学仅存于西方……一方面，西方仅代表诸多文化中的一种，但另一方面，它的理性和科学观念又符合普遍适用的逻辑思想的标准。"[1]塞缪尔·亨廷顿指出"文明的观点是由 18 世纪法国思想家相对于'野蛮状态'提出的。文明社会不同于原始社会，因为它是定居的、城市的和识字的。文明化的是好的，非文明化的是坏的。文明的概念提供了一个判断社会的标准"[2]。日本历史学家福泽谕吉承认"按照文明的标准，日本和中国只属于'半开化文明'，落后于欧洲"[3]。无疑以韦伯和亨廷顿为代表的这一体现西方价值道德标准的文明观一定意义上担当起了 18 世纪以来欧洲殖民全球"未开化"民族的深层政治哲学支撑和实践运用的原驱力，其影响一直延续至今天。

然而在一个全球正走向多极和多元化的世界里，人们正面临着一系列的问题，全球生态污染越来越严重，恐怖主义直入西方心脏，地缘政治冲突渐趋频繁，世界经济危机日益加深，这些共同构成人类生存危机和人类文明危机，坚守"西方文明优越论"的人们因此感到越来越困惑和迷茫，西方文明真的是普世文明？西方文明将走向何方？其他文明如东方文明、非洲文明等

---

[1] Max Weber, "Introduction", *The Protestant Ethic and the Spirit of Capitalism*. New York, 1958. pp. 13–31.韦伯承认每一种文明都拥有一整套属于自己的价值观，但同时又认为西方的理性主义和以抽象逻辑和经验思维为形式的科学为西方所仅有，这使他得出了西方文化优于其他文化的结论。这一主张与韦伯的历史观密切相关，作为一个日耳曼民族主义者，他把历史看作是为民族复兴而进行的斗争。

[2] 塞缪尔·亨廷顿：《文明的冲突与世界秩序的重建》，周琪等译，新华出版社2002年版，第23–24页。

[3] 格奥尔格·伊格尔斯：《全球史学史：从18世纪至当代》，杨豫译，北京大学出版社2011年版，第138页。福泽谕吉（1835—1901）深受西方历史学家线性历史观的影响，他发明了"开化史"一词，认为儒家史学已经过时，应当用"开化史"来取代，历史写作的目的是叙述一个民族是否符合西方意义上所谓的进步。以福泽谕吉和田口卯吉等为代表的历史学家的新型历史观为日本明治维新和脱亚入欧起到了思想启蒙的重要作用。

是否具有西方文明所没有的优势和活力？V. S. 奈保尔 20 世纪 80 年代初深入西非科特迪瓦考察 9 个月后完成的《亚芒苏克罗的鳄鱼》(*The Crocodiles of Yamoussoukro*，1983，以下简称《鳄鱼》) 给我们揭示了一个迥异于西方文明的非洲文明，一个具有丰富灵性的非洲文明，作品本质上是对关于西方建构的文明观的深度拷问 [1]。

有关文明的主题是奈保尔一生思考的焦点和创作的重心，西方文明与东方文明、非洲文明等其他文明的碰撞、冲突、交融是奈保尔作品的主要内容。母国印度被殖民的屈辱史和伤痕累累的今天是奈保尔几十年创作的关切点，在 2007 年出版的最新研究印度的散文随笔集《作家看人》(*A Writer's People*) 的结尾奈保尔这样写道："印度的贫穷、作为殖民地的过去，两种文明的谜题，都将继续阻碍身份、力量和智识的成长。"[2] 两种文明即印度文明和西方文明，无疑在现实中，处于弱势的印度文明在新世纪将继续背负沉重的历史包袱前行，这是不得不面对的现实。然而"谜题"两字客观上揭示了奈保尔对西方文明强势入侵爱恨交加的复杂情感。布鲁斯·金曾这样评价奈保尔的矛盾性："他（奈保尔，笔者注）既激烈批评印度和新独立国家的缺点，同时也为殖民地的软弱和受剥削感到羞惭。他谴责欧洲帝国主义残忍的奴隶制度和给前殖民地国家遗留的各种问题，同时也赞美它给依旧处于内战和非西方入侵的国家带来了和平和现代化。"[3] 笔者以为这充分显示出奈保尔作为世界主义者的政治中立态度和全球化的观察视角。这种视角的形成始于 20 世纪 70

---

[1] 国内外关于《亚芒苏克罗的鳄鱼》的评论较少。作品自 1984 年出版后，奈保尔的好友、英国作家安东尼·鲍威尔在《每日电讯报》上发表评论，称赞作品"探查了黑非洲和科特迪瓦的非洲魔巫，证明了他（奈保尔，笔者注）的写作对其他人和他们心灵的揭示有多深"。英国评论家布鲁斯·金的专著 *V. S. Naipaul* 对收录《鳄鱼》的《发现中心》(*Finding the Center*，1984) 进行整体性评论，但没有专门针对《鳄鱼》的论述。奈保尔传记作家帕特里克·弗伦奇指出《鳄鱼》是"一篇翔实嘲讽然而从未引起轰动的文章"，但没有进一步论述，详见《世事如斯：奈保尔传》第 454 页。

[2] Naipaul V. S. *A Writer's People*. London: Pan Macmillan，2011. p.194.

[3] King Bruce. *V. S. Naipaul*. New York: Palgrave Macmillan Ltd., 2003. p.4.

年代初，1971 年 10 月在做电视节目访谈时奈保尔说："我现在的关注视角更为全球化……我失去了小岛来的人不懂何谓权力的天真……这是一种日复一日的真实。"并声称从此"不再写虚假和人工的小说"。[1] 这种写实创作理念在后来越来越得到深化，并最终形成奈保尔特有的观察和书写方式。

"观察方式"是此后奈保尔系列考察作品的核心词汇。"我这一辈子，时时不得不考虑各种观察方式，以及这些方式如何改变了世界的格局"[2]，奈保尔曾这样梳理他的创作。在过去半个多世纪遍布亚、非、欧和美等四大洲不同国家的访察中，奈保尔呈现了形形色色不同国别、各色人物的观察方式，他们运用自己特定的文化视角观察外界的方式，表达了他们不同的社会观、价值观和世界观。"观察方式"一定意义上体现的是某种文化方式和文明特征，而正是这些不同的文化和文明在当代的交汇碰撞融合中构成了丰富多元的全球化的今天。当然值得注意的还有一点，即奈保尔在展示别人"观察方式"的时候也潜隐无形地流露了自己的"观察方式"，毕竟他者得通过作家本人来言说。奈保尔的"观察方式"又有什么特点呢？奈保尔将《鳄鱼》和回忆自己艰辛作家生涯开端的《自传序篇》（"Prologue to Autobiography"，1982）收入《发现中心》（Finding the Center, 1984）是因为"这两篇都是关于写作过程。这两篇都以不同的方式试图让读者进入这一过程"[3]。对于《鳄鱼》来说，这一过程有两层含义，其一，是奈保尔如何在游历考察采访过程中保持自己作为"调查者"的克制、冷静和客观，其目的恰如他在 1992 年为纽约曼哈顿研究院做的演讲开场白："关于世上的万事万物，我没有统一的理论。对我而言，处境和人物总是具体的，总是从属于其自身。这也是一个

---

[1] 帕特里克·弗伦奇：《世事如斯：奈保尔传》，周成林译，中信出版社2012年版，第324页。

[2] Naipaul, V.S. *A Writer's People*. London: Pan Macmillan，2011. p.3.

[3] Naipaul. V.S, "The Crocodiles of Yamoussoukro", *Finding the Center*, New York: Penguin, 1984. p.9. 后文出自同一著作的引文，将随文标出该著作名称首字和引文出处页码，不再另注。

人会去旅行和写作的原因：去寻找真实。"[1] 其二，是如何选择典型、真实反映被调查之地现状的被采访者，在采访中问对问题，让他们敞开心扉将自身观点立场客观再现的过程。在《鳄鱼》第二章首段奈保尔两次用了"智力冒险"（intellectual adventure）来形容自己采访他人的感受，并强调："……只以我的同情来评判，我不强迫什么，没有必须要见的人、必须要采访的人。"在这种以真理和良知为标志的"观察方式"的主导下，让我们进入《鳄鱼》中的非洲世界，看看西方文明和处于更为原始状态的非洲文明，两者的碰撞是怎样的呢？

一、非洲：非洲人的非洲

非洲在奈保尔心中的重要位置绝不亚于印度。"正如我对印度农民运动和印度工人运动有感情，我也有对非洲的某种感情。我不是冷漠地跑去非洲——或者带着任何性的意图。"[2] 1965 年 33 岁的奈保尔第一次去非洲，当时奈保尔在英国作为作家的地位还不稳固，前一年刚刚出版的"印度首部曲"之第一部《幽黯国度》带来的压抑还未驱散[3]，奈保尔内心深处很想看看非洲，他感到需要观察和理解他的特立尼达同胞的祖居地："他对非洲很着迷——它的规模，它的景观，它的艺术，它的传统，它的人民。他透过特立尼达人的眼睛来看非洲，把它视为毁于中途之旅的他的同胞之神秘故乡。"[4] 此念促使奈保尔在乌干达待了 9 个月，写出了政治批判性小说《自由国度》（1971）。1975 年奈保尔的第二次非洲之行主要是为《星期日泰晤士报》

---

[1]　V. S. 奈保尔：《我们的普世文明》，马维达等译，南海出版公司2014年版，第593页。

[2]　法鲁克·德洪迪：《奈保尔访谈录》，《世界文学》2002年第1期，第122页。

[3]　1962—1963年奈保尔和妻子帕特开始第一次印度之行，1964年《幽黯国度》出版，此书遭到印度及第三世界批评界的激烈批评。

[4]　帕特里克·弗伦奇：《世事如斯：奈保尔传》，周成林译，中信出版社2012年版，第280页。

和《纽约书评》撰文，在当年 6 月 26 日给《纽约书评》的一篇文章中他谈到他对正身处其间的非洲扎伊尔的印象："一个过往之梦，河流与森林的空虚，褐色院子里的小屋，独木舟，而死去的祖先照看着保护着，敌人只是人类。"[1] 诗意而又带点困惑的笔触展现出的是一个真实的非洲，一个属于大自然的非洲！然而，奈保尔也看到了西方文明正昂首阔步、横扫黑色非洲。时隔 7 年之后的 1982 年抱着看看"法国在非洲的成功"，奈保尔来到科特迪瓦，当时正是首任总统费利克斯·乌弗埃-博瓦尼（Félix Houphouët-Boigny，1905—1993）权力稳固、国泰民安之时，但奈保尔目睹科特迪瓦的现代化仅仅是总统花费巨资建起的一座座摩天大厦和正在腐朽的机器设备，"法国和非洲依然是两个分开的思想"[2]，但是在它底下，奈保尔看到了非洲人的非洲却是一个孕溢着丰富、灵动和充满原始魅力和永恒生命力的世界。

在整个考察采访过程中，科特迪瓦政界、知识界和普通民众都对奈保尔提到了非洲的"两个世界和两种时间观"。在加勒比黑人集中的奴隶种植园早就存在着两个世界。"一个是白天的世界，那是白人的世界；一个是晚上的世界，那是非洲人的世界，一个有着精灵、魔巫和真正神祇的世界。在那个世界里，白天出丑丢脸的乞丐，在他们自己眼里，在他们同伴眼里，变成了国王、巫师或草药医生，都拥有权力，和地球上真正的力量保持联系。一个乞丐国王曾于 1805 年在特立尼达发动了一次奴隶起义。"科特迪瓦前教育部长波尼先生（Mr.Pony）认为"在非洲宗教是根本，有两个世界，一个是普通的现实世界，一个是幽灵世界，这两个世界永不停息相互寻找"。幽灵世界也即是超自然的世界，不能忽视，他曾在梦中预知双亲亡故。非洲话鼓专家乔治·尼格朗-波哈先生（Georges Niangorann-Bouah）是基督徒但被非洲的万物有灵论吸引，认为白人只不过是白天的创造者，黑人是晚上的创造

---

[1]　帕特里克·弗伦奇：《世事如斯：奈保尔传》，周成林译，中信出版社2012年版，第403页。

[2]　奈保尔在《鳄鱼》中关于科特迪瓦国家现代化治理的观察和思考，详见《奈保尔〈亚芒克罗苏的鳄鱼〉中的非洲现代性反思》（载《外语研究》2016年第2期）。

者，是力量和神秘的创造者，非洲的晚上处于一个完全不同的世界，他们可以完全化作能量与相隔万里的亲人不触碰地交流。波哈先生还专门说起一个在二战期间、殖民统治最黑暗时期广为流传的故事。一个黑人老头被抓作为奴隶被送往法国种植园，白人工头鞭打他，他问他们为什么打他，他们告诉他要把一块大石头搬往内地。他说你们先走吧，我会搬的。等他们到达那儿时发现老人和石头已经先到了，老人把自己完全化作了能量。传说姑妄听之，但波尼先生和波哈先生提到的现实世界/幽灵世界、白天/晚上和人转化为能量之说体现了非洲独特的文明和文化，它们都包含文明和文化所必需的"价值、规则、体制和在一个既定社会中历代人赋予了头等重要性的思维模式"[1]。这些体现了非洲人独特的哲学观，客观上是非洲人独特生命力论和时间观的文化表达，构成了非洲独特文明的诗性内涵，反映出与西方哲学的本质差异。

非洲哲学与西方哲学一样，也是一种本体论哲学，但两者的存在观截然不同，西方哲学的存在观以"静力观"来阐述存在，认为存在就是"现有的东西""某种存在的东西"，但是非洲的存在观以"动力观"来阐述存在，突出存在的运动方面，认为"力量就是存在""存在等于力量"[2]，传统非洲人把宇宙看作是由各种存在按照"力量法则"即等级原则而有序构成的一个体系[3]。存在的本质是生命力，生命力是一种神圣的、看不见的、永恒的存在。人类、动物、植物和无生命物都具有生命力，宇宙是各种生命力都有等级的体系，人是把无生命物同上苍的神灵世界联系起来的一种力量，死亡只是改变了生命力存在的条件，并不是生命力的完结，非洲人相信长者和父辈在冥间继续保持着他们的生命力，仍然与生者保持着联系，"在'无形世界'的祖先始终关注着在现实生活中、在'有形世界'中的子

---

[1] Adda B. Bozeman, "Civilization Under Stress", *Virginia Quarterly Review*, 51, Winter 1975. p.1.

[2] 普拉西德·康普尔：《班图哲学》，《西亚非洲》1988年第6期。

[3] Placide Tempels. *La Philosophie Bantoue*. Paris: Presence Africaine, 1949. pp.30−39,45−47.

孙们"[1]。由生命力论延伸出来的是非洲人的时间观，西方人的时间观是直线形的时间观，时间由过去、现在和未来组成，非洲人的时间观是射线形的，由过去和现在构成，没有未来这个维度，时间由"现在"向"过去"方向运动，而不是投向"未来"[2]。因此动态和静态、白天和晚上不是互相排斥而是互相补充的。在非洲人眼里时间体现出"质"的概念，这是时间的社会本质，表达了非洲人时间观上的宗教性和非洲社会群体的节奏。肯尼亚学者约翰·姆必蒂指出理解这种非洲传统时间观念对于准确展示非洲人特性进而解析非洲社会内幕的重要性。[3] "两个世界和两种时间观"和人转化为能量说正是基于上述哲学而产生的。

因此，非洲人眼里的非洲始终是完整美丽的，"你看一看非洲人的非洲，这个非洲无论历史上发生过什么事情，无论当下尘世如何，在非洲人自己眼里始终是完整的、辉煌的，它散发着旺盛的生命力"。这种"非洲完整性"的思想本质上反映出了非洲传统文化和历史意识扎根在世代非洲人心中后所产生的民族心理安全感和稳定感，体现了非洲文明的特有魅性。奈保尔对此感同身受，在度过童年和少年时代的特立尼达，他经常看到这种非洲的完整性体现在加勒比黑人举行的各种宗教崇拜中，而就在奈保尔这次来非洲不久前的加勒比黑人政治运动中他也看到了这种千禧年式的、沉醉狂野的、纯粹的非洲的一面。

以"两个世界和两种时间观"为核心的非洲传统文化观反映非洲人对人与自然界、与超自然界关系的独特理解和感悟，也直接决定了他们对物质世界荣辱不惊、安之若素的生存价值观。在科特迪瓦，有钱有地位的人每到周末都会褪去华服，回归自己祖先村落的穴居生活，他们都很喜欢这种生活。

[1]　帕林德·杰弗里：《非洲传统宗教》，张治强译，商务印书馆1992年版，第143页。

[2]　艾周昌：《非洲黑人文明》，中国社会科学出版社2000年版，第291-293页。

[3]　John M'Biti，"Religion et philosophie aficaine"，*Journal History of Africa*，Vol.6，No.3. Ed. OLE，Yaoude，1972. p.29.

处于严重内乱不得不逃到科特迪瓦避难的邻国加纳难民面对国破流离境遇也以平常心处之，奈保尔科特迪瓦之行的主要接待者阿莱特（Arlette）女士曾问他们："你们富过，现在变穷了，国家也一团糟。你们不担心吗？"他们答道："昨天我们好，现在我们穷，世事本就如此，明天我们或许又变好，也许不好，那是事物运行的方式。"对非洲人来说那是外界（the upper world）的运行方式，而内在的世界（the inner world），这另一个世界还继续保持完整，这一点很重要。非洲人普遍认为当下的尘世生活是最幸福的，人世生活的结束代表着一切幸福的终止，他们根本不相信基督教说的人死后能进入天堂之说，相反，他们认为冥界的生活很苦，死者在那里无衣无食很悲惨。

这种独特的非洲传统文化在人与自然的本质关系上体现了非洲人尊重自然、敬畏自然、与自然和谐共存的人文生态意识；超自然的世界、灵异的世界、魔幻的世界和人的精神世界一起，构成大自然的魅性，体现了非洲人丰富多彩的生活，并由此衍生出了独特的部落政治文化生活。在非洲，男孩到了 7 岁都要学习 3 个月，然后在非洲圣林里举行成年礼（initiation ceremonies），这会给他们关于世界的全新概念和他们在这个世界里应有的位置。通过这种教育的世代传承方式将包含"两个世界和两种时间观"在内的非洲独特宇宙观世代流传下去。在部落中老人经验最丰富，最具智慧，因而地位最高，也最受人尊敬，哈帕特先生（Mr. Amadou Hampate Ba）就是一例。他不以曾担任过大使和联合国官员而出名，而是以他精通算术和其他超感知觉闻名于科特迪瓦，虽贵为博瓦尼总统的精神顾问，但他接待每一个向他求助的普通平民。平时他宁愿住在家乡特雷什维尔，而不愿搬到可可迪中产阶层的高级住宅区，因为需要帮助的穷人来不了，他们没钱打出租，可可迪的看门狗看到也会咬他们。发轫于原始社会、传承数千年的部落酋长制社会组织形式赋予非洲人稳定的处世态度和心理特质。大家以部落集体为重，重义轻财，互助分享，共同御敌，久而久之这些精神成了大家共同的道德准则，形成非洲人特有的互爱友善的道德传统。在非洲，奴隶（captivity）只是一个词罢了，因为非洲人普遍认为"一个人是奴隶并不能剥夺他作为一个人的价值"。酋长的权威在部落中无人代替，但酋长懂得宽容谅解，"一个好酋长会遵循古法，寻找妥协达成一致"。酋长遵奉兄弟互爱传统，每年举行一次部落间的"和解"（reconciliation）仪式。"大树底下的民主制度"构成了酋长制度和黑人精神信条的重要组成部分。[1]

"我们是认识者，但我们并不认识自己。原因很明显：我们从未寻找过自己——因此又怎么可能发生我们突然有一天发现自己的事呢？"[2] 这是尼采对西方社会进入现代以来迷失"人"这一自我的深度拷问，尖锐指出了西方文明对"人"本身探究严重缺失这一问题。在当代西方世界人们愈加普遍面临精神困惑和生存危机的当下，非洲人与自然和谐共处、与他人互尊谦让的淳朴美德映衬出了非洲文明对人性伦理构建的完满性，他们从未迷失过自己，充分享受宇宙和世界的赐予。正是在这一意义上，奈保尔认为非洲人"在他们的世界里找到了秩序，找到了中心，我对这些人的发现既是故事的一部分，也是西非背景的一部分"[3]。

二、西方：非洲人眼里的西方

以"两个世界和两种时间观"为核心的非洲传统文化价值体系构成非洲人主流观念和集体无意识，使非洲人本能地对西方文明持警惕、抵触、排斥和批判的立场。西方以先进科技为代表的高度物质文明在非洲人眼里是虚空的代名词。话鼓专家波哈先生认为白人只不过是白天的创造者，他们的目标如幻影般荒诞，他们的世界虽真实，但是他们发明出的飞机、汽车、火箭、

---

[1]　李保平：《传统与现代：非洲文化与政治变迁》，北京大学出版社2011年版，第59页。

[2]　尼采：《论道德的谱系》，梁锡江译，华东师范大学出版社2015年版，第47页。

[3]　Naipaul. V. S. "Author's Foreword", *Finding the Center*, New York: Penguin, 1984. p.12.

激光和卫星等，在非洲的晚上，在黑暗世界里全都存在。波尼先生指出在非洲人眼里欧洲人只是孩童，因为他们只发展了人天性的一个方面，即人发明创造的能力，在他们眼里欧洲人毫无幸福感可言。在东欧旅行期间他看到人只是被当作经济零部件对待，人被简化成一个个单位，这让他更感沮丧，也更坚定他的"非洲人是长者"的观念，尽管他承认非洲在很多方面要依靠欧洲。汤因比指出："一个单一意义上的文明事实上可能在多元意义上是相当非文明化的。"[1] 波尼先生感受到的这种压抑的欧洲文化体现了西方文化仅仅重视科技发明创造的特性，波尼先生从非洲视角来观察西方文化的特点，显然是看到了这种文化客观上的局限性，本能地意识到西方文明对人性的压抑和控制。文明和文化反映了人类对客观世界的适应和感知，客观上是作为人类与外界发生关系所呈现的方式，作为人类传承自己物种的生存延续的方式，在本体论意义上应该是从属于人本身，并为人服务的。从这一维度出发，当我们聚焦于"人"这一生存物种的有限生命时，他对自我存在幸福感的认可度无疑是一个关键符码和核心参考点。而正是在这一点上，两种文明的碰撞凸显出的是非洲文明的优越性：它给人更多幸福感！美国著名记者约翰·根室曾在非洲多年，他这样评价非洲人："他们是明朗愉快的人民，甚至有些过分欢乐，他们好音乐，好学问，而且无论怎样总是快乐的。"[2]

非洲知识分子阶层以更高的视野来反思两种文明，并以自己的生活实践来阐释对生命和生活的理解。科特迪瓦青年诗人艾伯尼（Ebony）以非洲知识分子特有的超然清晰立场来评价西方文明，他用了一个精当的比喻："法国人治理国家就像圈养猪，他们相信人活着的唯一目的是吃、拉和睡。"在人与自然的关系问题上他和大多数非洲人的观点一样，认为非洲人与自然和平共处，欧洲人只想着征服自然。关于人与自然关系的问题，进入 21 世纪

---

[1] Arnold J. Toynbee. *Civilization on Trial*. New York: Oxford University Press, 1948. p.24.

[2] 约翰·根室：《非洲内幕 上卷》，伍成译，世界知识出版社1961年版，第344页。

以来越来越多的西方学者开始认识到正确处理这一关系的重要性。在 2010 年 4 月北京召开的"'世界文明国际论坛'第四届学术研讨会：当代世界文明进程的新特征和文明研究的新进展"上德国学者约恩·吕森指出西方近代以来的发展"与自然的关系很成问题"，"在全球化时代人类生活的文化定位中，自然问题已经成了跨文化紧迫之事。事实上在人类的自我理解中，与自然妥协已经成为人类种族生存的问题。今天每种文化定位都必须回应这种挑战"。[1] 非洲知识分子则以自己的思考和行动来做出回应。艾伯尼虽然从小接受西方教育，但他始终牢记父亲送给他的一句话并把它奉为圭臬："记住：我把你送去学校不是要你成为白人或法国人，我是把你送入一个新世界，就这些。""新世界"一词真切表达了非洲老一代知识分子对欧洲文明的评价，不是"好世界"而是"新世界"，仅此而已。艾伯尼身体力行父亲的教导。他经济上并不富有，堪称贫穷，没钱，没车，挣的几个钱还不够交税，骑辆自行车来看奈保尔，但他生活轻松，是个完整的人（a whole man）。他知道他的位置，他无疑代表两种文明碰撞下活出自我、最具人文精神、体现充盈人性的新型人，"他的非洲思想、诗歌、见外国人等，这些都是他热爱生活的一部分，都是他受到法国思想启发作为知识分子的一部分，都是他愉快地进入这个新世界的一部分"。

　　在两种文明剧烈碰撞中受到冲击最大的莫过于对这两种文明都深入了解、有切肤之感的人们，他们较一般人更清晰地目睹过西方文明痼疾，对人在世界中存在的方式持更为深远、超脱和务实的视界，因而活出了西方人意想不到的精彩和美丽。奈保尔的主要接待者、法裔移民阿莱特女士就是其中一位。她年轻时因婚姻来到科特迪瓦，但在离婚后孤身一人长居了下来，一住就是 20 年，并深深爱上了非洲。以"两个世界和两种时间观"为核心的非洲传统文化价值体系完全征服了来自西方文明渊薮——法国的她，让她深

---

[1]　约恩·吕森：《人文主义是西方文明的主旨》，《山东社会科学》2011年第5期，第5页。

深感到西方物质文明的虚幻，西方文化的做作、虚荣和肤浅。阿莱特的家乡——法国马丁尼岛（Martinique）的人们在阿莱特眼里头脑狭隘，他们被自己的历史所毁，因为世界很大，生活很广阔，而那里的人们只要在政府部门有个工作就感到这辈子足够了，并且认为他们优于非洲人，实际上他们的生活是一场梦。阿莱特讨厌法国人的物质主义价值观及其生活行为方式，讨厌看到他们的生活为琐碎小事所包围，每天纠结于戴怎样的眼镜、穿怎样的衣服和喝怎样的红酒。有时这些问题引起的争议会上升到道德层面。另外，法国人对食物很痴迷，当有人从国外回来，人们只想到问一个问题："那里的食物怎样？"谁会羡慕这样的庸俗文化呢？阿莱特还谈到在科特迪瓦的法裔西印度人的虚荣和自我优越感，他们自己表现得像法国人，因此他们看不起非洲人，他们觉得自己是文明人，并且以为非洲人会因此崇拜他们，但是阿莱特认为"这些西印度人犯了个错误，因为非洲人不崇拜任何人"，因此，具有讽刺意味的是科特迪瓦的一部分西印度人觉得生活很有压力。这种把自己的生活意义建构在优于非洲文化的虚荣心理以及由此带来的生活压力感，构成了西方社会人们普遍的西方文明优越论的心态特征。而实际上"人们通常把'文化'定义为'一个民族不同于其他民族的特点'，在这个意义上，'文化'几乎是'民族性'的代名词。这个意义上的'文化'是不能比优劣的，因为这等于说民族有优劣。在这个意义上也就不存在什么'先进文化'"[1]。汤因比曾严厉批评这种"表现在自我中心的错觉中的西方的狭隘和傲慢"，但学者们警告过的错觉和偏见依然存在，"到 20 世纪末已膨胀为普遍和狭隘的自负：欧洲的西方文明现在是世界的普遍文明"[2]。

然而这种独具魅力的非洲传统文化深深触动了奈保尔，彻底颠覆了他的西方价值观，使他以一种全新的非洲视角来看待西方文明及其巨大的物质成

[1] 秦晖：《共同的底线》，江苏文艺出版社2013年版，第346页。

[2] 塞缪尔·亨廷顿：《文明的冲突与世界秩序的重建》，周琪等译，新华出版社2002年版，第41–42页。

就，并体验到了这种巨大物质文明的虚幻性。当结束考察、与阿莱特最后道别时奈保尔不禁说道："阿莱特，你让我感到这个世界是不确定的，你让我感到世界建立在沙子上。"阿莱特不假思索地答道："但是世界是沙子，生活是沙子。"奈保尔认为阿莱特的"世界沙子说"是建立在她对非洲是一个组织得很完美的社会的理解和崇仰上，她对"两个世界和两种时间观"的理解来自于她对非洲魔巫和"超感知觉"的研究，来自于她对非洲部落文化和价值体系的艳羡和推崇。阿莱特弃绝法国拥抱非洲，最终完全以一个非洲新人的视界来对待生活，充分显示了非洲传统文化的恒久魅性。

考察中极具幽默和反讽效果的是奈保尔以第三方视角看到的一幕。阿莱特和奈保尔坐在饭店会议室里畅谈，当阿莱特富有诗意、带着激情地诉说着她对非洲文化的迷恋和神往时，背对着她有一桌法国人正在谈生意，其中有一个一直饶有兴味地盯着她，"看她的大腿，看她的身体……"直到他们谈话结束离开，这位法国男人的"注目礼"才宣告结束。文明的碰撞无处不在！当然，法国带给非洲的还有西方文化的两性关系，对男女关系最狭隘的理解和行动上最赤裸裸的诠释：基于动物欲望的性的凝视！

三、西方文明vs非洲文明

两种文明正面的剧烈碰撞在 21 世纪打着太多西方文明标记全球化的今天尤为值得人们警醒。《鳄鱼》是奈保尔在"良知"驱使下的"寻找真实"之作，他并没有因为自己"英国文化养子"的身份而贬低非洲文明和褒扬西方文明，而是揭开了文明碰撞中鲜为人知的一面，以第三方的超脱立场给我们提供了与非洲人迥然不同的"观察和感受世界的方式"，轻巧解构了西方文明的软肋，切中西方文化物质主义时弊，在一定意义上再次验证了世纪之交西方文明衰朽的必然性！清醒的西方学者因此很坦率地承认"西方的中心

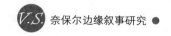

问题是，除了任何外部挑战之外，它能否制止和扭转内部的衰败进程"[1]。

以"两个世界和两种时间观"为核心的非洲传统文化观是非洲人特有的观察和感受世界的方式，是体现于人们心理的一种非洲独特的宗教信仰文化方式。哈佛大学教授坎特韦尔·史密斯（Wilfred Cantwell Smith）在他的《宗教的意义与终结》的尾章（第七章）"信仰"开头这样总结道："那些伟大的宗教人物往往断言信仰不可能被准确地加以描述或言说，认为它是某种过于深刻的、过于个人的和过于神圣性的东西而无法予以公开的解说。而我本人也一直在这项研究中竭力强调，人的信仰不属于他们的宗教生活中那一可供局外者审视的部分。"[2] 有"非洲圣人"之称的马里学者阿马杜·哈姆帕特·巴认为非洲人的思维方式和行为规范对于一个不以宗教观念来认识事物的人是理解不了的。[3] 这种非洲宗教的文化表达方式从西方文化视角来看无疑是荒唐和肤浅可笑的：他们生活在虚幻的精神王国里，与神灵和超自然界交往，以阿Q式的精神胜利法来敷衍外来文明带来的不幸和屈辱。但是，如果换一种思维方式，换一个角度来看待，会发现它所蕴含的丰富哲理和人文思考，所包含的对人作为感性存在的深切体悟和浪漫实践，对人本身所赋予心灵和精神世界的开拓的广度和深度，对人生命经验丰富性的探求和触摸人生命全部真实的努力，对人回归本真纯朴天性的诉求渴望和力度！也正是在这一意义上，他们烛照出了西方文明过度人物化、异化的狭隘和短视，客观上验证了西方高度的物质文明是对人性伦理的歪曲和误读，无怪乎波尼先生认为欧洲人虽然善于发明创造但只是强调人天性的一个方面，他对欧洲人的批评"他们像顽童般可怕"（enfants terribles）意味深长。

---

[1] 塞缪尔·亨廷顿：《文明的冲突与世界秩序的重建》，周琪等译，新华出版社2002年版，第350页。

[2] 坎特韦尔·史密斯：《宗教的意义与终结》，董江阳译，中国人民大学出版社2005年版。

[3] Tradition et modernisme en Afrique noire −Rencontres internationales de Bouake, Editions du Seuil, Paris, 1965. p94.

从西方世界里走出来的"阿莱特们"长居非洲是对非洲作为"一个完美构建社会"的深刻理解和艳羡，对我们重估非洲传统文化的现代价值、非洲文明的道德和美学价值都极具重要启示意义。也无怪乎奎泽·魏勒杜教授（Kwasi Wiredu）在他的专著《哲学和非洲文化》（*Philosophy and African Culture*, 1981）中强调非洲文化是对乌托邦社会的赞美和坚守！

文化是文明的基础，文明是文化的升华，而文化就其本质而言是哲学思想的表现形式。"一定的文化（当作观念形态的文化）是一定社会的政治和经济的反映，又给予一定社会的政治和经济伟大的影响和作用。"[1] 非洲以"两个世界和两种时间观"为核心的独特传统文化与非洲绵延千年的部落酋长制政治模式、狩猎-采集经济和畜牧业经济相互依存，紧密相关，共同构筑黑非洲魅性文明并以此有效应对外来文明的挑战。当代西方学者对殖民入侵非洲的评价，诸如"西方的行动……对非洲人民而言，是一场确确实实的极大变革，它推翻了整个古代的各种信仰和思想，以及古老的生活方式……"[2] 这番评论只不过是一种西方学者的主观欲望投射，暴露了后殖民时期前宗主国学者的政治霸权无意识心理和前主子心态。当 20 世纪 50 年代欧洲殖民主义势力开始撤离非洲大陆的时候，"非洲农业经济中主要部分即大约 70%的已耕地和大约 60%的劳动力仍旧从事自给自足的生产"[3]。因此，总体而言几个世纪殖民渗透带给非洲的影响还是很微弱的[4]，但客观上凸显了非洲传统文化在漫长历史演进过程中所具有的强大生命力和所包含的独特个性气质，并在非洲反殖民斗争赢得独立的过程中发挥着重要作用。非洲民族主义之父爱德华·威尔莫特·布莱登（1832—1912）曾提出用"非洲个性"（African Personality）来反对当时日益猖獗的种族歧视，维护非洲黑人的尊严，保持黑

---

[1] 毛泽东：《毛泽东选集 第2卷》，人民出版社1991年版，第155页。

[2] A. Adu. Boahen, "General History of African", *Unesco*, 1991, Vol Ⅶ. pp. 1–3.

[3] 徐济明：《试论黑非洲的村社制度》，《西亚非洲》1992年第3期。

[4] 郑家馨：《具体分析殖民主义在不同时期和不同地区的作用》，《北大史学》1995年第3期。

人文明的传统精神。他的"非洲个性"就主要包括非洲传统集体主义精神和非洲社会天（神）人合一的和谐一致的关系。[1]

结语

现实世界里"启蒙运动以来西方的思想遗产及其世俗世界观、科学理性以及进步……和发展理论与 20 世纪的世界大战、格拉古群岛以及种族灭绝联系起来，而这些取代了依赖于神话、传说和史诗来定义自己的更为健康的文化"[2]。强势的西方文明继续以普世文明的姿态横扫非洲大陆，而新世纪非洲文明的命运令人担忧！时隔 27 年后的 2008 年，已逾古稀之年的奈保尔再次踏上这片非洲大陆进行为期一年半的考察，在完成的作品《非洲的假面具》（*The Masque of Africa,* 2010）中他的世界主义目光更多地集中于西方文明在 21 世纪初期给非洲造成的负面影响上，尤其是对非洲原生态传统文化和自然环境的破坏上："加纳丛林里的野生动物几乎灭绝，这些人还在想方设法榨出最后一丁点儿。肥沃的土地却撂了荒，无人去耕作。"[3] 在他眼里新世纪的非洲是一个满目疮痍的大陆！一块黑非洲独特丰富文明濒临消亡的土地！"我们已经失去了所有传统，正在步入歧途"[4]，南非一位祖鲁传统主义者约瑟夫对奈保尔这样痛惜道。"一种封闭的文明无法认识并消除自己的视角盲点。"[5] 亨廷顿在《文明的冲突与世界秩序的重建》的结尾这样写道："在世界范围内，文明似乎在许多方面都正让位于野蛮状态，它导致了一个前所

---

[1] *Journal History of Africa*, Vol. 6, No.3. p. 382.（349）

[2] Ashis Nandy, "History's Forgotten Doubles", *History and Theory*, theme issue 34, 1995. p.44.

[3] V. S. 奈保尔：《非洲的假面具》，郑云译，南海出版公司2013年版，第147页。

[4] V. S. 奈保尔：《非洲的假面具》，郑云译，南海出版公司2013年版，第262页。

[5] 谢文郁：《文明对话模式之争：普世价值与核心价值》，《文史哲》2013年第1期，第18页。

未有的现象，一个全球的'黑暗时代'也许正在接近人类。"[1] 这个悲观的预言在 8 年后的"9·11"成了现实。对于"文明"，西方思考够了吗？！

第三节　待人如己　文明化世

——《我们的普世文明》（1992）

奈保尔在 1992 年曼哈顿研究院的著名演讲《我们的普世文明》（*Our Universal Civilization*）一直以来被视为是对西方文明的讴歌和称颂，对其他文明的贬斥和批评。《我们的普世文明》究竟写了些什么似乎并不重要。本书拟对这篇并不太长的演讲进行文本细读，厘清奈保尔在其中要表达的主要观点和倾向。本书以为，奈保尔在文中对西方文明并非一味褒扬，针对印度文明和伊斯兰文明的批评也并非是全盘否定的态度。与巴尔加斯·略萨一样，奈保尔对专制口诛笔伐，其创作始终在反专制、反独裁方面有其一贯性，在《我们的普世文明》中，奈保尔以超越各种文明之上的评判视角对当代世界的几种文明的历史和现状进行考察梳理，将严格的理性逻辑思辨建立在确凿的全景式实证考察和分析的基础之上，得出的信仰殖民说让人深思。作品客观上反映了作家思想的一个最显著特点，即是对压制人自由的各种制度尤其是专制的批判，"人"的关怀主要体现在底层关怀、边缘关怀和生命关怀。

---

[1] 塞缪尔·亨廷顿：《文明的冲突与世界秩序的重建》，周琪等译，新华出版社2002年版，第372页。

一、作为一种仪式和坐标的印度文明

"文明自欺欺人，在文化的神话外衣里做茧后死在里面"[1]，评论家凯瑟琳·麦德威克（Cathleen Medwick）这样总结奈保尔眼里的文明。奈保尔认为印度文明的主要特点是崇尚仪式和经文，但这不过是印度文化的坐标，让印度人感到世界的完整和外部世界的陌异，[2] 由此，其致命性在于没有促使印度人去探究外面的世界。公元 600 年佛教衰亡后，印度一直是一个等待被征服的国家，它遭遇的入侵和最后沦为英国的殖民地的结局是必然的。在《作家看人》的结尾奈保尔指出印度文明的当代困境是"印度的贫穷以及殖民地历史的谜题至今仍然阻碍着身份、力量及思想的成长"[3]。

奈保尔认为从漫长的历史表现来看，印度文明是一种封闭文明，造就自我世界的完整性，但同时也排斥外来世界，其结果是严重限制个人的发展，导致社会的停滞乃至倒退。印度史诗为印度人民耳闻目睹，人们歌唱和吟诵，但这没有让印度培育出可观的大作家群，因为有史诗和神话不等于这是个文学的民族。在奈保尔父亲的家族里没有一个长辈会考虑去从事文学创作。奈保尔父亲西帕萨德是通过英语获得作家这个观念的，尽管当时特立尼达还处于殖民地时期，"我父亲不知为何获得了一种观念，一种与英语相联系的高雅文明的观念"[4]。他父亲也获得了关于文学形式的知识，开始了他艰难的创作，自费出版了自己的短篇小说集，但在世的时候始终湮没无闻。

因为一个称得上是文学的民族需要诸多严苛的条件，所以培育一个作家的社会环境土壤起着关键的作用。从文学的历史发展来看，成就作家、创作

[1] Cathleen Medwick, "Life, Literature and Politics: An Interview with V. S. Naipaul", *Conversations with V. S. Naipaul*, 1997, Mississippi: Mississippi U P. p.58.

[2] V. S. 奈保尔：《我们的普世文明》，马维达等译，南海出版公司2014年版，第596页。

[3] Naipaul, V.S. *A Writer's People*. London: Pan Macmillan, 2011. p.1.

[4] V. S. 奈保尔：《我们的普世文明》，马维达等译，南海出版公司2014年版，第596页。

出作品的外在媒介——文学形式始终处于不断的变化中，诗歌、戏剧、小说等都是人为创造出来的，并且不断处于变化中，因此这首先需要作家本人富于探索和创新。其次，作家还需要语言天赋，这种天赋来自诸多社会养分。最后，需要作家生活的社会相配合。把创作出来的书印刷出来，必须要有出版社、编辑、设计师、印刷工、装订工。出版后的书需要书商去推介，评论家去评论，要有让评论家发表书评的报纸、杂志和电视，最后，还需要购买者和读者。奈保尔认为这些很琐碎庸常，但很重要，因为人们会认为这些是理所当然的，但其实完全不是这样的，人们往往只想到写作很个人化，很浪漫，但是要让书出版就必须要一个社会的协作："这个社会拥有一定程度的商业组织。它还有特定的文化或想象的需求。它不相信所有的诗歌都已经被写出。它需要新的激励和新的写作，它也拥有对新创造的事物进行判断的准则。"[1] 而在实际生活中，在现实世界里，能够满足以上条件的社会必然是一个有着更高文明的社会。

特立尼达和印度都没能够让奈保尔实现作家的梦想，是英国给了奈保尔实现作家梦的现实土壤。奈保尔从边缘、从外围迁徙到这个中心，这个西方的中心有其自身的利益、自身的世界观、自身对小说的观念和要求，然而通过自我奋斗，奈保尔最终在中心拥有了自己的一席之地。而在美国拥有同样的地位，奈保尔又花了比英国多 14 年的时间。[2] 由此，奈保尔得出的一个结论是，文明首先必须是能够给个人提供实现自我的途径和条件，以奈保尔自身经历下定义，那就是"普世文明既能促使人去以文学为志业，也能提供关于文学志业的理念；同时它还提供了去实现这种志业的途径"[3]。在当代并非每个国家都有这种文化和经济条件的社会，伊斯兰教世界、中国、日本、东

---

[1]　V. S. 奈保尔：《我们的普世文明》，马维达等译，南海出版公司2014年版，第596页。

[2]　奈保尔的《游击队员》于1971年在美国出版，大获好评，此作打开了奈保尔作品在美国的销路，奠定奈保尔在美国的作家地位，比起奈保尔在英国的成名时间，晚了整整14年。

[3]　V. S. 奈保尔：《我们的普世文明》，马维达等译，南海出版公司2014年版，第596页。

欧、苏联或非洲等都没有。[1] 时至今日，整个人类文明进步，实现的条件变得越来越容易，因此，奈保尔认为"自己身上当然还有一个同样重要的部分：我是一个更大文明的一部分"[2]，这个文明实际上是指大文明，不仅仅是指一个单一的文明，如仅仅是指西方文明。

二、伊斯兰教与"信仰殖民说"

信仰问题是本作品的核心问题，伊斯兰教的历史和现在是奈保尔关注的重心。当代伊斯兰教发展的一个重要影响是原教旨主义的兴起。作为一种表象，令人忧虑；作为一种结果，发人深思。历史上伊斯兰教在传播过程中曾被当时的阿拉伯殖民者利用。在阿拉伯殖民者眼里，宗教作为一种信仰，作为人的一种道德准则，被严重异化，实质体现的是征服者——殖民者的欲望，这可以以阿拉伯帝国以伊斯兰教的名义对印度信德地区[3]的征服为例。

信德地区广阔富饶，公元 8 世纪属于印度教—佛教王国。奉行印度教的婆罗门不理解外面的世界，也拒斥外面的世界，佛教徒反对杀生，一定意义上，信德王国是一个等待被征服的王国。当时伊斯兰教信仰刚刚确立，阿拉伯帝国凭借伊斯兰教的传播试图实现称霸世界的野心，因此阿拉伯帝国征服信德的目的"始终是虏获奴隶与掠夺，而并非传播伊斯兰信仰"[4]。信德离阿拉伯的腹地非常遥远，要横跨几片广袤的沙漠，阿拉伯人六七次远征都以失败告终。但是富饶的信德太有诱惑力了，最后终于被征服。负责征服的总督哈贾杰接收了信德王的头颅，六万来自信德的奴隶，以及战利品的五分之一。哈贾杰把人民叫到库法城的清真寺，在讲坛上对他们说："我有好消息

[1]　此文发表于1992年，距离现在已有25年，奈保尔根据当时的世界局势有感而发。

[2]　V. S. 奈保尔：《我们的普世文明》，马维达等译，南海出版公司2014年版，第596页。

[3]　信德：位于印度西北部与阿富汗接壤的地区。

[4]　V. S. 奈保尔：《我们的普世文明》，马维达等译，南海出版公司2014年版，第601页。

和幸运的事情要告诉叙利亚和阿拉伯的人民，我向你们表示祝贺，信德被征服了，你们拥有了无尽的财富……伟大而全能的神仁慈地把它们赐给了你们。"[1] 1979 年奈保尔在巴基斯坦，正好看到当地报纸在纪念这一事件。有一篇军人写的文章试图从军事角度公平地评价双方的军队，结果遭到国家历史和文化研究委员会主席的严厉斥责，他这样写道："在描绘一位英雄的形象时，必须采用恰当的措辞。'入侵者''抵御者''印度军队英勇作战'，却未能迅速'歼灭撤退的敌军'，在这篇文章里充斥着大量类似的表达。……作者是在欢呼英雄的失败，还是在哀叹他的敌人的失败？"[2] 奈保尔因此感叹，1200 年过去了，圣战还在继续。"英雄是阿拉伯入侵者，……信德人是敌人。拥有信仰就是拥有唯一的真理，拥有这一真理是许多事情的肇始。要以一种方式审判信仰到来之前的时间，以另一种方式审判信仰来到信德之后发生的事情。信仰改变了价值，改变了关于什么是善行的观念，以及人的判断方式。"[3] 实质上，这是阿拉伯殖民者的话语，是一种话语霸权以信仰的名义进行的新型殖民，可以说是信仰殖民，尽管信仰本身无辜，公元 8 世纪的殖民者以信仰的名义改变了殖民地人民的真理观、价值观、道德观，并最终改变了殖民地的历史。

殖民地的历史从此彻底改变，公元 8 世纪的这场征服战争最终改变了信德人民。1200 年后的今天，奈保尔在非阿拉伯的伊斯兰世界旅行，深刻感受到了这种通过信仰进行的殖民对人的改变之深。在考察中，奈保尔发现普通的巴基斯坦人认为伊斯兰教是一种完整的生活方式，影响着他们生活的每一件事情。马来西亚人在伊斯兰教到来后，经过几个世纪的宗教洗礼，都不顾一切地希望消除自己的过去，清除承载着过往真正属于自己的生活，乃至自己的潜意识生活，一心只想献身于舶来的阿拉伯信仰。信仰对他们的身份进

---

[1]　V. S. 奈保尔：《我们的普世文明》，马维达等译，南海出版公司2014年版，第601页。

[2]　V. S. 奈保尔：《我们的普世文明》，马维达等译，南海出版公司2014年版，第602页。

[3]　V. S. 奈保尔：《我们的普世文明》，马维达等译，南海出版公司2014年版，第602页。

行定位，他们只是希望自己变得更为纯净。信仰剥夺了他们本来可以不断扩展的智识生活，他们心智和感官的多彩生活，他们对世界历史和文化的深刻了解。所以，当一个强大而又无所不包的文明从外部出现的时候，当他们开始感到不知如何面对、开始无力抗衡的时候，"只能尽自己所能，变得更专注于信仰，更多地伤害自己，更快地在他们自感无法掌握的事物面前掉转身去"[1]。这里奈保尔点出了信仰给人的深刻影响，以及造成当今世界现状的深层次因素，解释了原教旨主义在当代兴起的文化背景。

奈保尔借用康拉德作品的一段文字来生动阐释欧洲文明到来后对继续处于封闭文明的影响，奈保尔称之为"形而上的歇斯底里症"（philosophical hesteria）。伊斯兰世界里底层民众普遍不安，焦虑，这种症状是当代原教旨主义产生的先兆："一个半裸的、嚼着槟榔的悲观主义者站在一条热带河流的岸边，……一个愤怒的人，无权无势，两手空空，苦涩而不满的呼喊在他唇边呼之欲出；从安乐椅的深处发出的哲学尖叫搅动了烟囱和屋顶那不洁的荒原，而那声呼喊如果被发出，将会打破丛林中原始的寂静，如同任何哲学的尖叫一样真实、宏大和深远。"[2]

在奈保尔看来，这种"形而上的歇斯底里症"可以解答他演讲时曼哈顿研究院院士迈伦·马格尼特提出的问题，其中之一是"为什么有些社会或组织在满足于享受进步成果的同时，又倾向于蔑视推动进步的种种条件？"[3]这种歇斯底里症在一位年轻的伊朗女作家纳希德·罗其林的小说《外国人》的女主人公身上得到集中展现，小说中主人公伊朗妇女的宗教困惑，可以看成是信仰殖民的一个极端例子，她最终弃绝在美国的研究工作和生活说明伊斯兰文明在当代的智识缺陷。

《外国人》讲述一位年轻的伊朗女性在波士顿从事生物科学研究工作，

---

[1] V. S. 奈保尔：《我们的普世文明》，马维达等译，南海出版公司2014年版，第603页。

[2] V. S. 奈保尔：《我们的普世文明》，马维达等译，南海出版公司2014年版，第604页。

[3] V. S. 奈保尔：《我们的普世文明》，马维达等译，南海出版公司2014年版，第604页。

她的丈夫是位美国人。一次到德黑兰度假，在官僚体系面前遇到了麻烦，拿不到回美国的出国签证，她心里失去了平衡，感到迷失。她开始反思在美国度过的时光，从性别和社会的角度，她看上去是成功的，但她无法掌控自己的生活。而在德黑兰，在封闭的伊朗世界，信仰是完整的道路。它"充满了一切，没有遗漏头脑、意志或灵魂的任何角落"，而在美国，在另一个世界，"她必须成为负责任的个体；那里的人们发展出了种种职业，被野心和成就所激励，相信人是可以自我完善的"。[1] 这种美国生活非常机械、学样，充满折磨、空虚。她去医院看病，那里的医生也有类似经历，说她得的是一种西方病，她最终决定放弃那种由智识和无意义工作构成的生活，留在伊朗，到圣地和清真寺去。她没有准备好在文明与文明之间迁徙。

奈保尔认为女主人公对美国生活的弃绝在人的情感满足度上达到极致，令人无比满足，但同时忽视了一个最重要的问题，即"在智识上却是有缺陷的：它假定其他的人会一直在外面那个紧张的世界里努力工作，生产药品和医疗设备，让伊朗医生的医院继续运转下去"[2]。这就绕回院士迈伦·马格尼特提出的那个困惑的问题："为什么有些社会或组织在满足于享受进步成果的同时，又倾向于蔑视推动进步的种种条件？"[3] 灵性、满足、快乐和理性、折磨、空虚在个体身上的交锋，实质上是两种文明的碰撞，奈保尔的态度很明确，伊斯兰世界享受着西方文明提供的物质财富，伊朗妇女去医院用的一切先进医疗设备都是从西方源源不断运来的，由那里的人们劳动创造着，同时伊斯兰世界又要同时维护精神上的纯洁性，回避西方文明带来的副产品——精神的空虚和失重，企图用自己的伊斯兰教来维护精神家园，这是难以两全的，这是奈保尔批评伊斯兰世界的原因。

奈保尔发现无论是虚构的小说还是他在伊斯兰世界碰到的真人真事，在

---

[1] V. S. 奈保尔：《我们的普世文明》，马维达等译，南海出版公司2014年版，第605页。

[2] V. S. 奈保尔：《我们的普世文明》，马维达等译，南海出版公司2014年版，第606页。

[3] V. S. 奈保尔：《我们的普世文明》，马维达等译，南海出版公司2014年版，第604页。

他们对待西方文明和本土文明的态度上都有这样一种类似的矛盾。1979 年伊朗革命，美国大使馆被占领，伊朗陷入经济危机，德黑兰一家当时是革命中心的报纸几乎处于停业状态，只剩下两个职员，其中一位是编辑，他的两个儿子一个在美国读大学，另一个正在申请签证，他忧心忡忡。奈保尔告诉这位编辑——伊斯兰革命的一个发言人，他惊讶于为何美国对他如此重要，编辑说："那是他的未来。"一方面是情感的满足，另一方面是为未来打算，这位编辑和那位伊朗女性一样，面临的是一种精神分裂的矛盾。在 1991 年接受斯科特·威诺科尔（Scott Winokkur）的采访时奈保尔再次谈到伊斯兰文明和文化的这一特征："这种文化迫使人们成两面派，它使得人们普遍地变得神经质。"[1]

　　奈保尔在这里对西方文明在整个人类文明历史上的贡献加以积极肯定，这一点发人深思。事实上，任何人都看到同时也在享受西方文明带来的好处，西方文化在物质成就上所做出的巨大贡献，尤其在医疗事业上对推动人类可持续发展上具有其他文明所无法替代和超越的成就，同时，奈保尔也指出了实现这种成就所需付出的艰辛劳动，这是对西方文明的赞誉，更是对伊斯兰文明的间接批评。每一种文明都必须要面对其他文明对自己的影响和作用，这是无法回避的历史命运，调转身、不愿面对、把自己孤立起来都是不明智的做法。早在 1980 年 8 月 18 日奈保尔接受《新闻周刊》采访时就把"第三世界"这个概念斥为陈腔滥调，批评在某些文化里人们说"把你自己割断，回到你原来的样子"。他认为没有东西能替代他们抛弃的这种文明，阿拉伯人、穆斯林和有些非洲人在这么做。他认为这是个灾难。敌视外来文明只会带来灾难，相互之间不沟通交流，这些都不是妥善的解决之道。一个文明要继续焕发生命力就必须要吸纳和接受其他文明的优异之处。奈保尔对 7—12 世纪的阿拉伯文明大加赞誉，认为这是世界上最兼容并蓄的文明，它不拒绝

---

[1] Scott Winokkur, "The Unsparing Vision of V. S. Naipaul", *Image*, May 5, 1991. pp.14-15.

外来的影响。它不断吸收波斯艺术、印度数学，还有希腊留下的哲学。

三、西方文明与种族色彩

毫无疑问西方文明养育了奈保尔，奈保尔的世界观和价值观很大一部分来自西方，在绝大多数时候奈保尔也是以西方的眼光来评判世界。"我的写作生涯全在英国度过，这一点必须承认，这也必定是我的世界观的一部分。"[1] 早期的小说作品体现出的是西方价值，但从中期创作政论考察记开始，奈保尔对西方文明最大的认可主要在后者成就个人这方面，在西方文明提供成就个人的物质和经济条件和对个人成功和幸福感的实现上，奈保尔无可辩驳地以自己作为作家的成功案例来证明。"如果我要成为一个作家，并且靠写书生活，我就必须迁徙到那种可以靠写书生活的社会中去。对那时的我而言，就意味着到英国去……但在五十年代的英格兰，我始终都知道，作为一个想要从事写作的人，我没有别的地方可去"[2]，英国提供了成就一位大作家的一切，包括作品出版的特定社会协作和商业组织的一切要素：出版社、编辑、设计师、印刷工、装订工、书商、批评家、报纸、杂志、电视和读者等。英国代表的西方文明促使奈保尔对世界文化和历史有了深刻了解，赋予了他心智和感官的多彩生活，最重要的是给了他不断扩展的智识生活，毫无疑问，西方文明在"人"的觉醒、在人的潜力开发上所起的作用是任何别的文明所难以取代的，这是西方人文主义优良传统对移民作家的巨大影响。斯蒂夫·谢夫（Stephen Schiff）认为西方造就了奈保尔，让他成了作家。[3]

在奈保尔看来，西方文明的优越之处还体现在它的忧患意识。这次演讲正是回应西方文明对其他文明感到困惑的结果，纽约研究院的资深院士

---

[1]　Naipaul, V.S. *A Writer's People*. London: Pan Macmillan, 2011. p.1.

[2]　V. S. 奈保尔：《我们的普世文明》，马维达等译，南海出版公司2014年版，第597页。

[3]　Stephen Schiff, "The Ultimate Exile", *The New Yorker*, 23 May 1994. p.70.

迈伦·马格尼特围绕信念、热忱、伦理和文化等几个问题提出自己的深深疑虑：“我们——或者说社群只取决于我们的信念的力量吗？我们怀着热忱去坚持种种信念或一种伦理观，这是否就足够了？热忱是否能给予伦理以正当性？信念或伦理观是随心所欲的吗？还是说它们代表着孕育它们的文化中的某种本质性的东西？”[1]这些问题凸显了以美国为代表的西方文明先人之忧而防患未然的特点，无疑其深层动机是欲以何种姿态来进行回应，表面上则弥漫着浓烈的悲观主义倾向和哲学上的缺乏自信感，实质是“说明了一个文明到底有多少力量”，和一个事实——“不自信的那个人才是更能掌控局面的人”。[2]

然而，奈保尔对西方文明的批评也是一针见血。他批判西方的主流观点，认为普世文明就是纯粹的种族文明，认为这体现了西方的自负。奈保尔认为“普世文明还在形成中，并已经经历了很长的时间。它在一开始并非是很普遍（的价值观念并为所有的人认可），也并没有像现在那样如此引人注目。欧洲至少整整三个世纪的扩张使‘普世文明’染上了种族色调，并使得人们现在还感到痛楚。我在特立尼达那个种族主义成长的最后时期，那里也许给了我一个更广阔的视角来理解自二战后所发生的巨变和这种普世文明要容纳其余的世界和那个世界所有思想的那种巨大的尝试”[3]。奈保尔罗列西方殖民历史对其他文明的创伤记忆，对西方文明的未来提出自己的期许，这种真正意义上的普世文明必须是兼容并包、海纳百川的。

无疑奈保尔对于西方文明的评判是辩证的。布鲁斯·金曾这样评价奈保尔的矛盾性：“他既激烈批评印度和新独立国家的缺点，同时也为殖民地的软弱和受剥削感到羞惭。他谴责欧洲帝国主义残忍的奴隶制度和给前殖民地国家遗留的各种问题，同时也赞美它给依旧处于内战和非西方入侵的国家带

---

[1]　V. S. 奈保尔：《我们的普世文明》，马维达等译，南海出版公司2014年版，第593–594页。

[2]　V. S. 奈保尔：《我们的普世文明》，马维达等译，南海出版公司2014年版，第608页。

[3]　V. S. 奈保尔：《我们的普世文明》，马维达等译，南海出版公司2014年版，第607页。

来了和平和现代化。"[1]

同样奈保尔认为东西方的种族矛盾，彼此不同的信仰，以及彼此信仰的坚定程度能支撑得起彼此不同的种族观点，这些问题和矛盾很尖锐，它们都有自己不同的答案，并天生都是双刃的，都有两面性，因此都是自己有时甚至是敌对信仰的衍生物，因此它们可以被看成是这个时期我们文明的普世性中的一个方面。

四、大历史视域下的大文明

奈保尔传记作者、英国作家帕特里克·弗伦奇认为《我们的普世文明》是奈保尔作为作家国际地位得到提升并稳固的反映，此演讲是奈保尔尝试"分析自己的哲学，……语调乐观甚至理想主义"[2]。作为世界公民，奈保尔对于这个世界未来的共同的文明，对于这种能够超越所有种族界限的文明，在这次演讲中进行了淋漓尽致的表述，主要体现在人处理与自我、与自己的同类和所生活的社会的关系这三个层面。

人对待自我的原则是成就自己、超越自己，最终能让自己感到幸福。它包含个体的思想、责任心、选择、智性生活和职业、完美和成就的思想。这种人的幸福思想是奈保尔观察几种文明发展的观点，客观上也是人由"神性"向"人性"的发展结果，这也是当代人们面临的共同的现代性问题。

在处理人与人的关系上，奈保尔的体会来自于自己小时候的经历。由于奈保尔本人伴随着西方文明实现了从边缘到中心的挪移运动，因此比那些一生中每天都面对这些耳熟能详的事物的人在感受上要更新鲜，更敏感些。举一个简单的例子，这个例子来自于他小时候的一个发现，当时作为孩子的他

---

[1] King Bruce. *V. S. Naipaul*. New York: Palgrave Macmillan Ltd., 2003. p.4.

[2] 帕特里克·弗伦奇：《世事如斯：奈保尔传》，周成林译，中信出版社2012年版，第501页。

感受到了悲伤和世界的残酷，却发现了基督的箴言：要想别人怎么对你，就要先怎么对人。在他长大的印度教里是没有这种充满人性的慰藉的。这个简单的思想一直让他感到炫目，并如一个完美的向导指引着他的行为。这一箴言体现了基督教对于人与人之间互谅互让、和睦共通的思想，体现了普遍人性论和天赋人权论为核心的思想，也是基督教的世界主义思想。

最后，在处理人与社会的关系问题上，怎样的社会才是未来的理想社会，才是符合人们发展愿望的理想的普世文明的社会。奈保尔认为在经过了两个多世纪，尤其是 20 世纪早期那段可怕的历史后，已经初步结出了果实——"它是充满弹性、富有张力的一个思想，适合每个人，它内含某种社会体制，某种已经觉醒了的精神，我无法想象我的祖父辈们能理解它。它包含多方面：个人和责任的思想、选择的权利、思想的生活和有关职业、完美和成就的思想，这是个内涵巨大的人文思想，不可能缩减到一个固定的体系中，也不会产生狂热主义，但它肯定存在，因此，任何更为刻板的体系最终都将消逝"[1]。诚如帕特里克所说的那样，这是奈保尔的理想社会，甚至由于其对个体的要求，由于其对人高素质的要求，体现出了理想中的乌托邦的色彩，但无疑这是未来大同社会的指向，"人类共通价值根植于普遍人性，本非一时一地、个别民族、个别文化所独有"[2]。

结语

基于奈保尔独特的边缘视界和底层关照，奈保尔实际的评判视界是一种大历史观和大文明观，他超越于各种文明之上，对这几种当代文明进行客观观察和理性分析，将所有文明进行思考和整合。在演讲中，奈保尔把西方文

---

[1] V. S. 奈保尔：《我们的普世文明》，马维达等译，南海出版公司2014年版，第608页。

[2] 李洁非：《天崩地裂——黄宗羲传》，作家出版社2014年版，第312页。

明和伊斯兰文明并置，既赞赏西方文明能提供人类巨大物质财富和承认其在提供智性人文环境上所作出的贡献，也揭露西方文明殖民扩张造成的种族问题，而对于伊斯兰文明首先肯定在其文明初期对人类的贡献、阿拉伯文明形成初期所具有的巨大包容性，然后揭露其当代困境——无法让信徒们面对强势的西方文明作好应有的准备，只能背转身沉湎在宗教狂热中。奈保尔关于"幸福"的普世观是他作为一个游遍世界的有着世界主义思想的大作家的理想梦，是他对人类千年文明的一种期待。

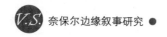

第四章　边缘宗教论

　　奈保尔对待真理持开放态度，体现了一个典型世界公民的胸襟和宽广视野。奈保尔把对西方殖民和文明史的追溯一直推演到了公元初年，大大超过了西方学界一般意义上的认识。在六部非洲考察记中，奈保尔直面非洲传统文明在当代遭遇西方强势文明所面临的一系列问题，在貌似批评的背后隐藏对非洲传统文明独具魅力的赞美。奈保尔对各种社会批评最显著的特点是对压制人的自由的各种制度尤其是专制的批判，在众多作品中，奈保尔谴责佛教衰亡后印度遭遇的殖民入侵，对信仰和殖民之间的关系提出质疑。奈保尔作品显示了一个符合人全面发展的社会存在于当今几种不同的社会中，目前没有一个社会符合这个要求，但奈保尔相信人类历史的发展方向正朝着这个理想社会前进，这就是奈保尔建立在大历史观上的大文明观。

第一节　反思·批判·超越
——"印度三部曲"（1964，1977，1990）

　　奈保尔30多部作品思想内容极其丰富，除了对政治和种族问题的持久关注外，他还对宗教、历史和文化等方面均表现出浓厚的兴趣。其中宗教是奈保尔作品的一个重要关注点，这既与奈保尔出身印度婆罗门教密切相关，更源于他对 20 世纪下半叶全球化时代人类生存面临各种困境须寻求解决方式所作出的深刻而又独特思考的努力，而双重移民和跨界的独特生存体验让奈保尔情感上更加细腻和敏感，促使他对 20 世纪世界宗教信仰危机的思索更为深刻，所持宗教观也更具包容性。

奈保尔的宗教意识具有普度众生的悲悯情怀，它既非来自浪漫激情，更不是出自现实悲情，是奈保尔面对现实而又从现实中抽离出来，然后高高地对现实进行冷静关照的结果。这种冷静关照使得奈保尔本人的宗教意识在表面看似矛盾混乱的表象下包涵着一种深刻的真实，体现了这位具有世界性眼光的移民作家力图突破陈规、为解决人类生存困境所做的可贵尝试。具体说来，奈保尔的宗教意识主要表现在以下三方面。

一、览印度教之今昔：理性批判 知性赞美

印度教文化在源远流长的印度文化传统中一直占据着不可动摇的统治地位，印度教的价值观为印度文明的发展奠定了深厚的基础。奈保尔出身于印度教最高种姓婆罗门家族，生长在印度教氛围浓厚的外祖母大宅里，在这个大宅里，印度教的价值观、伦理观和道德观等因素潜移默化地传递给这个大家庭里的每个成员，但对 18 岁就离家去英国求学并从此在英国定居的奈保尔来说，"印度教提供我一套修身养性、待人处事的哲学"[1]。它并没有在奈保尔世界观的形成中起着至关重要的作用："我只找到印度教对我的三种影响：人类的差异性、模糊的种姓阶级意识，以及对一切不洁事物的排斥。"[2]

---

[1] V. S. 奈保尔：《幽黯国度：记忆与现实交错的印度之旅》，李永平译，生活·读书·新知三联书店2003年版，第14页。

[2] V. S. 奈保尔：《幽黯国度：记忆与现实交错的印度之旅》，李永平译，生活·读书·新知三联书店2003年版，第14页。

奈保尔对印度教采取一种客观、辩证的态度，重视印度教随着历史变化而来的复杂性。他激烈批判印度教野蛮主义，揭露种姓制度缺陷，并通过印度作家作品揭露印度教表现出的禁锢人们头脑、阻碍人们精神健康发展和造成当代印度社会病态等的方面。印度教野蛮主义在古代印度就已泛滥盛行。"印度三部曲"第二部《印度：受伤的文明》描述 15 世纪的维加雅那加王国，这个历时 200 多年的王国宣扬的印度教鼓励殉夫自焚，提倡以人献祭。在一次建造大水库时遇到些麻烦，国王就命令用几个犯人祭祀。奴隶市场和庙娼盛行更是维加雅那加的社会特色。在当代印度教野蛮主义更是体现出时代特色。1975 年印度"紧急状态"[1]到来后政府反对派的一本小册子描述印度监狱中的酷刑，它们大大有别于通常意义上的酷刑，属于对印度教种姓玷污和种姓仇恨的发泄："某人的胡子被剃光了；许多人被人用鞋子抽打，而且头顶着鞋子游街示众；一些人被涂黑了脸，坐着人力三轮车游行到集市；一位大学教授'在恶毒的谩骂声中被推来搡去'。"[2]在《印度：受伤的文明》中奈保尔专门引述印度作家纳拉扬（R.K.Narayan，1906–2001）的两部小说。《桑帕斯先生》（1949）的主人公斯里尼瓦斯喜欢沉思，在兄长劝说后曾积极入世，但一连串的挫折最终使他回归印度教的沉思性生活。奈保尔犀利地指出："斯里尼瓦斯的清寂无为混合了'业'、非暴力以及历史是宗教寓言之扩展的史观，它实际上是在普遍痛苦中的一种自爱。它是寄生性的……，它需要世界，但弃绝世界对其他事物的组织。这是对尘世挫折的宗教性回应。"[3]另一作品《糖果贩》的主人公贾干生活在印度独立后的 20 世纪 60 年代，贾干留美回来的儿子彻底抛弃了父亲信守的印度教传统，"知道了一种非印度教观念的人类可

[1] 1975年6月，印度高等法院判定当时的总理英·甘地夫人在大选中舞弊。甘地夫人于是宣告国家进入紧急状态，冻结宪法，解散国会。到了1977年，这一状态才告终止。

[2] V. S. 奈保尔：《印度：受伤的文明》，宋念申译，生活·读书·新知三联书店2003年版，第135页。

[3] V. S. 奈保尔：《印度：受伤的文明》，宋念申译，生活·读书·新知三联书店2003年版，第21页。

能性"[1]，像美国人一样在小镇上开厂，破坏所有的规矩，贾干的世界垮塌了，他被迫散尽家财，归隐丛林。两部小说揭示印度独立前后小镇小人物面对社会进步、西方文明和工业化冲击这一残酷现实被迫彻底归隐遁世，客观呈现了千年印度教在社会发展洪流冲击下的颓废、腐朽和没落之相。在这个意义上"奈保尔所谓印度乃'受伤的文明'，其实应该准确地表述为印度教是'受伤的宗教'，'文明的死亡'几乎等于'印度教的死亡'"[2]。

另外，奈保尔还借用新德里尼赫鲁大学心理学家苏德尔·卡卡尔（Sudhir Kakar）博士的观点对印度教影响下的个人进行分析以印证自己的看法。由于在欧洲和印度两地有丰富的实践经验，在博士看来，印度人把握事实的方式"相当浅薄"，印度人的自我"发育不全"，"魔幻世界与泛灵论式思维方式靠近表层"[3]，因为"种姓和宗族……彻底地界定了个人。个人从来不是自主的，他永远是其群体的一个基本组成部分，有着一整套关于规矩、仪式、禁忌的复杂制度"[4]。

此外，奈保尔还认为印度教"没有带来人与人之间的契约，没有带来国家的观念"[5]。对于这一观点，马克思的《不列颠在印度的统治》对18世纪中叶印度状况的分析将有助于我们的理解：

"不同的种族、部落、种姓、教派和邦国，合起来构成这个叫作印度的地理上的统一体，它们之间的互相仇视一直是英国赖以维持其统治的必不可少的原则。"[6]

"一个国家，在其中不但回教徒与印度教徒分立，而且部落与部落、种姓与种姓分立；一个社会，其结构是建立在一种均衡上，而这种均衡是这个

---

[1]　V. S. 奈保尔：《印度：受伤的文明》，宋念申译，生活·读书·新知三联书店2003年版，第43页。

[2]　尹锡南：《奈保尔的印度书写在印度的反响》，《外国文学评论》2006年第4期，第52页。

[3]　V. S. 奈保尔：《印度：受伤的文明》，宋念申译，生活·读书·新知三联书店2003年版，第119页。

[4]　V. S. 奈保尔：《印度：受伤的文明》，宋念申译，生活·读书·新知三联书店2003年版，第120页。

[5]　V. S. 奈保尔：《印度：受伤的文明》，宋念申译，生活·读书·新知三联书店2003年版，第57页。

[6]　马克思：《马克思恩格斯全集 第十六卷》，人民出版社2007年版，第164页。

社会一切分子普遍的相互排挤和天生的孤立所产生的。这样的一个国家和这样的一个社会，不是注定要成为侵略者的俘获品吗？"[1]

德国哲学家马克斯·韦伯也认为"印度教不仅永远地阻绝了社会批判性的思维与自然法意义下的'理性主义的'抽象思维之兴起，并且也阻碍了任何一种'人权'观念的形成"[2]。它直接导致印度人民只有种姓观念，缺乏种族意识和民族认同感。英国统治时期带给印度人民的种族暴行没有在印度人们心里激起民族意识，南非的小规模印度人社区最严重的弱点是他们相互倾轧，一盘散沙，他们都没意识到自己"全都是种族法所针对的印度人"[3]。种族意识对印度人而言只是用来观察其他人的方法，他们彼此之间只知道次种姓或种姓、部族、血统和语言集团。奈保尔痛惜印度人民缺乏种族意识，认为甘地的民族主义独立运动实质上是为印度独立而进行的种族主义运动[4]，而唯一一个具备甘地的种族感和整体印度观念的政治家是尼赫鲁[5]。种姓制度作为一个毒瘤严重阻碍了印度民族身份的构建和人民民族意识的觉醒。

客观地说，奈保尔对印度教的犀利剖析是一针见血、入木三分的，对印度教的揭批旨在分析问题、找出症结，与纯粹的情绪化痛斥不能相提并论。在奈保尔试图了解"一个社会是如何运作的，是什么驱使人们成为现在的样子"[6]和努力找出"那些民族的局限、他们的文明或文化的局限"[7]的内心深处，实则饱含作为一个他乡游子最深挚的母国情怀。印度学者约西认

---

[1] 马克思：《不列颠在印度的统治》，转引自《季羡林全集 第十卷 学术论著二 印度历史与文化》，外语教学与研究出版社2009年版，第396页。

[2] 韦伯：《印度的宗教——印度教与佛教》，康乐等译，广西师范大学出版社2005年版，第185页。

[3] V. S. 奈保尔：《印度：受伤的文明》，宋念申译，生活·读书·新知三联书店2003年版，第188页。

[4] 奈保尔认为对印度而言种族等于民族，种族意识等于民族意识，参见《印度：受伤的文明》第188页。

[5] V. S. 奈保尔：《印度：受伤的文明》，宋念申译，生活·读书·新知三联书店2003年版，第193-194页。

[6] Jussawalla Feroza. *Conversations with V.S.Naipau*. Jackson: University Press of Mississippi, 1997. p.71.

[7] Jussawalla Feroza. *Conversations with V.S.Naipau*. Jackson: University Press of Mississippi, 1997. p.60.

为："奈保尔的独特观察有着惊人的穿透力。他真正把握住了普通印度人内省的一面，也感受到了人们由于种姓、种族和语言群体意识而造成的狭隘忠诚。"[1] 但是《印度：受伤的文明》的出版却遭来第三世界知识界、西印度群岛和西方左派人士的愤怒声讨[2]，这种现象本身值得深思。客观来说，情感大于理智的简单粗暴回应无助于对实现问题的理性解决。

奈保尔高度赞美印度教的历史和神话在构建印度民族历史身份中所起的举足轻重的作用，强调母国土地的神圣性源于此，而并非政治历史使它成为如此。神话"提供了一种新的方法来实施控制，建立秩序，使处于全无益处的、无政府状态的、荒谬的现代历史得到某种形式和意义"[3]。在殖民地果阿以外，每一块土地都受到宗教神话的浸染。故事中的故事，传说里的传说："这是人们看到并感受到的。这些关于神祇和史诗英雄的神话，赋予人们赖以为生的土地的古老历史和神奇魅力"[4]。印度最南方喀拉拉邦阿亚帕[5]神庙的朝圣活动就是一个例证[6]。数百年来每年到了为期四十天的朝圣期，人们为了去拜谒阿亚帕——一位远古时代的印度教统治者和圣人，自愿过悔罪苦行的日子，在历史传说中感悟先人圣德，并最终产生深切的精神归属感和民族认同意识。

奈保尔在多部作品中称颂印度教葬礼，认为该仪式繁复琐细，专门由婆罗门祭祀主持的印度教葬礼体现了宗教对人、对生命的高度尊崇，是宗教赋予人生命意义的最佳仪式。在"印度三部曲"之首部《幽》中，年轻

[1] Chandra B. Joshi. *V. S. Naipaul: The Voice of Exile*. Delhi: Sterling Publishers Private Limited, 1994. p69.

[2] See Dolly Zulakha Hassan. *V.S.Naipul and the West Indies*. New York: Peter Lang, 1989.

[3] 荣格：《心理学与文学》，冯川、苏克译，生活·读书·新知三联书店1987年版，第120页。

[4] V. S. 奈保尔：《印度：百万叛变的今天》，黄道琳译，生活·读书·新知三联书店2003年版，第161页。

[5] 阿亚帕（Ayappa）：印度一般称为Ayyappan，即印度教中的Dharma Sastha，是南印度膜拜的神祇，其事迹记录在《吠陀》与《往世书》中。

[6] V. S. 奈保尔：《印度：百万叛变的今天》，黄道琳译，生活·读书·新知三联书店2003年版，第161-165页。

的印度移民拉莫死于一场车祸，奈保尔希望能为他举行一场印度教葬礼："我希望，拉莫的遗体会受到应有的尊敬；我期盼他们能够依循古老的印度教礼仪，让他安息，只有这样做，才能赋予他的生命些许尊严和意义。"[1] 20 年后出版的奈保尔最具自传色彩的小说《抵达之谜》中，结尾部分在叙述奈保尔妹妹萨蒂的印度教葬礼时，奈保尔发现葬礼仪式中出现了新元素："祭祀在某种程度上以一种我小时候不可能出现的'普世基督教'方式，将思辨的、多元的、有泛灵论者根基的印度教，与基督教和伊斯兰教的信仰等同起来。随后祭祀确实说——似乎我们所处的场合是特立尼达岛上的一个公众集会，而我们中的很多人都有其他的信仰——《薄伽梵歌》就像《古兰经》或《圣经》。"[2]

20 世纪下半叶以来，东西方都出现了某种宗教复兴的局面。萨蒂葬礼上这些新元素反映了特立尼达印度移民以宗教仪式表达对故人的尊重、对生命的尊崇和爱恋，并以此"保卫我们的信念和生活方式"[3]，使奈保尔看到了印度移民精神上努力自救的顽强和勇气，对于信仰的坚持、创新以及探究精神。印度教正是在这一高度上与基督教和伊斯兰教并驾齐驱，以人内心的信和善使人具备信仰的虔诚，并真正在内心深处产生信仰的力量，充分体现出这些千年宗教信仰的基础和他们共同的信念，以及对现实关怀的深厚性和力度。正是在这一宗教层面上布鲁斯·金认为《抵达之谜》是对"印度流裔的赞颂"[4]。

奈保尔还赞扬印度教中的"罗摩之治"（Ram Rajya）作为印度政治生活中的最高目标和理想被圣雄甘地和此后的政治家所倡导和宣扬。"罗摩之

---

[1] V. S. 奈保尔：《幽黯国度：记忆与现实交错的印度之旅》，李永平译，生活·读书·新知三联书店 2003 年版，第 27 页。

[2] V. S. Naipaul. *The Enigma of Arrival*. New York: Random House, Inc., 1988. pp.347–348.

[3] V. S. Naipaul. *The Enigma of Arrival*. New York: Random House, Inc., 1988. pp.347.

[4] King Bruce. *V. S. Naipaul*. New York: Palgrave Macmillan Ltd., 2003, 2nd ed. p.141.

治"中罗摩[1]的统治是一种极乐幻想，罗摩体现着所有印度教雅利安人的美德，他是人也是神，他的统治——在经历被逐和伤痛之后——就是神在大地上的统治。甘地自 1919 年起为印度独立进行斗争时就提出"罗摩之治"，认为印度必将走出黑暗时代，摆脱英国统治赢得独立，进入一个全新的自由与富足时代："罗摩之治"[2]。1975 年印度陷入"紧急状态"后反对派领导人贾亚·普拉卡什·纳拉扬也提倡"罗摩之治"，认为甘地提出的"罗摩之治"已经不再仅仅意味着独立和没有英国人的印度，它更意味着人民的政府，重建古代印度村庄共和。[3]奈保尔敏锐地注意到了这些印度教丰厚的精神遗产为印度政治生活所吸纳并成为促进印度政治生活和社会发展的不可或缺的组成部分。

总之，奈保尔并非一味对印度教痛加挞伐，而是充分重视印度教随着历史变化所呈现出的复杂性和多样性，多部作品批判性地呈现了一个立体状的印度教，而充分认识这一对待印度教的矛盾复杂态度有利于我们更平衡地把握奈保尔的宗教意识。

二、解宗教矛盾之道：兼容并蓄 融合并长

奈保尔破解宗教矛盾之道有着深刻的历史和现实动因。不同宗教之间的矛盾和冲突历来是一个世界性问题。随着二十世纪上半叶两次全球性大战的结束，世界总体上趋于缓和，但地区冲突始终未消停，尤其是由于宗教矛盾导致的区域性战乱是世界不和谐的一个重要因素，印度国内错综复杂的矛盾很大一部分也归结于不同宗教引发的矛盾。如何解决不同宗教之间的纷争、消除宗教矛盾是一个亟待解决的问题。宗教矛盾本质上是由于人们的道德危

---

[1] 罗摩（Rama）是印度教的神圣史诗《罗摩衍那》中的英雄。

[2] V. S. 奈保尔：《印度：受伤的文明》，宋念申译，生活·读书·新知三联书店2003年版，第176页。

[3] V. S. 奈保尔：《印度：受伤的文明》，宋念申译，生活·读书·新知三联书店2003年版，第178页。

机产生的，随着人类科技的迅猛发展，以及人口膨胀、核武器威胁和环境污染等全球性问题的出现，当代社会已经陷入一场深刻的道德危机之中，无疑没有宗教和平就没有世界和平。德国杜宾根大学的天主教学者汉斯·昆（孔汉思）在其专著《全球的责任——寻求新的世界伦理》一书中提出了没有世界伦理就没有生存、没有宗教对话就没有宗教和平的观点。以孔汉思为代表的世界学者致力于寻求世界公认的伦理道德体系、为实现宗教和平所付诸的在宗教对话上的努力在各国学者中正产生广泛而深入的影响。引人注目的是奈保尔在其1990年（比孔汉思著作早近2年）出版的"印度三部曲"之第三部《印度：百万叛变的今天》中详细叙述了解决宗教矛盾、实现宗教和平的历史传说和历史渊源，并对今天印度南部风行的朝圣活动极力颂扬，充分彰显出了奈保尔极具前瞻性的目光。

首先，奈保尔以一个历史传说故事反映古代印度人民解决宗教纷争的英明，表明宗教矛盾并非无破解之道，而是古已有之，可供今人借鉴。该历史传说由于年代久远在今天印度人心目中其历史真实和神话传说已经彼此模糊了界限。阿亚帕是印度教神湿婆和毗湿奴的儿子，他也是生活于公元十二世纪的真实历史人物。他的出生与众不同，是拉贾谢卡尔王公和王后向湿婆神悔过求子后为湿婆所赐予，少年英武，在历尽艰险后顺利继承王位，深受国民爱戴。在他统治时期，阿拉伯人已经大规模入侵印度本土，严重影响人民安定的生活。阿亚帕足智多谋，英勇善战，智擒入侵的阿拉伯首领瓦瓦尔，两人最后结为盟友。瓦瓦尔被允许住在印度，也不需要他改变自己的伊斯兰教信仰，在他死后，人们在他墓地上盖了一座清真寺[1]。阿亚帕以自己的睿智、宽容和英明使对方降服，换来了人民长久安宁的生活，历史人物阿亚帕王也因此得以与印度教神祇阿亚帕神在历史和民间记忆中合二为一，两种迥然不同的宗教在那个遥远

---

[1] V. S. 奈保尔：《印度：百万叛变的今天》，黄道琳译，生活·读书·新知三联书店2003年版，第164页。

时代的人们眼里是一种温馨和谐的象征。

其次，在具体宗教分歧乃至导致战乱的残酷历史现实面前，奈保尔赞赏历史人物尊重彼此宗教差异、尊重彼此宗教自由的高风亮节。公元十二世纪的印度已经开始遭受伊斯兰教徒入侵，由于印度教徒和伊斯兰教徒彼此宗教信仰的差异频频触发矛盾、冲突乃至战争。阿亚帕王深谋远虑，在将信奉伊斯兰教的阿拉伯人瓦瓦尔打败之后，并未采取传统上彻底歼灭的残忍做法，而是以怀柔政策使对方彻底折服，他采取的一项最重要措施是没有强行要求对方改变自己的宗教信仰，而是可以继续留在印度信奉自己的伊斯兰教，也即尊重他们自己的信仰，尊重彼此之间可以有不同的崇拜神祇，尊重彼此的宗教选择自由。这是奈保尔最强调的一点，在奈保尔看来，尊重各自的差异意味着尊重对方，也是尊重自我的最深刻表现。阿亚帕王宽容地允许敌人在自己的土地上继续信奉他们原来的宗教，这种开阔气度和博大胸襟在本质上也是所有宗教都提倡的一种至高无上的宗教伦理的体现，因此阿亚帕王几个世纪以来一直受到印度人民的广泛爱戴，并与印度教神祇阿亚帕神在历史和民间记忆中合二为一！

最后，奈保尔以今天宗教徒同时膜拜不同神祇来显示这一宗教和睦现象是当今印度国内人民团结、社会安宁的重要因素。阿亚帕圣庙朝圣者的要求很苛刻——"只有男人可以参与这朝圣；前后四十天，他们必须过着悔罪苦行的日子。不能吃肉，不能喝酒，不能从事任何只是为了满足欲望的活动，也不得接近女人"[1]，但是纪念圣庙的香火几百年来一直旺盛，"这项前往膜拜阿亚帕和瓦瓦尔的朝圣活动已有数百年历史"[2]，并在每年长达四十天的朝圣日达到高潮。印度教朝圣客们缅怀历史荣光、感悟阿亚帕王圣明，并自愿

[1]　V. S. 奈保尔：《印度：百万叛变的今天》，黄道琳译，生活·读书·新知三联书店2003年版，第161页。

[2]　V. S. 奈保尔：《印度：百万叛变的今天》，黄道琳译，生活·读书·新知三联书店2003年版，第161页。

在朝拜阿亚帕圣庙后向瓦瓦尔的伊斯兰教清真寺膜拜，两座圣庙相距不过 25 英里；拜谒清真寺的伊斯兰教徒也造访阿亚帕神庙，参拜印度教神祇。两种宗教比邻而居，和睦相处，在很大程度上实现了宗教融合，这种宗教和谐观是广大印度人民希望看到的。在奈保尔看来，阿亚帕崇拜盛行的意义还不止这些，他采访一位名叫戴维亚的朝圣客时了解到朝圣之旅不仅使他人生境遇得以改善，"朝圣之后他职业上有了好转"[1]，更重要的是，"他经历了 40 天悔过苦行的磨砺、上山前往圣地的长途步行、步行同伴之间的情谊，更目睹了人们开始互相扶持的情况"[2]。无疑戴维亚的心灵因朝圣而受到深深震撼，通过这种体现宗教和谐观的朝圣行为使圣徒们意志得以磨砺、感受到了关爱，并最终获得精神上的救赎，使得不同宗教完全可以相互尊重膜拜，彼此融洽共处在同一片天空下！

以上是奈保尔以亲身经历的旅行见闻来展示的他的宗教和谐观，这种和谐思想早在 30 多年前他的处女作《灵异推拿师》主人公甘涅沙身上就已经体现出来了。甘涅沙在特立尼达处于双重边缘的境地，对于大英帝国，特立尼达是没什么地位的海外小殖民地，而对于特立尼达，像他这样的印度移民是没什么地位的少数民族，但是，甘涅沙取得了常人无法企及的成功，他最后成了特立尼达最受欢迎的国会议员。甘涅沙的成功路上机遇很重要，但个人因素更为突出，除了他学识渊博宽容仁慈以外，其中很重要的一点是他所坚持的宗教立场观。他身为印度教徒除了坚守本教教规外，在异教林立的特立尼达小岛上还睿智地与各派宗教信徒和睦相处，不带任何偏见地理智谈论宗教，对基督教和伊斯兰教一样尊重和供奉："在他的神殿里，也就是那间破旧的卧室里，奎师那和毗湿奴画像边上，摆放着圣母玛利亚和基督的画

---

[1] V. S. 奈保尔：《印度：百万叛变的今天》，黄道琳译，生活·读书·新知三联书店2003年版，第162页。

[2] V. S. 奈保尔：《印度：百万叛变的今天》，黄道琳译，生活·读书·新知三联书店2003年版，第162页。

像，以及新月和星星的图片，那是伊斯兰教的不二象征。"[1] 他用印度文演讲时的引经据典出处庞杂，有来自佛教，也有来自其他宗教，"'都是同一个神，'他说。基督徒喜欢他，穆斯林喜欢他，至于那些随时愿意朝拜新神灵的印度教徒，自然更不反对他"[2]。无疑甘涅沙的成功很大程度上归功于其处理宗教问题的成功，他的各种宗教观相通乃至同一的思想就其本质而言也是奈保尔宗教和谐观的重要组成部分。

奈保尔的宗教和谐观有着深厚的历史渊源和承继传统。圣雄甘地面对祖国不同宗教矛盾的历史现状，也提出宗教和谐、宗教宽容的主张。为团结穆斯林与印度教徒，他在琐碎的穆斯林问题上表达支持的态度，1948 年更是因为这一宗教和睦的主张遭到一个印度教徒刺杀。整个欧洲几个世纪来也为宗教矛盾付出了巨大代价，西方马克思主义代表人物弗洛姆（Erich Fromm）因此认为"宗教战争之后，宗教的容忍和共存成了欧洲人生活中被普遍承认的一项原则"[3]。

三、倡宗教伦理之美：求真向善　广博慈爱

奈保尔在处理宗教矛盾上所采取的宗教和谐思想体现了他作为一位世界大师难能可贵的见识和韬略，对待印度教的辩证态度又充分体现出了他尊重客观事实，尊重事物处于运动、变化和发展的思想，这种对待宗教的智慧从根本上说来源于他坚定的宗教伦理观，即他所独有的宗教道德态度。奈保尔宗教伦理观最主要的特征是求真向善、广博慈爱，其主要表现是对古代宗教概念是"向善论"还是"妖魔论"的寻源探微上，这主要体现在下面两点。

第一，通过分析福楼拜《撒朗波》（Salammbo, 1862）中关于古代宗教的

[1]　V. S. 奈保尔：《灵异推拿师》，吴正译，上海译文出版社2008年版，第165页。

[2]　V. S. 奈保尔：《灵异推拿师》，吴正译，上海译文出版社2008年版，第165页。

[3]　埃里希·弗洛姆：《在幻想锁链的彼岸》，张燕译，湖南人民出版社1980年版，第180页。

描绘，委婉批评福楼拜宗教伦理观上的妖魔化倾向。

创作于 1862 年的《撒朗波》（以下简称为《撒》），是一部反映古代迦太基内部雇佣军战争的新型史诗小说。从创作风格来看《撒》属于浪漫主义杰作，可以"被看成是一首诗"，"它超越了一般的想象力，它与一种热切的内心音乐相回响，以一种复杂的韵律表达自身"。[1] 因此，作为创作审美范式的一种作品本身无可厚非，但若从其内容所传达的历史观和宗教观来分析，有些方面则值得思考和商榷。

美国批评家弗雷德里克·詹姆逊在研究《撒》后认为小说反映出福楼拜是个彻底的"欲望历史主义者"[2]，《撒》所呈现的历史，包括迦太基雇佣军战争和女主人公的浪漫爱情传奇，只是单方面反映出福楼拜对于历史的欲望投注（a libidinal investment in the past）。福楼拜 1846 年写给情人路易斯·高莱的信中说："在为人类进步贡献一切与什么都不做之间，我认为没有什么选择的意义。""至于提到进步本身，这种模糊的观念对我来说尤其难懂。"[3] 这番话不仅充分显示了福楼拜的历史悲观主义倾向，客观上也将他创作《撒》的主观抒发欲望暴露无遗，与詹姆逊分析遥相契合。西方马克思主义批评家卢卡契认为《撒》作为历史小说，"它将精神的不朽价值非人化，突出事物的图画般的美而不是强调人的境况，充斥着无关紧要的社会和历史语境"[4]。这一评论反映出作品的印象主义特色和作家缺乏历史挖掘深厚度和道德关怀等特点。

需要注意的是，奈保尔本人在很大程度上是福楼拜的崇拜者，后者的

---

[1]　Brombert, Victor. *The Novels of Flaubert: A Study of Themes and Technique*. Princeton: Princeton U P, 1966. p.102.

[2]　Jameson, Fredric, "*Flaubert's Libidinal Historicism: Trois Contes*", *Flaubert and Postmodernism*. Eds. Naomi Schor and Henry F. Majewki. Lincoln: U of Nebraska P, 1984. p.77.

[3]　Jameson, Fredric, "*Flaubert's Libidinal Historicism: Trois Contes*", *Flaubert and Postmodernism*. Eds. Naomi Schor and Henry F. Majewki. Lincoln: U of Nebraska P, 1984. pp.76–77.

[4]　Lukcs, Georg. *The Historical Novel*. London: Merlin Press, 1962. p.199.

《包法利夫人》（*Madame Bovary*, 1856）是奈保尔一生反复研究的著作[1]，并多次在不同场合高度褒奖[2]，但对后者的史诗小说《撒》非但没有赞美，而是颇多微词。福楼拜 1856 年成功创作出《包法利夫人》后却遭到法院控告其内容侮辱宗教和公共道德，失望之余转向古代题材创作，这便有了"复活迦太基"[3]的《撒》。也许是福楼拜这一"复活迦太基"的宣言让奈保尔对《撒》充满了和对《包》一样的期待吧。在 2007 年出版的散文随笔集《作家看人》（*A Writer's People*）中，奈保尔用了近一章篇幅（Chapter Four "Disparate Ways"）评论福楼拜这两部作品，对《撒》主要从小说的素材来源、宗教内涵和主要情节等方面进行评论，总结到福楼拜所描绘的古代迦太基时代宗教纯属虚构，缺乏历史真实性和可信度，并进而质疑福的宗教观。

《撒》中宗教元素极为丰富，包括宗教仪式、宗教人物、宗教场所和宗教象征物等，并直接推动着两条主要故事线索的进展，一条是公元前 241–前 238 年迦太基国内镇压雇佣军的战争，另一条是女主人公撒朗波和雇佣军首领之间的情感波折。在奈保尔看来，《撒》的宗教仪式规模宏大，但多充满恐怖色彩描述，如把儿童活生生献祭给莫洛克神等[4]。宗教场所和人物都是福楼拜时代 19 世纪概念的衍生物，撒朗波是迦太基月神庙的祭司，美丽、苗条，但说话很少，不知道她具体如何度日，"是糟糕的 19 世纪小说中的创

---

[1]　奈保尔从中学时开始读《包》简写本，二十多岁时读过全本，直到七十五岁高龄创作《作家看人》时还在阅读，反反复复读过无数次，参见Jussawalla Feroza. *Conversations with V. S. Naipaul*. 1997. p.156, 159, 167; V. S. Naipaul. *A Writer's People*. London: Pan Macmillan，2011. p.129.

[2]　奈保尔高度评价《包》，认为"在叙述、语言、细节的精心甄选和揭示的社会真理上，还没有能与之相媲美的作品"。"它不仅讲述一个因幻想而误入歧途的女人的故事，而且是关于整个法国的故事。"它是如此经典以至于奈保尔认为应该"一个月阅读一页"。Jussawalla Feroza. *Conversations with V. S. Naipaul*. Jackson: University Press of mississippi, 1997. p.156, 159, 167.

[3]　郑克鲁：《外国文学史·上》（修订版），高等教育出版社2006年版，第78页。

[4]　V. S. Naipaul. *A Writer's People*. London: Pan Macmillan，2011. pp.142–146.

造物，哥特式，东方式"[1]。而她的阉人精神导师虽说在很多地方学习过，充满了智慧，但言语表现出来的却是那么神秘诡谲，说出的话满是恐怖之词："……'死人灵魂'在月亮里分解，就如死尸在地上分解一样。它们的眼泪就构成月亮的潮湿，月亮是一个充满污泥、残骸和风暴的黑暗居住地……"[2]而宗教象征物"神衣"是迦太基月神庙里女神像披的一张神奇的纱罩，是福楼拜的创造物[3]，它具有女神的法力，谁拥有它谁便掌握胜利，因此是叛乱的雇佣军方面竭力夺取以求改变战局的目标，更是迦太基方面竭力保护的镇国之宝。撒朗波和雇佣军首领之间的情感纠葛也主要围绕夺取神衣展开。对于"神衣"这类惊险小说的创造奈保尔认为在十九世纪作家中已颇为流行，如赖德·哈格德（1856—1925）、约翰·巴肯（1875—1940）等的作品，福楼拜以此宗教象征物来推动整部小说的情节展开，"让神衣在阴谋诡计中扮演了重要作用"[4]，使整部作品笼罩上一层神秘诡异的妖魔色彩。

奈保尔为此专门考证，认为《撒》整个"故事肤浅，总是缺乏说服力，总是向壁虚构"[5]。《撒》的主要情节来源于古希腊历史学家波利比奥斯（Polybius，约公元前 200—前 118 年）所著《历史》（*Histories*）中提到的迦太基国内持续三年的雇佣军战争，"在波利比奥斯笔下，雇佣军战争不过是两次迦太基战争之间的一段插曲，在洛布版译本中仅占三十二页，而企鹅经典系列中福楼拜的这本书是两百六十页"[6]。为了将历史变成长篇小说，"福楼拜就必须铺陈，极力铺陈"[7]。波利比奥斯笔下没有出现撒朗波这个名字，更不用说她的浪漫爱情了，因此这整个是福楼拜凭想象力天马行空创作而成的

---

[1] V. S. Naipaul. *A Writer's People*. London: Pan Macmillan，2011. p.144.

[2] V. S. Naipaul. *A Writer's People*. London: Pan Macmillan，2011. p.144.

[3] V. S. Naipaul. *A Writer's People*. London: Pan Macmillan，2011. p.146.

[4] V. S. Naipaul. *A Writer's People*. London: Pan Macmillan，2011. p.146.

[5] V. S. Naipaul. *A Writer's People*. London: Pan Macmillan，2011. p.149.

[6] V. S. Naipaul. *A Writer's People*. London: Pan Macmillan，2011. p.138.

[7] V. S. Naipaul. *A Writer's People*. London: Pan Macmillan，2011. p.138.

传奇故事，是部"为了休闲的任性之作"[1]。而福楼拜本人给圣勃夫信中谈到《撒》的一段话也可以印证这一观点：

"或许你对于关注古代遗迹的历史小说的观念是对的，而在这方面我是失败了。但是根据种种迹象以及我自己的印象，我想我毕竟创造出了某种类似于迦太基的东西。可问题根本不在这里。我不关心什么考古学。"[2]

因此作品所展现的宗教元素及其内涵是福楼拜对古代宗教一厢情愿的想象，是他所持片面观点所致，如作品所渲染的，宗教在古代社会已是恐怖和妖魔的象征，它主宰着人的一切，人是它顺从的奴仆。但历史上关于古代宗教的概念真是这样的吗？

第二，奈保尔通过引证阿普列尤斯（Lucius Apuleius，公元125—180年）的《变形记》（*Metamorphoses*，又名《金驴记》*The Golden Ass*）为古代宗教辩护，说明古代宗教伦理的核心特征是求真向善、广博慈爱。

公元二世纪古罗马作家卢齐伊·阿普列尤斯出生在雇佣军战争之后四百年，但他在迦太基大学接受过部分教育，因此奈保尔认为他身上"带有古老世界的遗留，足以把我们带去体会古老信仰的各种方式"[3]。阿的传世佳作《变形记》的故事妇孺皆知，主人公卢齐伊（与作者同名）中了邪术变成驴子，为了找到破解的玫瑰花历经艰险，最后是伊西斯女神（Isis）拯救了他。整个故事的主旨是赞美这位女神，奈保尔认为这一主旨集中体现在古代宗教追求真善美的伦理指向，主要表现在以下几方面。首先，古代社会对伊西斯女神信仰的普遍性和永恒性。伊西斯是古埃及妇女最典型的代表，对她的崇拜自古埃及文明之初便已有了。在纯粹埃及人的埃及灭亡后的一千年的时间里，埃及先后被波斯人、希腊人和罗马人蹂躏，但伊西斯女神被罗马军队带

---

[1]　V. S. Naipaul. *A Writer's People*, London: Pan Macmillan，2011. p.136.

[2]　Deppman, Jed, "History with Style: The Impassible Writing of Flaubert", *Style*, Spring 1996, Vol. 30(1). pp.28-29.

[3]　V. S. Naipaul. *A Writer's People*. London: Pan Macmillan，2011. p.136.

到当时罗马帝国统治的所有地区，对她的崇拜吸收了其他的信仰，此时已发展成为普遍的信仰。阿普列尤斯本人即皈依伊西斯女神，并以《变》来赞美伊西斯女神[1]。无疑古代社会对伊西斯女神的崇拜已经超越国家、民族和政治樊篱，跨越历史界限，这凸现了这一宗教信仰在延续人类漫长历史中所起的不可替代的各民族精神同源的作用。其次，伊西斯女神是以古代宗教善和爱的象征而受到人们广泛的尊崇。《变》故事的核心对情节起关键作用，同时也是整个故事的高潮和转折点，讲述了伊西斯女神拯救卢齐伊这一情节。卢齐伊为了变回人历尽艰险却满是徒劳，在他感到万般难受、身心处于最低谷最绝望的一个晚上，伊西斯女神向他现了身，让他变回了人。这是宗教广博的善和爱引导下的对人类苦难的救赎，这一救赎所产生的力量不仅让卢齐伊在这个物质世界恢复了作为人的生存形态，更重要的是给了他精神上的重生，给了他信心和以前从未有过的力量，这无疑是伊西斯女神所代表的宗教向善伦理观所带来的结果。卢齐伊因此不愿离开女神，经过三重皈依，开始信奉伊西斯女神。今天，对伊西斯女神的崇拜仍为世界各国学者不断研究，学界普遍认为对其的崇拜主要源于其所代表的慈爱和善良，这一强大的母性形象是伊西斯女神走进人们生活并植根于人们思想深处的根源。最后，塑造伊西斯女神之美蕴含宗教伦理的人文主义指向。与《撒》中对宗教妖魔化截然相反，《变》中的伊西斯女神形象始终美丽、光彩照人、充满欢欣，处处洋溢着乐观主义和积极向上的人文主义精神风貌。在卢齐伊虔诚祈祷下她仪态庄严地从大海中升起向他现了身，给他指点迷津，指导他拯救自身，因此女神身上的内在美（善良慈爱）和女神的外在美（美丽动人）结合在一起，并罩上了一层神圣的光环，一起转化为宗教伦理。另外，伊西斯女神在小说中还是大自然的象征。作为伊西斯女王，她以广博慈爱的神圣母亲形象代表了地中海地区所有的女神，并以各种女神的化身受到崇拜。她是谷神色瑞斯

---

[1]　V. S. Naipaul. *A Writer's People*. London: Pan Macmillan, 2011. pp.144–145.

（Ceres）、月亮神阿尔忒弥斯（Artemis）、爱神阿芙洛狄特（Aphrodite），是冥后普罗塞尔皮娜（Proserpine），甚至她是战神贝拉多娜（Belladonna），她美丽、善良、宽容、博大，人们在这些女神身上处处看到伊西斯女神的影子，感受到她爱的光芒，并深深感到神的本质与人的本质的高度一致性，人也应该以自己的博爱对待他人与世界。实际上伊西斯女神已经变成整个大自然的化身，或者她本身就是大自然，地球于她是个神圣之地，在一定意义上她是地球母亲的象征，她以自己的博爱拯救世人，感化世人，体现着人和地球之间和谐共存的伦理关系，奈保尔禁不住由衷赞美"这是个美丽的宗教概念"[1]。

在这个意义上奈保尔认为《变》留给后世以深远而持久的影响："尽管阿普列尤斯的拉丁文写得奇怪，但是他的叙事风格或者文体仍然易于为人接受，足以在一千两百年后，几乎原封不动地出现在薄伽丘的作品中，然后是在乔叟的作品中。"[2]。事实上，阿普列尤斯影响千年文学的不仅是他的叙事风格，更重要的是《变》所包含的深厚的宗教伦理关怀意识，这一求真向善的宗教观充分体现在了一千两百多年后的欧洲文艺复兴思潮中，并构成人文主义文学的重要组成部分。薄伽丘的《十日谈》素材来源广泛，有历史事件、中世纪传说和东方民间故事，如《七哲人书》《一千零一夜》等，"但他（薄伽丘）把这些故事情节移植于意大利，以人文主义思想加以改造并再创作"[3]，使《十日谈》成为世界文学史上一部具有巨大价值的文学作品。乔叟的《坎特伯雷故事集》也明显流露出宗教劝善思想[4]。

[1]　V. S. Naipaul. *A Writer's People*. London: Pan Macmillan，2011. p.146.

[2]　V. S. Naipaul. *A Writer's People*. London: Pan Macmillan，2011. p.146.

[3]　郑克鲁：《外国文学史·上》（修订版），高等教育出版社2006年版，第78页。

[4]　郑克鲁：《外国文学史·上》（修订版），高等教育出版社2006年版，第75页。

结语

1993 年为纪念"世界宗教议会"召开 100 周年，在美国芝加哥召开了"世界宗教议会大会"，大会认为"世界正处于这么一个时期，它比以往任何一个时期都更多地由世界性政治、世界性技术、世界性文明所塑造，它也需要一种世界性伦理"[1]。这充分反映宗教界希望建立一种普遍性的全球伦理所做的努力，而以宗教伦理来回应人类全球化带来的各种问题是当代世界宗教文化发展的一个重要趋势。我国也有学者认为"在现代主义对宗教的批判和后现代主义对现代一切价值传统的毁坏之二难境遇中，当代宗教伦理发现了再度以神学批判现代性、重构信仰系统，用宗教支持伦理，将俗世道德置于神圣视野的观照下的可能性，试图重树真理和价值，实现宗教救世的传统作用"[2]。

奈保尔广博深厚的、超越国家和民族的、以宗教和谐和求真向善为主要特征的人本论宗教观一定意义上是对这一全球宗教伦理的积极回应，充分显示了奈保尔作为世界一流文学大师的世俗悲悯情怀和对宗教当代意义的执着探索，其中所体现的世界主义倾向和普世关怀意识在这一全球结构体系框架失衡的全球化时代，为人类在精神文化领域营造出平等博爱的和谐局面提供了重要参照价值。但是，我们也应看到，奈保尔这种主张各种宗教以善为基础、人与世界和谐共生的完美图景的宗教思想体现出了一种理想色彩，这反映了在个人视域与现实图景撞击下作家作为社会个体的局限性，但这也无疑是我们全面认识奈保尔丰富复杂思想的关键所在，正如美国批评家布莱特·斯德普斯所说："许多对奈保尔的评论不是源于奈保尔写了什么，而是源于他应该写什么[3]，因为他是个出生在特立尼达的印度移民后代。哎，在奈

---

[1] 孔汉斯，库舍尔：《全球伦理——世界宗教议会宣言》，四川人民出版社1997年版，第1页。

[2] 田薇：《宗教伦理的历史担当和现代命运》，《中国政法大学学报》2011年第1期，第129页。

[3] 原文为斜体 *"ought"*。

保尔先生四十年作家生涯后他的作品还是被太频繁地在种族过滤镜下观察，这无论如何似乎都是一种很狭隘的视角。就V. S. 奈保尔而言，完全囿于种族视域阅读其作，就等于没有阅读。"[1]。

第二节　生态世界主义视域下的非洲

——《非洲的假面具》（2008）

我国学者秦晖认为"凡是不可比优劣的那些民族特征就是文化"。[2] 奈保尔作品的一个重要特征是对旅行国家的文化考察。奈保尔于2009年开始对非洲进行了他人生又一次考察，走访了40多年前去过的六个非洲国家：乌干达、尼日利亚、加纳、加蓬、科特迪瓦和南非，再次以他独特的视角完成了力作——《非洲的假面具》（2008）。作为一部反映当今非洲社会现状的作品，《非洲的假面具》如同奈保尔的其他旅行考察游记一样，对非洲国家的历史和现状进行零距离的观察比较，展现了一个后殖民时代的当代非洲社会。全书共分六章："卡苏比王陵""圣地""着魔的人""森林之王""昔日森林之子"和"个人的丰碑，个人的荒原"。

作品主要以宗教为线索考察非洲本土宗教文化在外来宗教到来后100多年的兴衰变迁，并尤其对基督教的强势入侵和非洲本土宗教之间盘根错节的复杂关系进行了审视，认为非洲本土宗教文明在非洲各国历史发展、民族部落认同中起到了不可替代的作用，同时揭露了非洲珍稀动物惨遭杀戮、植物

---

[1] Staples, Brent, "'Con Men and Conquerors', a Review of A Way in the World", *New York Times Book Review*, May 22, 1994. p.1.

[2] 秦晖：《共同的底线》，江苏文艺出版社2013年版，第346页。

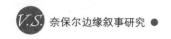

大量被砍伐、生存环境越来越恶化的现状，表达了奈保尔特有的忧虑和愤懑之情，充分展现了奈保尔的世界视野和人文生态关怀意识，以及对文化多元性的充分肯定。

一、非洲宗教：博弈中前行

从社会学的角度看，宗教在社会文化中一直是一个富有张力的存在。作为种族文化的一个基本元素，宗教已经成为一个有特色的标识，它可以对非洲各民族的主体性进行界定。非洲宗教一般都有象征主义特征，并通过一系列的活动、仪式以及音乐、舞蹈和其他的表演进行，用来与神灵沟通或纪念曾经的一段历史。非洲各国家和部落有无数的文化和语言分支，也奉行多样的宗教和习俗。他们有不同的保护神，主要是自然神、预言者和巫师，他们以不同的典型仪式来推崇与宇宙、大自然（尤其是森林）神灵和谐共处的重要性，强调部落的凝聚力和对土地的尊重，以及维持这种平衡所需的思想和语言的力量。莱辛的剧本《智者内森》指出自然宗教的普世性质：自然宗教把整个人类都约束在共同的道德法律中。

在白人殖民者入侵之前，非洲各宗教基本以一种原生态的状貌存在，各宗教部落中的复杂机制也因缺乏相应的文字载体而未得到完全展示。传统非洲宗教和外来的基督教和伊斯兰教最大的不同之处在于传统非洲宗教没有任何教义信条可以凭借，由于在历史上存在了很久，人们已经习以为常，有的"只是老办法没错、故土总要得到尊崇"这一说。伊斯兰教和基督教有哲学根基，可以被详细阐述，传统非洲宗教没有教义，能代表的只有宗教仪式和宗教物品。如 1875 年乌干达国王穆特萨一世在和瓦乌玛族人水战前，巫医们呈给他百来件令人生畏的护身符。

欧洲传教士的渗透从一开始就以一种优越和主导的姿态呈现在非洲人

面前，各民族各部落的宗教活动也相应受到打压甚至被禁止。基督教这一原本属于殖民者的宗教逐渐融入非洲各主要国家的国家政策之中，在殖民者文化和非洲本土文化的冲突和交融中，日益显现宗教的杂糅性。然而宗教作为文化身份的内在标识，当本土宗教失去其最初的纯洁性而被迫融入另一宗教时，会采用各种方式保存其原有的文化元素，其实质可以被认为是对基督教文化强迫性同化政策的文化抵抗行为，是非洲土著居民用以保持乃至坚守自己文化身份的努力的象征，这从作品中非洲宗教仍旧保持更多的原始和本真性可以看出。

奈保尔对 21 世纪初在非洲的外来宗教，尤其是殖民基督教和非洲本土宗教之间盘根错节的复杂关系进行客观再现和理性审视。乌干达在十九世纪四十年代是个封闭的内陆国家，当时的国王穆特萨一世对英国探险家斯皮克的到访很感兴趣，后者是个典型的维多利亚时期的基督徒，穆特萨一世本来已部分接受伊斯兰教，但斯皮克宣扬的基督教使国王开始反对伊斯兰教，他说阿拉伯人是骗子。这项一百三十年前的决定使得如今的乌干达首都坎帕拉的外来宗教几成瘟疫，这些有着深奥难懂神学体系的外来宗教给非洲的本土宗教造成的冲击太大。奈保尔请教乌干达卡西姆王子，后者认为基督教和伊斯兰教之所以吸引非洲人是由于它们"都讲来世，为人提供死后永生的寄托。而非洲本土的宗教虚无缥缈，只讲些灵魂世界和祖先的故事"[1]。但真正的现实生活中，这些讲来世的外来宗教"无法治愈任何疾病，也提供不了任何终极答案"[2]。

伊斯兰教在乌干达具有很强的统治性，一位乌干达的穆斯林巨贾哈希布从小受的教育是"别和非洲的宗教有一丝的牵挂。我们信着伊斯兰教长大。教义上说，非洲宗教是异端。人们教导我们鄙视非洲宗教。我绝不会允许我

---

[1]　　V.S. 奈保尔：《非洲的假面具》，郑云译，南海出版公司2013年版，第8页。

[2]　　V.S. 奈保尔：《非洲的假面具》，郑云译，南海出版公司2013年版，第8页。

的子孙与它有丝毫的接触"[1]。在非洲其他国家，本土宗教也无法规避其衰亡的历史命运。在加纳，很多本土人在说起自己传统宗教的时候充满激情，尽管他们已经皈依基督教，帕博就是一个很好的例子，他知识渊博，恭敬虔诚，在当地很有影响力，他说："加纳的传统宗教正在逐渐消亡。来这儿的欧洲人和穆斯林都把我们看作异端，从那时起，这种消亡就开始了。他们用先进的科技扼杀我们。我们本来有会飞的神婆，但一旦看到飞机，就开始嫌弃自己的文化了。"[2]

奈保尔强调非洲本土宗教文明在各国自身历史发展和民族部落认同中所起的不可替代的作用。在考察中，奈保尔始终有一种强烈的感受，即当代的非洲原住民群体在精神上受到的西方的渗透并没有一般想象得那么深，他们在使用自己的文化遗产生活。宗教信仰支配着文化。一个孩子出生的时候，人们会向他的嘴里倒水和棕榈酒，这样，婴儿便和大地联系了起来。等到青春期，人们再用灰或是偏绿黏土涂抹他，把他带到村子里。村民们载歌载舞，歌曲的重要性在于它们述说着部落的历史以及对孩子寄予的厚望。由此，他也明白了对家庭和族群所负有的责任。年轻人要找一位先辈做榜样。任何行为端庄的人年老或死后都能成为这样的榜样。[3]

加蓬人信仰体系中最重要一点是万物生命论，这基于万物，尤其是任何生物都有能量这一信念。加蓬人认为每样东西都有生命，树木也一样。每样生物都有能量，每个人都像一节电池。按照加蓬人的世界观，动物们也像是电池。这种信仰观促使人们珍视自己的生命，但也使得人们把人的生死简单地理解成了能量的有与无，这有一定的简单化倾向。

非洲传统宗教强调团队协作精神，提倡共同抵御自然灾害，如旱灾，这

[1]　V. S. 奈保尔：《非洲的假面具》，郑云译，南海出版公司2013年版，第38页。

[2]　V. S. 奈保尔：《非洲的假面具》，郑云译，南海出版公司2013年版，第140页。

[3]　V. S. 奈保尔：《非洲的假面具》，郑云译，南海出版公司2013年版，第215-216页。

一切与金钱无关。[1]人们也看到西方美式消费主义对非洲传统文化的吞噬，使得国家陷入混乱和无政府状态："在这种环境下，人们为了生存，什么事情都干得出来。人们无所不为，不择手段地想得到世界上最先进的东西，争相追逐那些奢侈的科技产品，却不顾传统文化。从本质上说，我们的宗教并不野蛮，其根基在于对祖先们的尊敬。"[2]非洲本土知识分子认为，基督教的强势入侵，迫使非洲人改信基督，导致灾难。苏珊是一个优秀的诗人，在马凯雷雷大学教授文学，她的家族历史上饱受灾难，基督教入侵导致本土宗教的衰落，战乱及其之后的社会普遍贫困，这些使得人们深思原因，朴素的结论是由于本土非洲人不再相信自己的宗教，无视祖先的存在而导致的恶果。

同时，奈保尔也指出非洲宗教在很多方面继续体现非洲的原始、野蛮、落后和残忍，这可以从乌干达报纸上的新闻体现出来。巫师在治疗时所具有的魔法力量显示了家族和部落的重要性。但是，在乌干达，巫术总和暴力、死亡紧密相连。一个村子里有四个兄弟出于私下的巫术用途亲手杀害自己的姨妈；一个学生怀疑自己一条腿肿是魔法和巫术在作怪，因为几天前他因一头牛在吃他晾晒的衣服而追赶抽打过它；一个三十多岁的女人受到巫术的诱惑将自己18个月大的儿子活埋，此类事件每个星期、每一天都在这个国家发生。在乌干达，由于普遍低下的文化素养，只要涉及巫术，暴力总在不远处，人们畏惧巫术，因为巫术不是闹着玩的。

对于宗教，奈保尔深深感到自己认识到的层面远远不是现实生活中普通老百姓对于宗教的认知。从20世纪初访母国印度开始，奈保尔就对宗教展开思索，"宗教把我们带回到万物的本初，好比哲学意义上的宇宙大爆炸时期"，因此奈保尔对宗教始终怀有好感，宗教具有朴素的美，但是，现实中，人们对宗教的执着还来源于对异端邪教的害怕。普通的芸芸众生们，

---

[1]　V. S. 奈保尔:《非洲的假面具》，郑云译，南海出版公司2013年版，第52页。

[2]　V. S. 奈保尔:《非洲的假面具》，郑云译，南海出版公司2013年版，第51页。

而且越是来自社会底层的人们，对异端的惧怕就越深，因为他们对世事的反映更多出自本能，出自本能对异端的惧怕。非洲人对异端的惧怕影响奈保尔对非洲宗教的总体评价，但是，瑕不掩瑜，宗教在非洲文化的传承中依旧功不可没。

奈保尔在考察中探寻非洲人对基督教和各种非洲宗教的不同理解，努力挖掘一些来自西方国家、至今仍旧生活在非洲不愿离去的人们的精神皈依及其秘密。这些外来者都可以很体面地离去，有些甚至是联合国工作人员，但他们在逗留期满后安顿下来，不愿离开，并在非洲本土宗教的慰藉中充实地生活着。

二、非洲生态：抗拒下的命运

奈保尔揭露非洲珍稀动物惨遭杀戮、植物惨遭砍伐的丑恶现状。在加蓬，大象等珍稀动物的生存受到严重威胁。加蓬一份官方杂志报道每年有一百万头动物被捕杀，奈保尔认为准确数字远远大于这个官方数字。加蓬当地人喜欢把野生动物称作"丛林之肉"，奈保尔认为非洲人普遍依赖野生动物生存，能够轻而易举地在森林中得到大自然的馈赠，因此当地的人们没有发展出真正的农业。"倘若有了农业，也许就会产生另一种文明和另一种人：他们能更好地接纳外部世界，他们能更好地全面进步。"[1] 但这只是问题的一个方面，接待奈保尔的加蓬大学前教务长、律师、学者盖伊·罗萨坦噶-里尼奥熟悉加蓬，认为由于终年处于热带最酷热的地区，昏睡病、疟疾加上酷热使得饲养牛群变得毫无可能。

揭露非洲大陆珍稀动植物惨遭涂炭的现状显示了奈保尔不屈的"揭示那被压抑的存在"的勇气和决心。恰如奈保尔的传记作者帕特里克所言，奈保

---

[1]　V. S. 奈保尔：《非洲的假面具》，郑云译，南海出版公司2013年版，第215—216页。

尔真正的道德核心是他本人。在奈保尔看来，殖民者并非千篇一律的残忍和贪婪，19世纪英国探险家斯皮克在非洲买下一只快死了的小猫，仅仅是为了让这个小生命能再多活上几天，因为主人本想把那只小猫烹煮吃了。在维多利亚湖的一座小岛上，有一处世界野生动物保护组织建立的黑猩猩保护区，"四十二个小家伙，父母全都被非洲人吃了"[1]。在奈保尔眼里，黑猩猩的生命与人类的生命一样。在非洲，马总是被人忘恩负义地对待，活着的时候受尽折磨，而在马球俱乐部里参加的比赛生涯一结束，就被杀死，剁成肉酱。

奈保尔以多元文化的视角对非洲原生态文化进行积极肯定和褒扬。乌干达一位有良好教养的中产阶级妇女认为"现代文明要我们摒弃传统文化，这只会导致政治上的动乱"[2]。奈保尔重视非洲本土文明和文化在非洲人民历史传承中的作用，这在他对西方传教士介入非洲的不同态度上可以充分体现出来。西方主流社会对施韦泽（Albert Schweitzer，1875—1965）的贡献给予了高度评价，阿伦·布洛克的《西方人文主义传统》中历数施韦泽在非洲的贡献，1952年施韦泽更是获得诺贝尔和平奖。奈保尔跳出西方评价窠臼，认为与玛丽·金斯利（Mary Henrietta Kingsley，1862—1900）和更为默默无闻的纳索博士相比，"施韦泽博士算不得杰出。至今，他在非洲人中的名声依然是：一个对非洲人'严苛'、对他们的文化毫无兴趣的人"[3]。对施韦泽博士的评价是从非洲人本土视角，而不是西方立场，这使得奈保尔对施韦泽的评价与西方主流评价相差悬殊，对非洲本土文化毫无兴趣也许说明施韦泽本人的西方中心主义立场，在没有全面了解和深入理解非洲本土文化在非洲人生活中的价值意义的时候，直接宣扬并使得非洲土著居民接受西方文化文明，这也许正是施韦泽本人的意图，在今天看来，这是一种历史的局限，由施韦泽的文化身份所决定。

---

[1]　V. S. 奈保尔：《非洲的假面具》，郑云译，南海出版公司2013年版，第53页。

[2]　V. S. 奈保尔：《非洲的假面具》，郑云译，南海出版公司2013年版，第51页。

[3]　V. S. 奈保尔：《非洲的假面具》，郑云译，南海出版公司2013年版，第232页。

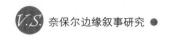

与对待施韦泽的态度完全不一样，奈保尔赞赏先于施韦泽来到西非旅行和传教的金斯利和纳索，他们都把自己的一生奉献给了非洲。金斯利在年仅 38 岁时再次志愿来到南非照顾布尔人战俘，不幸长眠在了这块她热爱的土地上；而纳索博士在金斯利到来时已经在非洲服务了 40 年，他才智出众，精力充沛，通晓非洲人的行为方式和信仰，金斯利曾就非洲宗教专门请教过他。

结语

瑞典皇家诺贝尔文学奖授奖词指出："奈保尔就像一位人类学家，在研究密林深处尚未被发现的一些原始部落，奈保尔造访了英国的本原世界，在显然还是仓促、漫无边际的观察中，他创作出了旧殖民地统治文化悄然崩溃和欧洲邻国默默衰亡的冷峻画面。"[1] 在获得诺贝尔奖 7 年之后，年逾古稀的奈保尔造访了 21 世纪的非洲本原世界。作为文化的内在肌理，非洲各民族各部落的宗教以其独立的姿态和主导的角色展示了各自独特的文化内涵，奈保尔的这次非洲宗教之旅是一次文化之旅。"任何以调查和了解人是如何适应现代工业化社会的不断改变为其目标的研究，都有充分理由可以被认为是人文主义传统的一部分。"[2] 奈保尔对非洲的考察本质上也是对新世纪非洲以宗教为楔子、对非洲各国社会人文现状的考察。奈保尔客观呈现了非洲宗教百年来的兴衰变化，指出非洲本土宗教依旧对非洲人有无法超越的精神力量，它们在消费主义和金钱至上的西方文明主导下起到不可替代的关键作用。

---

[1]　《瑞典文学院二○○一年度诺贝尔奖授奖辞》，阮学勤译，《世界文学》2002年第1期，第133页。

[2]　阿伦·布洛克：《西方人文主义传统》，生活·读书·新知三联书店1997年版，第208页。

第五章 边缘创作论

　　罗杰·加洛蒂说："每一件伟大的艺术品都有助于我们觉察到现实的一些新尺度。"[1] "……由此可以确定艺术家的真正的自由：他不应该消极地反映或图解一种在他之外、没有他也已经完全确定的现实。他不仅担负着报道战斗的任务，而且也是一个战士，有他的历史主动性和责任。"[2] 奈保尔的后期文学评论和考察游记进一步拓展了他的批评力度和广度，在奈保尔看来文学的使命、作家的责任，应该是揭示历史的真相和维护众生的尊严。奈保尔对《萨朗波》的批评和对摧毁非洲自然生态的揭露正是基于他对人类社会和大自然人文生态重建的期望。

第一节　献祭批判与人文重构

——《亚芒苏克罗的鳄鱼》（1983）中的非洲现代性反思

　　比起奈保尔的其他非洲作品，《亚芒苏克罗的鳄鱼》（1983，下文简称《鳄鱼》）得到评论界的关注最少，奈保尔传记作者、英国作家帕特里克·弗

---

[1]　罗杰·加洛蒂：《二十世纪现实主义》，柳鸣九主编，中国社会科学出版社1992年版，第318页。

[2]　罗杰·加洛蒂：《二十世纪现实主义》，柳鸣九主编，中国社会科学出版社1992年版，第315页。

伦奇认为该作品"翔实嘲讽然而从未引起轰动"[1]。从 1965 年首次到刚果的非洲之行到 2009 年古稀之年重访非洲，奈保尔前后共去过 7 次非洲，写下了包括小说和旅行考察记在内的 6 部作品。1982 年奈保尔首次去西部非洲，距第一次去刚果已隔 17 年，此行的最初动机是想看看象牙海岸[2]的繁荣——"法国在非洲的成功，一个非洲的法国"[3]，但奈保尔的所见所闻彻底颠覆了这种幻想，其中，导致他态度发生巨变的是时任象牙海岸首任总统费利克斯·乌弗埃–博瓦尼的神权统治下的怪异现状：传统与现代的魔性组合、古老与时尚的诡异交织，两种文明于二十世纪中叶在西非大陆上的激烈碰撞最终将这块古老大陆上的人民带向何方？西方思想及其现代治理模式血溶于水地生根在非洲大地上了？非洲的未来在何方？奈保尔最终承认"一个非洲的法国只不过是一种私人想象而已"[4]。这无疑让人联想到他著名的"非洲没有未来"的断言。1979 年 5 月，奈保尔在接受采访说出"非洲没有未来"之时，曾反复向记者质问"历史是什么？文明是什么？灾难是什么？"，同时他还坚持认为这些都是重要的问题。[5]

　　本书通过对《鳄鱼》的文本解读，主要探讨奈保尔透过象牙海岸这非洲一国对非洲现代性的深刻思索，作品客观呈现出"两种文明"在当代非洲局促紧张的关系，而奈保尔以世界主义者视角的观察结论也相当精准地预测了象牙海岸新世纪前后的动乱和西非埃博拉病毒的全球扩散。

---

[1]　帕特里克·弗伦奇：《世事如斯：奈保尔传》，周成林译，中信出版社2012年版，第454页。

[2]　象牙海岸，即现在的科特迪瓦共和国(Côte d'Ivoire)。因作品中用"Ivory Coast"指称科特迪瓦，故本书仍译为"象牙海岸"。

[3]　Naipaul, V. S. *The Crocodiles of Yamoussoukro*. New York: Penguin, 1985. p.78.

[4]　Naipaul, V. S. *The Crocodiles of Yamoussoukro*. New York: Penguin, 1985. p.78.

[5]　Hardwick,Elizabeth, "Meeting V. S. Naipaul", *New York Times Book Review,* May 13, 1979 .p.36.

一、图腾献祭仪式与部落神权统治

"图腾"（toteman）源于印第安方言，指被同一族的人奉为祖先、保护者和团结的标记的某种植物、动物或非生物，图腾崇拜始于氏族社会中晚期。"在黑非洲，氏族制度有着特别顽强的生命力，至少氏族组织的次生形态还普遍存在。因此，图腾崇拜这种宗教观念，而这种观念现在仍是非洲黑人传统文化的一个重要组成部分。"[1]《鳄鱼》开篇第一章即写到总统官邸一侧人工湖里饲养着属于总统的鳄鱼：每天傍晚时分喂食鳄鱼仪式是吸引游客的一大亮丽景点，从总统官邸走出来的白袍子喂食者扔进湖里的小鸡不一会就成了鳄鱼嘴里夹着白色羽毛的肉泥，对于这一幕27年后的2009年奈保尔重温故地时仍旧记忆犹新："1982年，我在日落时分最佳的喂食时间看到过这一幕。"[2] 1982年初到西非的奈保尔曾以为鳄鱼是当地传统的图腾，但"以前亚芒苏克罗这一带没有鳄鱼，没人知道它们的确切含义"[3]。何以选择鳄鱼？这一问题的扑朔迷离是奈保尔整个旅行考察期间的最大谜团。他问遍访者，但大多不知道，只有象牙海岸前教育部长波尼先生（Bony）很肯定地认为"鳄鱼是总统家族的图腾动物（他自己家族的图腾是花豹）。喂食鳄鱼的鸡也是种图腾"[4]。象牙海岸邻国、加纳人民在向神献祭时占卜师会用当地的珍珠鸡作为祭品。鳄鱼在古埃及是一种神圣的动物。古埃及文明在型塑非洲文明中起着重要作用，非洲宗教与古埃及宗教渊源更深。非洲学者塞利格曼在《埃及与黑人非洲》一书中指出"埃及与非洲大陆其余部分的主要联系之一在于……所实施的国王的职责和仪式"[5]。在古埃及"它们的作用在于将国

---

[1]　包茂宏：《试析非洲黑人的图腾崇拜》，《西亚非洲》1993年第3期，第67页。

[2]　V. S. 奈保尔：《非洲的假面具》，郑云译，南海出版公司2013年版，第170页。

[3]　Naipaul, V. S. *The Crocodiles of Yamoussoukro*. New York: Penguin, 1985. p.76.

[4]　Naipaul, V. S. *The Crocodiles of Yamoussoukro*. New York: Penguin, 1985. p.154.

[5]　帕林德·杰弗里：《非洲传统宗教》，张治强译，商务印书馆1992年版，第68页。

王及其家族的神圣属性宣传到全国各地，确保国王在军事和宗教方面的统治权力，甚至在一定程度上提高民族认同和社会凝聚力"[1]。鳄鱼是属于总统的，"赋予总统超越常人的、源于地球本身的权力的神圣性"[2]。普通百姓不知道鳄鱼的来历，但只要一谈到鳄鱼就想到危险，就想到它。献祭仪式并非单纯宗教仪式，不仅给象牙海岸带来丰厚的旅游收入，还具有威慑力，并确保了总统统治的合法性和神圣性，喂食展演象征着稳若泰山的乌弗埃王权，是"王权的公众仪式"。[3]

不仅如此，乌弗埃总统家族祖辈是一个非洲大王国的大酋长，因而他本人也是酋长，这更彰显了他统治的合法性、神圣性和正确性。"黑非洲的政党及领导人往往有部族背景。某一政党的社会基础往往只是某一个部族，并且不少政党的领导者或骨干本身就是部落酋长。"[4]在非洲，酋长不仅是部族的首领而且是部族团结的象征，是所有全国性活动的中心人物，迄今许多民族的人仍毕恭毕敬地向酋长鞠躬，甚至受过教育的人也会拜倒在他们的酋长面前。在宗教生活中酋长同样起着重要作用。"酋长并不单纯是一个能被异域官员所取代的世俗统治者，还是被神性笼罩着的人。"[5]2009年奈保尔重访时乌弗埃总统已过世多年，向导里查蒙说了一个乌弗埃为执掌大权如何处心积虑的故事：乌弗埃去请教一位萨满教大祭司，谨遵大师教导把自己剁成碎块，和一些神奇的草药放到锅里去煮，碎块凝聚成一条有力的大蛇并重新变成乌弗埃。这个故事人人皆知，"通过这样超自然的神奇故事，领袖的神话活生生地铭刻在了人们的心中"[6]。乌弗埃去世后也是按照非洲传统王族葬礼和祖传仪式进行。没人知道他到底活了多少岁，官方说八十八岁，但人们深信他活得要长

---

[1]　郭子林：《古埃及国王的献祭仪式及其社会功能》，《世界历史》2015年第3期，第123页。

[2]　Naipaul, V. S. *The Crocodiles of Yamoussoukro*. New York: Penguin, 1985. p.76.

[3]　Naipaul, V. S. *The Crocodiles of Yamoussoukro*. New York: Penguin, 1985. p.136.

[4]　李保平：《传统与现代：非洲文化与政治变迁》，北京大学出版社2013年版，第4页。

[5]　帕林德·杰弗里：《非洲传统宗教》，张治强译，商务印书馆1992年版，第25页。

[6]　V. S. 奈保尔：《非洲的假面具》，郑云译，南海出版公司2013年版，第167页。

得多，因为在古代非洲泄露了国王崩殂死讯的人会被指控为"妄图灭国"。使早期欧洲旅行家们震惊的"人祭"也继续在乌弗埃葬礼上沿用，"从外国（很灵通的）消息来源那里，我听说有'数百人'死于乌弗埃的葬礼"[1]。

图腾献祭的宗教意义、蛇化为人的魔幻色彩、殉葬礼仪的神权性质，这些都是乌弗埃拥有总统、国王和酋长三位一体身份的表征和再现，反映了整个国家和社会部落结构的特征。

二、当代非洲的法国之梦与巫术风行的部落社会

倚重巫术建立起偶像崇拜的乌弗埃总统与许多非洲领导人一样，受过西方教育，会说一口流利法语，会采用西方模式治理国家。他继续任用前宗主国——法国的人员作为技工和管理者来治理国家，象牙海岸呈现出一派现代化景象，俨然是一个非洲的法国。曾经是非洲的田野，未被使用过的公共土地和莽林现在成了整齐规划过的机械化种植园。在亚芒苏克罗，大道按照大都会的要求设计而成，奢侈辉煌的现代大厦矗立在条状的原野中，一个有着美丽绿茵的大型高尔夫球场被建造起来，法国索菲特（Sofitel）饭店的全球连锁——一座 12 层楼高的总统饭店迎接游客，在法国印刷得很气派的、银灰色封面的饭店小册子上面写着："追踪乌弗埃–博瓦尼总统家乡村庄的足迹，发现预示明日非洲的超现代化。"[2]一个建造很现代化的大学，里面有一个奥运会规模的游泳池，有学生食堂和员工办公室。

但是最具讽刺意味的是所有这一切现代化产物没有被充分利用。建高尔夫球场是总统本人的意思，他已经很老了，不打高尔夫，但他希望他统治下的大约 60 个部落的人民能打高尔夫。高尔夫球场、高尔夫俱乐部、大学的

---

[1]　V. S. 奈保尔：《非洲的假面具》，郑云译，南海出版公司2013年版，第169–170页。

[2]　Naipaul, V. S. *The Crocodiles of Yamoussoukro*. New York: Penguin, 1985. pp.76–77.

游泳池和每天喂食图腾鳄鱼的仪式，由于路途遥远这些只有拥有汽车的人们和游客才能享有，非洲本土平民鲜能亲历。大学招收的学生据说有六百，有的说才六十。"由外国人创造，花钱进口来的这些大学现代化设施如同机器在慢慢腐朽。"[1]

毫无疑问，新世界存在于别人的心目中，而并非在非洲本土人内心里，技艺可以学，但对现代化的信仰是脆弱的，"当总统不在了，外国人走了（一些非洲人希望他们走），这种信仰还会在吗？"[2]奈保尔最终体悟到"法国和非洲仍旧是两个彼此独立的思想。亚芒苏克罗的非洲之梦是建立在另外一种文明——非洲文明的基础上的，而这种非洲的现代之梦由法国和以色列人等建立，他们来自别的大洲，其技术很容易消失"[3]。

在首都阿比让，奈保尔遇到一位旅居非洲多年的中年欧洲人，他谈起非洲时说话直截了当，说奈保尔在首都看到的都是假装的东西，欧洲人一走一切都消失，而非洲仍旧由魔幻统治。在内陆，陪葬盛行，一个重要人物如酋长死去，他的妻子们和仆人们都要陪葬，如果他们逃走，就要买人头，因此经常会看到小孩出现规律性失踪的报道。[4]因此在象牙海岸"现代化的成功是一个没有思想体系的统治者的个人表达，他来自一个已被确立的统治者家族，基于非洲权威的思想，而在它的底下是非洲的魔法和巫术世界"[5]。象牙海岸最大的日报《博爱晨报》（*Fraternite Matin*）刊登了一则新闻故事，在阿比让 17 公里以外，通往亚芒苏克罗的高速公路边上的一个村子里发生了一件奇怪的事，一位教师的房子不时燃起神秘的火，一位读者向报社写信说可能是天然气泄露所致，但这篇题为"一种科学解决办法"的文章却被置于报纸右角落。

---

[1] Naipaul, V. S. *The Crocodiles of Yamoussoukro*. New York: Penguin, 1985. p.136.

[2] Naipaul, V. S. *The Crocodiles of Yamoussoukro*. New York: Penguin, 1985. p.136.

[3] Naipaul, V. S. *The Crocodiles of Yamoussoukro*. New York: Penguin, 1985. p.79.

[4] Naipaul, V. S. *The Crocodiles of Yamoussoukro*. New York: Penguin, 1985. p.140.

[5] Naipaul, V. S. *The Crocodiles of Yamoussoukro*. New York: Penguin, 1985. p.84.

报纸的主要篇幅讲述的是天主教牧师们运用神力发现这神秘的火是恶鬼（evil spirit）作祟所致，并找到了恶鬼附着的那个人。恶鬼想贿赂那个牧师以继续得逞但遭到严词拒绝，牧师们在教师家前门外竖起了一个保护的十字架，恶鬼便灰溜溜地走了，备受折磨的教师回归了以前的平静。取得成功的牧师们对教师花了很多钱在拜物神和穆斯林魔法（Muslim marabout magic）上表示遗憾，他们仅用了对基督的信仰和几根蜡烛就解决了。最后故事有了圆满的结局。这桩理应用科学和技术解决的事情最终演绎成了一个道德故事，后来又成了《象牙海岸星期日报》（*Ivoire Dimanche*）的封面故事，并配上教师和他两个妻子的照片，恶鬼和妖巫使人们一瞥地狱，而这则故事让人们看到真正的信仰及好魔法与巫师及坏魔法之间的斗争。"恶鬼终于被更强大的力量制服。不仅乡村教师的心灵归复宁静，整个象牙海岸也得到了一次净化。"[1]

"人间是精神活动的场所。在这个场所可以看到精神力的相互作用，这是非洲人的信念。"[2]在非洲无数的村庄里仍有数以百万计的人信仰着古老的宗教，遵循着宗教赋予的、靠世俗的约束力所不能维持的道德和法律规范。非洲普通民众思想还完全停留在中世纪，根本不存在与现代化相契合的现代思想观念。因此，也就无法以现代思想观念来影响和主导人们的社会习俗和行为方式，影响和改善社会风气，让社会走入与它的现代化步伐一致的真正意义上的现代社会，与世界发展接轨。在听说买人头作陪葬的事之后的那晚，奈保尔做了一个噩梦：他看到自己在一座由塑料或玻璃制成的桥上，边缘在融化，在逐渐崩溃；他问道这座桥在修吗？回答是没有；再问他能过这座桥吗？回答是可以的；但在梦中他并没能够过这座桥。[3]

---

[1] Naipaul, V. S. *The Crocodiles of Yamoussoukro*. New York: Penguin, 1985. p.86.

[2] 帕林德·杰弗里：《非洲传统宗教》，张治强译，商务印书馆1992年版，第26页。

[3] Naipaul, V. S. *The Crocodiles of Yamoussoukro*. New York: Penguin, 1985. p.142.

三、已融化的梦中桥和一个当代非洲寓言

　　奈保尔梦中的那座桥终于在现实中融化了。1993 年 12 月乌弗埃去世，群龙无首，政府系统被迫开放政治资源，迫使象牙海岸首次面对民主试炼。但政治民主要在当代部落社会建立，注定充满艰难坎坷。从 1993 年乌弗埃去世到 2011 年的近 20 年一直内战不停，举世瞩目。原先利用邻国廉价劳力的农业经济因此一落千丈，一蹶不振。2009 年奈保尔重访时满目皆是乌弗埃个人偶像崇拜的负面遗产。象征着乌弗埃王权的喂食仪式已经画上句号，"在如今，2009 年，很少有人还在寻找水里的鳄鱼了，尽管它们不难看见"[1]。给国家带来现代化的法国人是引起内战的主要诱因，"危机似乎蓄谋已久，乌弗埃一死，便爆发了：这是一场小国家特有的危机，方方面面都卷入了内战——反对法国人的一场部落战争，法国人报复敌对的非洲人，非洲人又群起反对法国人"[2]。从阿比让通往亚芒苏克罗的高速公路如今多处破损，"其中一小段甚至变成了红土路"[3]。1982 年奈保尔初到时经济已经显现出了衰退迹象，如今移民源源不断地从贫瘠的北方迁来。两市之间一百五十英里的茂密森林被砍伐一空，种上香蕉、多节木薯作为百姓的基本粮食，但远远不够。神圣的图腾鳄鱼如今成了大多数人嘴里的食物，猫、蝙蝠成了当地人的盆中餐。2014 年西非爆发的影响全球的埃博拉病毒据说与人们吃蝙蝠有关，"这些果蝇，或者是寄生在他们身上的跳蚤，正是传染性的埃博拉病毒的传播媒介"[4]。

　　在 2001 年获得诺贝尔文学奖的前 2 个月，奈保尔接受英国《文学评论》记者法鲁克·德洪迪采访时说："就像我对印度农民运动或印度工人运动有一种感觉一样，我对非洲也有某种感觉。我不是冷漠地跑去非洲——或者带

[1]　V. S. 奈保尔：《非洲的假面具》，郑云译，南海出版公司2013年版，第171页。

[2]　V. S. 奈保尔：《非洲的假面具》，郑云译，南海出版公司2013年版，第175页。

[3]　V. S. 奈保尔：《非洲的假面具》，郑云译，南海出版公司2013年版，第167页。

[4]　V. S. 奈保尔：《非洲的假面具》，郑云译，南海出版公司2013年版，第181页。

着任何性的意图。"[1]在作品开头不久，奈保尔就直言本次考察是出于自己的同情："我不勉强什么，我没有必须要见的代言人，没有必须要采访的人。"[2]评论家伊丽莎白·哈德威克（Elithebeth Hardwick）认为奈保尔的作品"创造性地反映了这些国家（第三世界，笔者注）和人民缺乏历史准备的灾难和不能应对的苦难"[3]。就是在这样智性、冷静的创造性反映中，奈保尔给我们呈现了一个非洲现代化奇迹，揭示了其衰朽的必然性，一个成功的现代非洲的脆弱性来自于由一个无任何思想体系支撑的靠其个人魅力获得的统治者，"这种衰退是必然的，基于总统统治的脆弱性和个人化色彩的"[4]。"总统必须做到最后，民主无法普及。"[5]也正因此，奈保尔得出了"非洲没有未来"的结论。那么，非洲的未来在哪里？

结语

奈保尔在整个考察期间在阿比让碰到一位专业人士伯斯拜（Busby），他是总统高尔夫协会的会长埃伯希姆·凯塔的小舅子，他忠诚于父亲献身非洲的事业，他对奈保尔说他希望非洲能发展，但不是象牙海岸模式的，他在寻找能够坚守非洲人自己灵魂的发展模式，他再精准不过了[6]。而这是奈保尔1982年之行中唯一也是对访者最高的赞誉，因为他看到了象牙海岸的未来和非洲的未来！

纵览当代非洲，54个国家中并非没有"能够坚守非洲人自己灵魂的发展模式"并取得举世瞩目成就的。东非坦桑尼亚始终保持着少有的和平与稳

---

[1] 法鲁克·德洪迪：《奈保尔访谈录》，《世界文学》2002年第1期，第122页。

[2] Naipaul, V. S. *The Crocodiles of Yamoussoukro*. New York: Penguin, 1985. p.87.

[3] Jussawalla, F. *Conversations with V. S. Naipaul*. Mississippi: Mississippi University Press, 1997. p.45.

[4] Naipaul, V. S. *The Crocodiles of Yamoussoukro*. New York: Penguin, 1985. p.79.

[5] Naipaul, V. S. *The Crocodiles of Yamoussoukro*. New York: Penguin, 1985. p.83.

[6] Naipaul, V. S. *The Crocodiles of Yamoussoukro*. New York: Penguin, 1985. p.109.

定，被称为非洲的和平之岛，与象牙海岸战乱完全不同，坦桑尼亚国父朱利叶斯·肯巴雷奇·尼雷尔（Julius Kambarage Nyerere，1922—1999）在其中起着关键的作用。他与乌弗埃同是酋长出身，同为开国总统。但尼雷尔任期内深入乡间田头，考察国土上8个省份（共17个），敏锐意识到完全照搬西方现代化方式建设国家非但不能产生平等和正义，而且距他设想的建立平等的、消灭人剥削人现象的理想社会越来越远。经过认真思考研究，他决定采用"乌贾马"[1]这一崭新方式来建设年轻的国家，使之一开始就走上一条更为公平、更加长治久安的发展道路。尼雷尔也被誉为非洲争取自由的先驱、20世纪最伟大的政治家之一、清正廉洁的非洲贤人。地处中西非的喀麦隆独立以来政局也比较稳定，社会经济取得长足进展，这得益于"喀麦隆政府一直努力寻求传统与现代性的契合点，善于利用传统作助力推动现代化建设，并努力塑造统一的喀麦隆民族和构建国家共同的政治文化体系"[2]。坦桑尼亚和喀麦隆等非洲国家在现代化过程中善于保留、挖掘和弘扬传统文化中的有益成分，注入更多的现代性，它们代表着非洲的未来。

第二节　小说伦理与边缘关怀

——论奈保尔评《萨朗波》的叙事伦理策略

学术界对奈保尔的研究大都集中于对其小说作品的研究阐释，对其文学评论的研究成果不多。然而事实上，奈保尔的文学评论和他的小说作品一样

---

[1]　乌贾马：斯瓦希里语，指非洲传统部落社会中共同生活、集体劳动和共享劳动成果的大家族关系。

[2]　李保平：《传统与现代：非洲文化与政治变迁》，北京大学出版社2011年版，第137页。

丰富精彩，文学评论是奈保尔创作美学思想的直接阐释，深刻反映出他对文学价值和功能的睿智思考，尤其反映了他对广大底层边缘者的深厚的同情，是奈保尔独特的世界主义道德伦理意识的重要体现。

奈保尔迄今评论过的作家很多，有康拉德、巴尔扎克、福楼拜、亨利·詹姆斯、简·奥斯汀和詹姆斯·乔伊斯等，对这些作家的评论褒贬不一。然而奈保尔多次高度评价以福楼拜和巴尔扎克为首的十九世纪中期欧洲作家引导的现实主义文学潮流，福楼拜是奈保尔最喜欢、评论最多的作家之一，但对福楼拜的两部代表作《包法利夫人》和《萨朗波》，奈保尔却给出了截然相反的评语。他认为《包法利夫人》"创造了一个极其完整的文化"[1]，"是一部美轮美奂的杰作"[2]。但他认为《萨朗波》是"糟糕的19世纪小说中的创造物"[3]，是福楼拜"为了休闲的任性之作"[4]。一个大作家的两部代表作，奈保尔却得出如此反差强烈的论断，背后有什么隐藏的原因？笔者以为，这反映出奈保尔独特的文学批评态度，体现出他独特的世界主义文学伦理评论观。

对《萨朗波》的评论建立在与其他作品对比的基础之上。在文学评论集《作家看人》（*A Writer's People*，2007）中，奈保尔将《萨朗波》和《包法利夫人》、古希腊历史学家波利比奥斯的《历史》和稍晚些的作家阿普列尤斯的《金驴记》这三部作品进行比较研究，从《萨朗波》的东方主义叙事风格、对古代宗教的妖魔化叙事倾向和作者没有投入应有的作家关怀意识这三

---

[1]　Ahmed,Rashid, "The last lion". *Far Eastern Economic Review*, 30 November 1995. pp.49-50, in *Conversations with V. S. Naipaul*. ed. Feroza Jaussawalla, Jackson: University Press of Mississippi, 1997. p.167.

[2]　Hussein, Aamer. "Delivering the Truth: An Interview with V. S. Naipaul", *Times Literary Supplement*, 2 September 1994. pp.3-4, in *Conversations with V. S. Naipaul*. ed. Feroza Jussawalla, Jackson: University Press of Mississippi, 1997. p.156.

[3]　Naipaul, V.S. *A Writer's People*. London: Pan Macmillan, 2011. p.144.

[4]　V. S. Naipaul. *A Writer's People*, London: Pan Macmillan，2011. p.136.

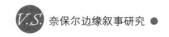

方面进行剖析，揭示了《萨朗波》叙事伦理上的缺陷及其成因。

一、欲望投注下的东方主义想象写作

《作家看人》第四章"迥然有异"第一部分"福楼拜和《萨朗波》"一开始奈保尔通过比较《包法利夫人》的叙述效果，分析了《萨朗波》的东方主义叙事风格。奈保尔认为《包法利夫人》开头部分内容详实而具体，细节尤为典型真实，他有这样的阅读体验："这些细节似乎把我带进了作家的思想……是福楼拜在颇为不同的个人经历中看到和记下来的……"[1]，接着笔锋陡转："五年后发表了《萨朗波》的福楼拜似乎是另一位……二十世纪东方主义和情节剧中的作家"[2]。《萨朗波》作为一部东方主义的情节剧，主要体现在以下几个方面：

《萨朗波》的故事取自古希腊历史学家波利比奥斯（约公元前 200 年–前 118 年）的《历史》（Histories），主要线索有两条，一是残酷的雇佣军战争，二是女主人公萨朗波和雇佣军首领的性爱纠葛，作品以起义失败，首领被酷刑折磨、沿街示众开始，在临死前与在神庙里待嫁的萨朗波目光相遇，萨朗波站起来喝了杯中酒，倒地身亡而戛然结束。第二条线索尤其是结尾包含的传奇色彩集中反映了故事的情节剧特征。萨朗波这一形象是福楼拜根据《历史》简略提及后的文学再创作。在波利比奥斯的《历史》中萨朗波只出现一次，名字也没被提到，而在福楼拜的作品中，萨朗波是整部小说的女主人公，她每次出场，福楼拜都浓墨重彩地叙述其美丽和神秘，在金碧辉煌的女神庙里如何穿着白色紧身衣服和她的黑色蟒蛇悄然来去，最富传奇的是她和雇佣军暴动中的利比亚人首领在性方面的纠缠。萨朗波是福楼拜对古

---

[1]　Naipaul, V.S. *A Writer's People*. London: Pan Macmillan, 2011. p.135.

[2]　Naipaul, V.S. *A Writer's People*. London: Pan Macmillan, 2011. p.136.

代东方女子的东方主义投射和想象，在给圣伯夫的信中他说："无论我，还是您，或别的什么人，无论古人、今人，都不可能了解近东女子，因为根本不可能接触到那时候的她！"[1]因为大家都不了解，所以可以自由发挥和想象了。萨达尔曾这样评价："东方对于西方的效用，在于西方的想象，而不在舞剧本身。……欧洲作家们经常将他们自己受压抑的性欲投射到他们对东方的想象中去。"[2]作为整部小说的女主人公，萨朗波"说话很少，不知道她有什么感情，做什么……她是糟糕的十九世纪小说中的创造物，哥特式，东方式……"[3]

对于这样的创造物，萨达尔分析"东方主义幻想所派生的假想知识，并不以精确性和效用为基础，而是基于其能满足西方人自大心理的程度。其通过编造比事实更为真实、在审美上更为合意的小说来达到此目的"[4]。《萨朗波》的创作动机源于福楼拜的一次东方之行。1849年到1851年整整三年期间，30岁的福楼拜与好友杜刚一起游历埃及、耶路撒冷、小亚细亚和君士坦丁堡等中东地区，奈保尔根据福楼拜留下的书信史料考证，分析福楼拜"那次旅行让他兴奋，他染上了梅毒，关于那里的妓院，他写了一些内容猥亵，也许有吹嘘成分的信件，那些妓院让他对所游历的国家长了见识"[5]。历史上的迦太基[6]是公元前称霸地中海几个世纪的贸易强国，是古代中东辉煌历史的见证，在旅行期间，福楼拜专门考察了迦太基遗址。作为一个"遗留的实验室"，迦太基实际上满足了福楼拜想象东方的愿望和他的创作欲望。因此，

---

[1] 福楼拜：《福楼拜文学书简》，丁世中译，北京燕山出版社2012年版，第206页。

[2] 齐亚乌丁·萨达尔：《东方主义》，马雪峰、苏敏译，吉林人民出版社2005年版，第68页。

[3] Naipaul, V.S. *A Writer's People*. London: Pan Macmillan, 2011. p.144.

[4] 齐亚乌丁·萨达尔：《东方主义》，马雪峰、苏敏译，吉林人民出版社2005年版，第6-10页。

[5] Naipaul, V.S. *A Writer's People*. London: Pan Macmillan, 2011. p.136.

[6] 迦太基历史上是一个原在非洲北部、今在突尼斯的奴隶制城邦。公元前264年到前241年在与罗马争夺地中海霸权的战争中它的陆军全是雇佣军，最后以迦太基被击败并签订屈辱条约而结束。失败后迦太基的雇佣军马上就发生暴动，这场雇佣军战争极为野蛮而且残酷，持续三年。这就是《萨朗波》的故事背景。

在创作心理上《萨朗波》是福楼拜主观欲望的投射，东方主义的投射，这也可以从福楼拜用颜色对两部作品进行比喻来解释。在《萨朗波》出版前两年，福楼拜曾与龚古尔兄弟谈到创作《包法利夫人》和《萨朗波》的感受，《龚古尔日记》这样记载："福楼拜今天向我们讲：'一本小说的遇合、故事全不在我的心上。我写一部小说的时候，我思考怎样利用它来着色，来调和色度。例如在我迦太基的小说（即《萨朗波》，笔者注）里面，我想配出一些紫色的东西。在《包法利夫人》里面，我的观念仅在配出一种色调，一种湿地的甲虫的苔色'……"[1]阴郁朴素的灰色和激情华美的紫色表达了福楼拜的不同心理和两部作品的巨大差异："在他（福楼拜）眼里，肯定觉得在写作《包法利夫人》的灰色中，想着关于迦太基的那本紫色的书能够安慰自己，到时候便可以放开来写了。"正因此"他不关心叙事，只关心涂色。"[2]在一定意义上《萨朗波》是一部涂色之作。中东之行并没有让福楼拜产生和创作《包法利夫人》一样的想法，产生如实再现真实生活的创作欲望，福楼拜想写的是他心中的迦太基，他想象中的古代东方："我……想赋予古代的事以一种当代长篇小说的进程，来确定一种幻影，我尽量写得简单……而不是冷静。"[3]

《萨朗波》典型地体现了福楼拜的东方主义观，代表了 19 世纪中叶法国资产阶级文人对征服东方诸国的想象和俯视立场。当时法国最具影响力的批评家圣伯夫对作品涉及的历史真实性和客观性表示极度怀疑[4]，福楼拜于 1862 年 12 月 23-24 日在给圣伯夫的信中予以反驳，全信对东方人的称呼是"野

---

[1] 李健吾：《福楼拜评传》，湖南人民出版社1980年版，第98页。

[2] Naipaul, V.S. *A Writer's People*. London: Pan Macmillan, 2011. p.137.

[3] Naipaul, V.S. *A Writer's People*. London: Pan Macmillan, 2011. p.138.

[4] 福楼拜：《福楼拜文学书简》，丁世中译，北京燕山出版社2012年版，第205-212页。圣伯夫认为作品"……未引入一位哲人、一个讲道理的人，…给大家上一堂道德课……"（第210页）。

蛮人"，申明"拙作的立意，是写野蛮"[1]，"没有比野蛮人更复杂的了"[2]。这种
东方主义的叙事风格确实体现福楼拜"艺术的首要价值和目标，是造成幻觉
的艺术观。"[3]

二、古代宗教的妖魔化想象叙事

《萨朗波》故事的一个主要方面是表现迦太基时代的宗教，它的叙述体
现了虚构的古代东方宗教，对古代宗教进行妖魔化叙事的特征，描绘突出
了宗教的神秘、恐怖和诡异性。这主要体现在两个方面。第一，宗教象征
物——宗教神器"神衣"源于福楼拜的创造性想象，整部小说以"神衣"来
推动故事情节发展。"神衣"是萨朗波所在月神庙里女神像披的一张神圣的
纱罩，奈保尔精通法语，指出"zaimph"（法语：神衣）一词是福楼拜凭空
捏造出来的，它魔力无穷，"携带了女神的力量，承载甚至控制着迦太基的
好运气"[4]。整部小说以迦太基和雇佣军两方面争夺神衣来贯穿，谁拥有神衣
谁就是胜利者，当雇佣军首领身上裹着那件纱罩时，没有一个迦太基人敢触
碰它，甚至不敢用箭射。萨朗波深入敌营夺取纱罩后开始往回走，叛军见了
纱罩不敢上前来阻止她。神衣的运用使得迦太基历史上一场严肃的平定叛乱
的内战彻底改头换面，成了一出传奇剧。周作人因此认为："Salammbo一书，
性质至奇，盖自然派之历史小说，即用写实法所作之传奇也。"[5]第二，作品
中充斥着大量对宗教恐怖的渲染，以此来宣泄福楼拜对古代宗教的扭曲视
角。如"大规模地以儿童向莫洛克神献祭"[6]，圣伯夫因此批评福楼拜丑化宗

---

[1]　福楼拜：《福楼拜文学书简》，丁世中译，北京燕山出版社2012年版，第205页。

[2]　Naipaul, V.S. *A Writer's People*. London: Pan Macmillan, 2011. p.206.

[3]　Naipaul, V.S. *A Writer's People*. London: Pan Macmillan, 2011. p.24.

[4]　Naipaul, V.S. *A Writer's People*. London: Pan Macmillan, 2011. p.146.

[5]　周作人：《近代欧洲文学史》，北京十月文艺出版社2013年版，第147页。

[6]　Naipaul, V.S. *A Writer's People*. London: Pan Macmillan, 2011. p.146.

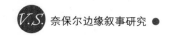

教，说他"发明了酷刑"[1]。弗雷德里克·詹姆逊认为《萨朗波》的历史呈现方式体现的是福楼拜对历史的一种想象和欲望投注[2]。

关于古代宗教的真实性问题，奈保尔援引古罗马作家卢齐伊·阿普列尤斯的《金驴记》进行考证分析。阿普列尤斯出生于公元2世纪，距雇佣军战争已过去400年，"但是阿普列尤斯身上带有古老世界的遗留特质，足以把我们带去体会古老信仰的各种方式"[3]。因此可以说阿普列尤斯的宗教观是古代人们宗教观的代表。《金驴记》主要赞美埃及女神伊西斯，称颂宗教超越政治、跨越历史的人文主义精神，在故事最后伊西斯女神让历经艰险的主人公卢齐伊恢复了人形，"关于这位伟大女神拯救卢齐伊的二十页写得具有人文主义意味，文辞优美，令人感动"。[4]奈保尔认为"这是个美丽的宗教概念"。这个宗教概念的重要意义在于女神代表一种广博仁爱，"她把地球变成一个神圣之地"，而不是人类杀戮的战场。作品表达了普世关怀的宗教人文意识，客观上反映了阿普列尤斯的文学服务于人类的伦理道德意识，正因为如此《金驴记》流传至今。奈保尔认为福楼拜了解古代宗教的这种概念，"他应该读过《金驴记》(《萨朗波》中有迹象表明)"，但还是完全不顾历史事实，"他的目的，是要写得具有歌剧风格，他想要的是恐怖。"[5]

三、作家创作伦理关怀缺场的叙事艺术

《萨朗波》的素材来源是《历史》，在作者波利比奥斯笔下，雇佣军战争不过是两次迦太基战争之间的一段插曲，这段插曲叙述得简洁明了，在洛布

[1] 福楼拜：《福楼拜文学书简》，丁世中译，北京：北京燕山出版社，2012年，第209页。

[2] Jameson, Fredric. "Flaubert's Libidinal Historicism: Trois Contes", *Flaubert and Postmodernism*. Eds. Naomi Schor and Henry F. Majewki. Lincoln: U of Nebraska P, 1984. p.77.

[3] Naipaul, V.S. *A Writer's People*. London: Pan Macmillan, 2011. p.144.

[4] Naipaul, V.S. *A Writer's People*. London: Pan Macmillan, 2011. p.145.

[5] Naipaul, V.S. *A Writer's People*. London: Pan Macmillan, 2011. p.146.

版译本中仅占 32 页。雇佣军战争发生在波利比奥斯的时代之前还不到 100年，波利比奥斯懂得军事，对迦太基和罗马的政治军事制度都很熟悉。他崇拜罗马，认识那里的贵族，在公元前 146 年第三次也是最后一次迦太基战争中目睹了迦太基城被焚。波利比奥斯的叙述主要围绕雇佣军暴动的起因。奈保尔认为"在他眼里，战争和雇佣军的压力还是同样的，历史有可能重演。这种道德态度赋予他的写作一种真实性。也可以说，让他更具现代性"[1]。可以说，"现代性"就是波利比奥斯的忧患意识，他担心历史会重演，这促使他的写作充满德性关怀，体现出他的伦理关怀和责任意识。

相比《历史》，《萨朗波》就显得过于冗长繁缛，在企鹅经典系列中达到 260 页，无疑为了把《历史》中简略的 32 页梗概变成长篇小说，"福楼拜就必须铺陈，极力铺陈"[2]，福楼拜把有关方面读过的 200 本书全都用上。例如在谈到雇佣军的组成时，福楼拜洋洋洒洒描述他们的来历、外形特征和语言："这里有各种国籍的人，有利古里亚人、卢西塔尼亚人，……这边可以听到多利安方言的重浊口音，那边又响起了克尔特语……身材瘦长的可以看出是希腊人，肩膀高耸的可以看出是埃及人，腿肚宽阔的可以看出……"[3]奈保尔指出这段文字删掉一半也没关系，因为读者不可能记住那么多的细节和颜色。颇具讽刺意味的是，福楼拜后来给好友儒勒·德·龚古尔的信里说："随着进展，我可以更好地判断全貌，觉得《迦太基》(《萨朗波》初名)太长了，重复的话比比皆是。"[4]卢卡契也认为《萨朗波》中这样的描述是为了"突出事物的图画般的美而不是强调人的状况，充斥着无关紧要的社会和历史语"[5]。比较一下启发了这一段的波利比奥斯的文字，波利比奥斯绕开这些

[1]　Naipaul, V.S. *A Writer's People*. London: Pan Macmillan, 2011. p.141.

[2]　Naipaul, V.S. *A Writer's People*. London: Pan Macmillan, 2011. p.138.

[3]　Naipaul, V.S. *A Writer's People*. London: Pan Macmillan, 2011. p.139.

[4]　福楼拜：《福楼拜文学书简》，丁世中译，北京燕山出版社2012年版，第202页。

[5]　Lukcs, Georg. *The Historical Novel*. London: Merlin Press, 1962, P.199.

军队组成者的来源、外形特征等次要因素，侧重他们的个人素质分析来揭示战争爆发的起因："他们既不属于同一民族，说的又不是同一种语言……一旦激起他们对任何人产生怒火……这样的队伍就不会仅仅表现出他们人性中的卑劣，而是最后变得像是野兽或者精神错乱者……"[1]这些枯燥但更扎实的文字"充满了更为真切的关注之情"[2]。最后在描写战争的残酷性方面，当雇佣军被围困孤立无援，开始吃他们中间的死者和垂死者时，福楼拜仍旧"不做评判，他的任务，就是写下他所发现的"。奈保尔不由感叹："福楼拜写这种恐怖之事写得不亦乐乎。"[3]乔纳森·卡勒认为《萨朗波》"意义难以把握"[4]。波利比奥斯虽只用了半页篇幅写这件事，但加以严厉谴责"那是天神对雇佣军恰当的惩罚，因为他们触犯了人类及神的法律"[5]。这份"简短而具有道德感"[6]的叙事反映波利比奥斯对雇佣军人性泯灭行径的忧急愤懑之情，给予读者鲜明的道德态度和伦理立场。相比之下，福楼拜表现出为残暴而残暴、为野蛮而野蛮的艺术风格。

如何创作古代题材和描写那场雇佣军战争，奈保尔认为需要另外一种叙事，在那种叙事中波利比奥斯或许可作为一个重要的目击者，但最重要的是"我们也需要另外一种道德规范，那种规范认可我们当代的感觉方式"[7]。这里奈保尔间接批评了《萨朗波》的伦理缺失，实际上提出了历史小说的创作伦理问题，任何文学作品都必须要有作家鲜明的道德责任和人文关怀意识。

[1] Naipaul, V.S. *A Writer's People*. London: Pan Macmillan, 2011, p.139-140.

[2] Naipaul, V.S. *A Writer's People*. London: Pan Macmillan, 2011, p.139.

[3] Naipaul, V.S. *A Writer's People*. London: Pan Macmillan, 2011, p.141.

[4] 乔纳森·卡勒：《结构主义诗学》，盛宁译，中国社会科学出版社1991年版，第291页。

[5] Naipaul, V.S. *A Writer's People*. London: Pan Macmillan, 2011, p.141.

[6] Naipaul, V.S. *A Writer's People*. London: Pan Macmillan, 2011, p.143.

[7] Naipaul, V.S. *A Writer's People*. London: Pan Macmillan, 2011, p.151.

结语

　　《萨朗波》不仅仅是福楼拜一个人的作品，更是 19 世纪欧洲社会普遍盛行的东方主义想象的产物。18 世纪以降欧洲为了适应其关注点的变化而建构和重构了亚洲。19 世纪是欧洲列强殖民活动的猖獗期，是欧洲加速大肆殖民东方、搜刮聚集财富的黄金期，也是创造东方主义的鼎盛期。《萨朗波》不仅反映了福楼拜的东方主义视域，体现了他本人的艺术观，更是 19 世纪欧洲作家文学创作东方主义倾向的一个典型。19 世纪早期东方主义情节剧开始步入欧洲各大剧院，如《阿里巴巴》《辛巴德》和《中国小丑》等。《萨朗波》是那个时代的产物，典型再现那个时代欧洲人对东方的想象，东方成为野蛮、堕落和鄙劣的代名词。奈保尔的批评体现东方主义的狭隘和扭曲视角，折射出东方主义作为西方对东方的欲望投射缺乏道德伦理关怀这一先天痼疾。

　　贯穿奈保尔几十年创作美学思想主线的是他坚定的文学道德伦理意识和责任使命感。2001 年 8 月，在获得诺贝尔奖的前两个月，奈保尔接受英国《文学评论》记者、作家法鲁克·德洪迪采访时说："我相信一种积累起来的人类良知。我们都拥有这种良知。我要坚守它。……如果你没有道德感，你就无法说明为什么种种事情发生了。"[1]诺贝尔文学奖颁奖词这样评价："奈保尔是康拉德的继承者，他从道德观的角度，也即从对人类造成何种影响的角度，记录了帝国的兴衰变迁。他作为叙事者的立足点，在于他对其他已经被忘却了的被征服国家的历史的记忆。"[2]奈保尔在题为"两个世界"的诺贝尔颁奖演说词里提到有人想请他写写德国或中国，他认为那些地方已有好的作品，它们并不是他从小就感受到的"黑暗之地"，因为文学的伦理使命使他必须首先关注被压抑得最深、自己发不出声音的那些社会。[3]

[1]　法鲁克·德洪迪：《奈保尔访谈录》，《世界文学》2002年第1期，第117—124页。

[2]　《瑞典文学院二〇〇一年度诺贝尔奖授奖辞》，阮学勤译，《世界文学》2002年第1期，第133页。

[3]　Naipaul, V.S, "Two Worlds", *World Literature Today*, spring 2002. p.9.

　　奈保尔的文学道德责任意识是他独特的世界主义文学评论观的重要体现。奈保尔在不同场合多次声称自己是个"世界主义者""世界公民"。他对《萨朗波》的评论暗含对当代文学评论伦理缺失的否定和批判，充分体现出玛萨·纳斯鲍姆阐述的效忠于"全球范围的人类共同体"的世界主义意识。"作为关于身份的论点，成为一个世界主义者就意味着带有各种文化的印记，受过各种文化的影响。"[1]奈保尔身上带有印度文化、特立尼达文化和英国文化三重印记，从 20 世纪 60 年代起在亚洲、非洲和美洲等不同国家和地区进行考察写作的经历又使他接触到其他不同的文化，"我旅行，我看到了更多东西，在我的脑子里有许多种文化"[2]。在《作家看人》中，奈保尔以一个世界主义者的广阔视野来阐述他的文学批评观，以世界文学和比较文学的视角来评价《包法利夫人》《萨朗波》《历史》和《金驴记》，以追求道德正义和人文关怀的世界主义标准来对上述作品进行不同评价，客观上说明文学的价值在于"为人类从伦理角度认识社会和生活提供不同的生活范例，为人类的物质生活和精神生活提供道德启示，为人类的文明进步提供道德指引"[3]。而以道德正义为核心标准的世界主义文学批评观反映了全球化的今天人们对文学使命和责任意识的新一轮思考和定位。

---

[1]　吉莉安·布洛克：《全球正义：世界主义的视角》，王珀、丁炜译，重庆出版社2014年版，第8页。

[2]　Hussein, Aamer. "Delivering the Truth: An Interview with V. S. Naipaul", *Times Literary Supplement*, 2 September 1994. pp.3–4, in *Conversations with V. S. Naipaul*.ed. Feroza Jussawalla, Jackson: University Press of Mississippi, 1997. p.3.

[3]　聂珍钊：《文学伦理学批评导论》，北京大学出版社2014年版，第9页。

一、奈保尔作品

（一）英文本

A Bend in River. London: Deutsch, 1979.

A House for Mr. Biswas. London: Deutsch, 1961.

An Area of Darkness. London: Deutsch, 1964.

A Writer's People: Ways of Looking and Feeling. Vintage International, 2007.

Between Father and Son: Family Letters. London: Little, Brown and Co, 1999.

Finding the Centre. London: Deutsch, 1984.

Guerrillas. London: Deutsch, 1975.

Half a Life. New York: Alfred A. Knopf, 2001.

In a Free State. London: Deutsch, 1971.

India: A Million Mutinies Now. London: Heinemann, 1994.

India: A Wounded Civilization. London: Deutsch, 1977.

Literary Occasions: Essays. New York: Alfred A. Knopf, 2003.

Magic Seeds. New York: Alfred A. Knopf, 2004.

Miguel Street. London: Deutsch, 1959.

Mr. Stone and the Knights Companion. London: Deutsch, 1963.

Reading and Writing: A Personal Account. New York: New York Review of Books,

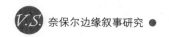

2000.

The Enigma of Arrival. London: Penguin Books, 1987.

The Mystic Masseur. London: Deutsch, 1957.

（二）汉译本

米格尔大街.张琪,译.广州：花城出版社，1992.

河湾.方柏林,译.南京：译林出版社，2002.

毕司沃斯先生的房子.余珺珉,译.南京：译林出版社，2002.

米格尔街.王志勇,译.杭州：浙江文艺出版社，2003.

印度：受伤的文明.宋念申,译.北京：生活·读书·新知三联书店，2003.

幽黯国度：记忆与现实交错的印度之旅.李永平,译.北京：生活·读书·新知三联书店，2003.

印度：百万叛变的今天.黄道琳,译.北京：生活·读书·新知三联书店，2003.

抵达之谜.邹海伦，蔡曙光，张杰,译.杭州：浙江文艺出版社，2004.

奈保尔家书：父与子通信集.北塔，常文祺,译.杭州：浙江文艺出版社，2006.

灵异推拿师.吴正,译.上海：上海译文出版社，2008.

魔种.吴其尧,译.上海：上海译文出版社，2008.

自由国度.刘新民，施容根，徐畅,译.上海：上海译文出版社，2008.

作家看人.孙仲旭,译.南京：南京大学出版社，2009.

斯通与骑士伙伴.吴正,译.海口：南海出版公司，2013.

游击队员.张晓意,译.海口：南海出版公司，2013.

二、研究著作

（一）英文部分

Alfred, K. V. S. Naipaul as Thinker[J]. *The New York Times Book Review*, May. 1.1977(5).

Andrew, R. "Stranger in Fiction" [J].*The Independent on Sunday*, 1992(8):16.

Andrew, R. "Going Back for a Turn in the East" [J]. *The Sunday Times*, 1990(2):16.

Athill，D. *A Memoir*[M]. New York: Grove Press, 2000.

Adrian, R. E. V. S. Naipaul: A Transition Interview[J]. *Transition*(40),1971.

A. Adu. Boahen ed. General History of African[J]. Unesco, 1991, 7.

Adda B. B. "Civilization Under Stress" [J]. *Virginia Quarterly Review*, 1975:51.

Ahmed, R. "The Last Lion"[J]. *Far Eastern Economic Review*, 30 (November 1995).

Arnold J. T. *Civilization on Trial* [M].New York: Oxford University Press, 1948.

Aaron Eastley. "Area of Enigma: V. S. Naipaul and the East Indian Revival in Trinidad" [J].*ARIEL: A Review of International English Literature*,41.2 (Apr. 2010).

Asdghig ,K."Large Worlds/Small Places: Critical Cosmopolitanism and Stereoscopic Vision in the Global Postcolonial Novel " [J]. Dissertation Abstracts International, Section A: The Humanities and Social Sciences 71.8 (Feb. 2011).

Ashcroft, B., Gareth, G.,and Helen, T.: The Empire Writes Back: *Theory and Practice in Post-Colonial Literature* [M]. London and New York: Routledge, 1989.

Ashis, N. History's Forgotten Doubles, History and Theory[J].*Theme Issue* 34(1995).

Bala, S. *V. S. Naipaul:A literary Response to the Nobel Laurate*.[M].New

Delhi:Khosla Pub.House in association with Prestige Books,2003.

Barnouw, D. *Naipaul's Strangers*[M]. Bloomington: Indiana University Press, 2003.

Barry, A. *A House for Mr. Biswas, A West Indian Epic*[J]. *Caribbean Quarterly*, 1970.

Boxill, A. *V.S Naipaul's Fiction: In Quest of the Enemy*[M]. Canada: York Press, 1983.

Ball, J.C. *Satire & the Postcolonial Novel: V. S. Naipaul, Chinua Achebe, Salman Rushdie.*[M]. New York: Routledge, 2003.

Beckles, H. *The Development of West Indies Criket.*Volume:2[M].Barbados: University of West Indies Press, 1998.

Bender, J. *The Columbia History of the British Novel.*[M]. New York: Columbia University Press, 1994.

Brown, L.C. *Religion and State: The Muslim Approach to Politics.*[M]. New York: Columbia University Press, 2000.

Brent, S. Con Men and Conquerors,'A Review of A Way in the World [J]. New York Times Book Review,1994.

Bharati, M. , & Robert, B. "A Conversation with V. S. Naipaul"[J]. *Salmagundi, 54*(Fall 1981).

Brombert, V. *The Novels of Flaubert: A Study of Themes and Technique* [M]. Princeton: Princeton University Press , 1966.

Cathleen, M. "Life, Literature and Politics: An Interview with V. S. Naipaul" [J]. *Vogue*, 1981, August.

Catherine, L. "Negotiating Colonial Contradiction: E. M. Forster's and V. S. Naipaul's Negative Landscapes". *Reflective Landscapes of the Anglophone*

Countries. Ed. Pascale Guibert. Amsterdam, Netherlands: Rodopi, 2011.

Chandra, B. J. *V. S. Naipaul: The Voice of Exile.*[M]. Delhi: Sterling Publishers Private Limited, 1994.

Coovadia, I. *Authority and Authorship in V. S. Naipaul* [M].New York: Palgrave Macmillan, 2009.

Coetzee, J. M, *"The Razor's Edge."* [J] *New York Review of Books*,2001.

Cudjoe, S. R. *V. S. Naipaul: A Materialist Reading*[M].Amherst: University of Massachusetts Press, 1988.

Cristina, E. D. *Imaginary Homelands of Writers in Exile: Salman Rushdie*, Bharati *Mukherjee, and V. S. Naipaul*[M]. Amherst :Cambria Press, 2007.

Deppman, Jed, *History with Style: The Impossible Writing of Flaubert*, [J] *Style*, Spring 1996, vol. 30(1).

Derek, W. A Great New Novel of the West Indies & the Man Who Was Born Unlucky[J] *Sunday Guardian(Trinidad),* 1961, 5.

Derek, W. The Achievement of V. S. Naipaul[J]. *Sunday Guardian(Trinidad)*, 1964.

Dissanayake, V. *Self and Colonial Desire: Travel Writings of V.S. Naipaul*[M]. New York: P.Lang, 1993.

Dooley, G. *V. S. Naipaul: Man and Writer*[M]. South Carolina :University of South Carolina Press, 2006.

French, P. *The World Is What It Is: The Authorized Biography of V. S. Naipaul*[M]. London:Vintage, 2009.

Feder, L. *Naipaul's Truth: The Making of a Writer*[M]. Lan-ham, Md: Rowman&Littlefield Publishers, 2000.

Goodheart, E. Naipaul and the Noices of Negation [J], *Salmagundi*, 54(1981).

Gordon，R. Predestination, Frustration and Symbolic Darkness in Naipaul's A House for Mr. Biswas[J]. *Caribbean Quarterly* ,10, 1964.

Gorra, M. E. *After Empire: Scott, Naipaul, Rushdie*[M].Chicago, IL: University of Chicago Press, 1997.

Hammer, R. D. *V. S. Naipaul*[M].New York: Twayne Publishers, Inc, 1973.

Hamner, R.D., ed. *Critical Perspectives on V. S. Naipaul*[M].London: Heinemann, 1979.

Hassan, D. Z. *V. S. Naipaul and the West Indies*[M].New York: P. Lang, 1989.

Hayward, H. *The Enigma of V.S.: Naipaul: Sources and Contexts*[M]. New York: Palgrave Macmillan, 2002.

Hemenway, R. Sex and Politics in V. S. Naipaul[J]. *Studies in the Novel*, 14, 1982.

H.B.Singh, V. S. Naipaul: A Spokesman for New Colonialism[J]. *Literature and Ideology* , 2(1969).

Honderich, Ted. *The Oxford Companion to Philosophy*[M].Oxford: Oxford University Press, 1995.

Hussein, A. Delivering the truth: An Interview with V. S. Naipaul[J], *Times Literary Supplement*, 2 ,September 1994.

Hutner, G .*American Literature, American Culture*[M].New York: Oxford University Press, 1999.

Jameson, F. "Flaubert's Libidinal Historicism: Trois Contes". *Flaubert and Postmodernism* [M].Eds. Naomi Schor and Henry F. Majewki. Lincoln: University of Nebraska Press, 1984.

James A. "V.S.vs the Rest: The Fierce and Enigmatic V. S. Naipaul Grants a Rare Interview in London"[J].*Vanity Fair*, 1987, 68.

John M'Biti . *Religion et Philosophie Aficaine*[J]. Ed. OLE,Yaoude. Journal History of Africa, 1972,6(3) .

Jussawalla, F. Conversations with *V. S. Naipaul*[M].Jackson: University Press of Mississippi, 1997.

Joseph, M.P. *Caliban in Exile: The Outsider in Caribbean Fiction*[M]. New York: Greenwood Press, 1992.

King, B . "*The New English Literatures-cultural Nationalism in a Changing World*[M]. New York: St Martin's,1980.

Kamra, S. *The Novels of V.S. Naipaul: A Study in Theme and Form*[M]. New Dwlhi: Prestige Books in association with Indian Socitey for Commonwealth Studies, 1990.

Kelly, R. *V. S. Naipaul*[M].New York: The Continum Publishing Company, 1987.

Khan, A. J: *V. S. Naipaul: A Critical Study*[M]. New Delhi: Creative, 1998.

King, B. *V. S. Naipaul*[M]. Basingstoke: Macmillan, 1993.

King, B. *V. S. Naipaul*[M].New York: Palgrave Macmillan, 2003.

Kelly, R. *V. S. Naipaul*[M]. New York: Continum, 1989: 122.

K.Ray, Mohit. *Critical Essays: V. S. Naipaul*[L]. *Atlantic Publishing*, 2007. Kumar, E, A.*V. S. Naipaul: A Study of His Non-fictions*[L]. Sarup&Son, 2009.

King, B. *Derek Walcatt and West Indian Drama: Not Only a Playwright but a Company, the Trinidad Theatre Workshop* 1959-1993[M].Oxford: Oxford University Press, 1997.

Levy, J. *V. S. Naipaul: Displacement and Autobiography*[M].New York: Garland, 1995.

Lillian, F, *Naipaul's Truth*[M]. Boston: Rowman & Littlefield Publishers, Inc. 2001.

Lukcs, G. *The Historical Novel*[M]. London: Merlin Press, 1962.

Max W. Introduction, The Protestant Ethic and the Spirit of Capitalism.New York,

1958.

Miller, K."V. S. Naipaul and the new order"[J]. Kenyon Review,*29* (November1967).

Miller, K.Modern Fiction Studies[J]. 1984,30(3).V. S. Naipaul Special Number.

Morris, R. K. *Paradoxes of Order: Some Perspections on the Fiction of V. S. Naipaul*[M].Columbia, Missouri: University of Missouri Press, 1975.

Mason, N. *The Fiction of V. S. Naipaul*[M].Calcutta: The World Press Privated Limited, 1986.

Mcsweeney, K. *Four Contemporary Novelists: Angus Wilson, Brian Moore, John Fowles, V. S. Naipaul*[M].Canada: McGill-Queen's University Press, 1983.

Morris, R. K. *Paradoxes of Order: Some Perspectives on the Fiction of V. S. Naipaul*[M]. Columbia: University of Missouri Press, 1975.

Mustafa, F. *V. S. Naipaul*[M].Cambridge: Cambridge University Press, 1995.

Mcleod, J. *Postcolonial London: Rewriting the Metropolis*[M].London: Routledge, 2004.

Maingot, A.P. *A Short History of the West Indies*[M].New York: St.Martin's Press, 1987.

Maley, W. *Postcolonial Criticism*[M].London: Longman, 1997.

Moore-Gilbert, Bart J. *Postcolanial Theory: Contexts, Practices, Politics*[M].New York: Verso, 1997.

Neill, M, "Guerrillars and Gangs: Frantz Fanon and V. S. Naipaul"[J]. *Ariel*, 13, (1982).

Nightingale, P. *Journey through Darkness: The Writing of V. S. Naipaul*[M]. St.Lucia:Univ.of Queensland Press, 1987.

Nixon, R. *London Calling: V.S. Naipaul, Postcolonial Mandarin.1954*[M].New

York: Oxford University Press, 1992.

Panwar, P. *V. S. Naipaul: An Anthology of Recent Criticism*[M]. Delhi: Pencraft, 2003.

Patel, V. *V. S. Naipaul's India*[M].Standard Publishers, 2005.

Placide, T. *La Philosophie bantoue* [M].Paris , Presence Africaine ,1949 .

Peter, H. *V. S. Naipaul*[M]. London and New York: Routledge, 1988.

Ramchand, K. *The West Indian Novel and Background*[M].New York: Barnes&Nobel Inc., 1970.

Ray, Mohit K.*V.S Naipaul: Critical Essays*[M]. New Delhi: Atlantic Pub., 2002.

Rai, S. *V. S. Naipaul: A Study in Expatriate Sensibility*[M]. New Delhi: Arnold Heinemann,1982.

Rebecca L. W. *Immigrant Fictions: Contemporary Literature in an Age of Globalization* [M].University of Wisconsin Press. 2007.

Robert, B."Home as Postcolonial Trope in the Fiction of V. S. Naipaul"[J]. *Journal of Literary Studies*, 26.3 Sept. 2010.

Ronald, G. The Norton Anthology of American Literature[M].NewYork:W. W.Norton&Company,1980.

Stanton, R. J. "V. S. Naipaul" in A Biolography of Modern British Novelists[J] Troy, NY: Whitston, 1978,2

Sarkar, R. N. *India related Naipaul:a Study in art*[M].New Delhi: Sarup&Sons, 2004.

Scott, D. *Refashioning Futures: Criticism after Postcoloniality*[M].Princeton, NJ: Princeton University Press, 1999.

Stephen,S. "The Ultimate Exile" [J]. *The New Yorker, May*.1994.

Theroux,P. *V. S. Naipaul: An Introduction to His Work*[M].London: Deutsch, 1972.

Tradition et modernisme en Afrique noire -Rencontres internationales de Bouake[M]. Editions du Seuil ,paris,1965.

Thieme, J. *V. S. Naipaul: The Mimic Men, a Critical View*[J]edited by YolandeCantu.London:Collins in association with the British Council,1985.

Walsh, W.*V. S. Naipaul*[M].Edinburgh: Oliver&Boyd, 1973.

Walter Mignolo: "The Many Faces of Cosmo-polis: Border Thinking and Critical Cosmopolitanism", *From Cosmopolitanism by Carol*·A. Breckenridge, Duke University Press, 2002.

White, L. *V. S. Naipaul: A Critical Introduction*[M].London: Macmillan Press, 1975.

Woodcock, G. "Two Great Common wealth Novelists; R.K.Narayan and V. S. Naipaul" [J].Sewanee Review, 87(1979).

Weiss, T. F. *On the Margins: the Art of Exile in V. S. Naipaul*[M].Amherst: University of Massachusetts Press, 1992.

Yi-Ping Ong. "The Language of Advertising and the Novel: Naipaul's A House for Mr. Biswas" [M]. *Twentieth Century Literature* ,56.4 Winter 2010.

（二）中文部分

阿里夫·德里克.后殖民的辉光：全球资本主义时代的第三世界批评[J].外国文学，1997（1）.

埃里克·威廉斯.特立尼达和多巴哥人民史 [M].吉林师范大学外语系翻译组，译.长春：吉林人民出版社，1972.

埃里希·弗洛姆.在幻想锁链的彼岸 [M].张燕,译.长沙：湖南人民出版社，1980.

艾勒克·博埃默.殖民与后殖民文学 [M].盛宁,译.沈阳：辽宁教育出版社，
1999.

艾周昌.非洲黑人文明 [M].北京：中国社会科学出版社，2000.

爱德华·W.萨义德.东方学 [M].王宇根,译.北京:生活·读书·新知三联书店，
1999.

爱德华·W.萨义德.文化与帝国主义 [M].李琨,译.北京:生活·读书·新知三联
书店，2003.

爱德华·W.萨义德.知识分子论 [M].单德兴,译.陆建德校.北京:生活·读书·新
知三联书店，2002.

爱德华·W.萨义德.知识与帝国主义 [M].李琨,译.北京:生活·读书·新知三联
书店，2003.

巴特·穆尔−吉尔伯特.后殖民理论：语境、实践、政治 [M].陈世丹,译.南京:
南京大学出版社，2001.

包茂宏.试析非洲黑人的图腾崇拜[J].西亚非洲，1993,(3).

保罗·索鲁.维迪亚爵士的影子：一场横跨五大洲的友谊 [M].秦於理,译.台北:
马可波罗文化出版社，2001.

杜维平."总有新东西"：《河湾》中的现代化主题[J].外国文学,2006(1).

杜维平.从未抵达吗？——破译《抵达之谜》[J].外国文学,2008(2).

杜维平.政治的奈保尔[D].北京外国语大学，2004.

法鲁克·德洪迪.奈保尔访谈录[J].世界文学,2002,(1).

方杰."社会喜剧"中的焦虑与渴望——论V. S. 奈保尔早期的小说创作 [J].
外国文学评论, 2007(3).

弗朗兹·范农.黑皮肤,白面具 [M].万冰,译.南京：译林出版社，2005.

弗里德里希·尼采.历史的用途与滥用 [M].陈涛，周辉荣,译，刘北成,校.上
海：上海人民出版社，2005.

福楼拜.福楼拜文学书简 [M].丁世中,译.北京：北京燕山出版社，2012.

格奥尔格·伊格尔斯.全球史学史：从18世纪至当代[M]. 杨豫,译. 北京：北京大学出版社，2011.

郭子林.古埃及国王的献祭仪式及其社会功能[J].世界历史，2015，(3).

海舟子.一部半个世纪后面世的珍贵文学资料——维·苏·奈保尔的《父子之间：家庭书信集》[J].外国文学动态,2000,(2).

亨利·詹姆斯.小说的艺术：亨利·詹姆斯文论选 [M].朱雯，乔佀，朱乃长，译.上海：上海译文出版社，2001.

胡芳.从疏离到亲近：V. S. 奈保尔的"印度三部曲"解读[D]. 苏州大学学位论文，2009.

胡志明：《毕司沃斯先生的房子》：一个自我反讽的后殖民寓言[J].外国文学评论,2003,(4).

黄应利.论奈保尔小说中的双重性[D].湘潭大学学位论文，2005.

黄芝.追寻"普世文明"[D].苏州大学学位论文，2005.

吉莉安·布洛克.全球正义：世界主义的视角 [M].王珀,丁炜,译. 重庆：重庆出版社，2014.

季羡林.季羡林全集 第十卷 学术著作 二 印度历史与文化[M]. 北京：外语教学与研究出版社，2009.

坎特韦尔·史密斯.宗教的意义与终结[M].董江阳,译. 北京：中国人民大学出版社，2005.

科斯塔斯·杜兹纳.人权与帝国[M].南京：江苏人民出版社，2010.

孔汉斯，库舍尔.全球伦理——世界宗教议会宣言[M]. 成都：四川人民出版社，1997.

李保平.传统与现代：非洲文化与政治变迁 [M].北京：北京大学出版社，2011.

李健吾.福楼拜评传 [M].长沙：湖南人民出版社，1980.

李洁非.天崩地解——黄宗羲传[M].北京：作家出版社，2014.

李强.被穿透的人性底线——读奈保尔的《花炮制造者》[J].名作欣赏,2008,(7).

李庆学.维迪阿达·苏拉吉普萨德·奈保尔——小说《游击队员》的边缘性主题[J].山东大学，2002.

李雪."林勃"状态中父与子的寻家之旅——解读奈保尔的小说《半生》[J].北方论丛,2004,(3).

罗伯特·麦可拉姆.傲慢与偏见——记V．S．奈保尔[J]．孙仲旭译，译林，2010,(2)

罗小云.从《曼曼》看奈保尔的短篇小说艺术[J].名作欣赏,2003,(11).

吕娜.效颦人的困境.《效颦人》的后殖民主义解读[D].吉林大学学位论文，2005.

马克思.不列颠在印度的统治[M]. //季羡林全集：第十卷.北京：外语教学与研究出版社，2009.

马克思.马克思恩格斯全集：第十六卷[M].北京：人民出版社，2007.

毛泽东.毛泽东选集：第2卷[M].北京：人民出版社，1991.

梅晓云.V．S．奈保尔：从未抵达的感觉[J].外国文学研究,2003,(5).

梅晓云.奈保尔笔下"哈奴曼大宅"的社会文化分析[J].外国文学评论,2004,(3).

梅晓云.文化无根——以奈保尔为个案的移民文化研究[M].西安：陕西人民出版社,2003.

梅晓云.无根人的悲歌——从《黑暗之地》解读V．S．奈保尔[J].外国文学评论,2002,(1).

米歇尔·福柯.知识考古学[M].谢强，马月,译.北京:生活·读书·新知三联书店，2007.

尼采.论道德的谱系[M].梁锡江,译.上海：华东师范大学出版社，2015.

聂珍钊.文学伦理学批评导论[M].北京：北京大学出版社，2014.

帕林德·杰弗里.非洲传统宗教[M].张治强,译.北京：商务印书馆，1992：143.

帕特里克·弗伦奇.世事如斯：奈保尔传 [M].周成林,译. 北京：中信出版社,2012.

潘纯琳.论V. S. 奈保尔的空间书写 [D].四川大学，2006.

潘纯琳.奈保尔《抵达之谜》中杂糅视觉体验[J].云南师范大学学报,2006,(4).

潘纯琳.奈保尔的现代性空间体验[J].当代文坛，2006,(1).

潘飞.自我的追寻——解读奈保尔的封笔长篇《魔种》[J].英美文学研究论丛,2009,(1).

普拉西德·康普尔.班图哲学[J].西亚非洲，1988,(6).

齐亚乌丁·萨达尔.东方主义[M].马雪峰，苏敏,译.长春：吉林人民出版社，2005.

钱中文.巴赫金全集：第三卷[M].石家庄：河北教育出版社，1998.

乔丽媛.从"印度三部曲"看奈保尔的民族情结[J].外国文学研究,2003,(5).

乔纳森·卡勒.结构主义诗学[M].盛宁,译.北京：中国社会科学出版社，1991.

秦晖.共同的底线[M].南京：江苏文艺出版社，2013：346.

瞿世镜，任一鸣.英国后殖民文学研究[M].上海：上海译文出版社，2003.

瞿世镜.当代英国小说[M].上海：上海外语教育与研究出版社，1998.

瞿世镜.后殖民小说家——漂泊者奈保尔[J]. 文艺报,2002.

荣格.心理学与文学[M].冯川，苏克,译.北京：生活·读书·新知三联书店，1987:120.

阮炜.《游击队员》与《在一个自由的国度》[J].外国文学,2005,(2).

瑞典文学院二〇〇一年度诺贝尔奖授奖辞[J].阮学勤,译.世界文学，2002,(1).

塞缪尔·亨廷顿.文明的冲突与世界秩序的重建[M].周琪等,译.北京：新华出版社，2002.

尚必武.二律背反：流亡者无法走出的困境——《河湾》与《洛丽塔》的后殖民主义解读[J].北京第二外国语学院学报,2007,(10).

石海军.记忆与认识：以奈保尔为例[J].外国语文,2009,(3).

孙妮.V. S. 奈保尔小说研究[M].合肥：安徽人民出版社，2007.

孙妮.种族、性、暴力、政治——解读V. S. 奈保尔的《游击队员》[J].外国文学,2005,(4).

谈瀛洲.奈保尔：无根的作家[J].中国比较文学, 2002,(1).

田薇.宗教伦理的历史担当和现代命运[J].中国政法大学学报,2011,(1).

王刚.以英国为圆心的流散——评奈保尔的《河湾》与希尔的《河湾》[J].西安外国语大学学报,2007,(4).

王辽南.移民文学的文化多重性和世界主义倾向——解析奈保尔及其作品的精神实质[J].外国文学研究, 2003,(5).

王宁.超越后现代主义[M].北京：人民文学出版社,2002.

王守仁, 方杰.想象·纪实·批评——解读V. S. 奈保尔的写作之旅[J].南京大学学报,2003,(4).

王婷婷.飞散的女性《毕司沃斯先生的房子》的后殖民女性主义解读[D].华中科技大学学位论文, 2007.

王晓红.《毕司沃斯先生的房子》的复调魅力在哪里？[J].文艺研究,2009,(6).

韦伯.印度的宗教——印度教与佛教[M].康乐等,译.桂林：广西师范大学出版社, 2005.

吴学丽.后现代文化语境中的话语表征——评V. S. 奈保尔的小说《花炮制造者》[J].理论学刊,2005年,(1).

吴学丽.试谈奈保尔小说的艺术特征[J].语文学刊, 2005,(11).

吴业凤.小人物背后的大历史命运——读奈保尔《毕司沃斯先生的房子》[D].

上海外国语大学学位论文，2009.

谢文郁.文明对话模式之争：普世价值与核心价值[J].文史哲，2013,(1).

徐济明.试论黑非洲的村社制度[J].转引自西亚非洲,1992,(3).

杨铜.论奈保尔的后殖民家园书写 [D].暨南大学学位论文，2004.

杨中举.奈保尔：跨界生存与多重叙事[M].上海：东方出版中心，2009.

裔昭印.世界文化史[M].上海：华东师范大学出版社，2000.

尹锡南.奈保尔：后殖民时代的印度书写——"殖民与后殖民文学中的印度书写"研究系列之三[J].南亚研究季刊，2004,(2).

尹锡南.奈保尔的印度书写在印度的反响[J].外国文学评论,2006,(4).

尹锡南.奈保尔的印度书写在印度的反响[J].外国文学评论,2006,(4).

俞曦霞.《抵达之谜》和奈保尔的批判意识[J].名作欣赏，2011,(5).

俞曦霞.超现实的隐喻之谜[J].长春理工大学学报，2012,(1).

俞曦霞.历史凝视：坦诚背后的真实[J].山东文学，2011,(1).

俞曦霞.论奈保尔《抵达之谜》中的抵达[D].上海师范大学学位论文，2009.

俞曦霞.在"近距离"的美学平面上——V. S. 奈保尔后期创作研究[M].浙江工商大学出版社，2014.

约恩·吕森.人文主义是西方文明的主旨 [J].山东社会科学，2011,(5).

约翰·根室.非洲内幕（上卷)[M].伍成,译.北京：世界知识出版社，1961.

张德明.《米格尔街》的后现代、后殖民解读[J].外国文学研究,2002,(1)

张德明.后殖民旅行写作与身份认同——V. S. 奈保尔"印度三部曲"解读[J].外国文学评论,2005,(5).

张德明.悬置于"林脬"中的幽灵——解读《毕司沃斯先生的房子》[J].外国文学研究,2003,(1)

赵祥凤.《抵达之谜》的"模仿"主题解读[J].当代外国文学,2009,(3).

赵祥凤.《抵达之谜》的女性人物对世界和平的启示[J].学术交流,2009,(7).

郑家馨.具体分析殖民主义在不同时期和不同地区的作用 [J].北大史学,1995,(3).

郑克鲁.外国文学史（修订版）[M].北京：高等教育出版社，2006.

周作人.近代欧洲文学史[M].北京：北京十月文艺出版社，2013.

《观察家报》，1975年9月14日.

《加勒比通讯》，1975年11月.

《纽约书评》，1970年9月3日.

http://book.iqilu.com/yjrw/tsld/2014/0829/2122709.shtml

http://news.163.com/14/0803/09/A2NC4Q5C00014AED.html

https://book.douban.com/review/67891421

www.51junshi.com/bbs/201208/thread_6.2012-9-15

后 记

　　V. S. 奈保尔被誉为在世的英语作家中最伟大的一位作家，"作家中的作家"，其创作深刻影响了当代英语写作。截止目前国内翻译界译介其作品才过半，对于奈保尔全面深入的研究在某种意义上说才开始。本书尝试梳理佘保尔的边缘叙事，由于作家创作时间长、作品多，本书择取作家不同阶段的代表性作品（主要涉及11部作品）进行论述，难免挂一漏万，望同行专家学者不吝指正。

　　在本书撰写的两年半时间里，有几篇已经单独发表在国内期刊上，分别是：

　　1.《超越镜像叙事的作家之旅——奈保尔边缘作家主题研究》，发表在《英美文学研究论丛》（2017年第2期）；

　　2.《批判与超越：奈保尔宗教意识研究》，发表在《上海师范大学学报》（哲社版）（2016年第1期）；

　　3.《〈亚芒苏克罗的鳄鱼〉中的非洲现代性反思》，发表在《外语研究》（2016年第2期）；

　　4.《论奈保尔评〈萨朗波〉的叙事伦理策略》，发表在《外国语文》（2018年第1期）。

　　最后，感谢浙江省哲学社会科学规划办为本课题研究提供立项资助，感谢浙江大学出版社葛娟老师为本书的顺利出版不辞辛劳做出的辛勤付出。由于水平有限，书中难免有悖谬不当之处，恳望前辈学仁批评指正。

俞曦霞

2018年3月于美国加州州立大学奇科分校访学期间